네가
누구인지
말해

네가 누구인지 말해

신중선 장편소설

문이당

작가의 말

　『네가 누구인지 말해』는 실재한다고 믿고 있는 것이 실은 허구일 수도 있다는 의심에서 쓰기 시작했다. 어쩌면 우리는 죽어도 죽는 게 아닐지 모를 일이며, 반대로 지금 멀쩡하게 살아가고 있다고 해도 그것이 사실이 아닐지 모른다. 현재의 자아는 지난 생을 기억하지 못한다. 그러나 우리가 문득문득 경험하기도 하는 기시감은 혹시 전생의 흔적일지도 모른다는 생각을 아주 오래전부터 해 오고 있었다. 이 소설에 등장하는 소년의 캐릭터는 기본적으로 이러한 생각을 토대로 만들었다. 따라서 독자들은 읽는 내내 비현실의 세계에 들어와 있는 것과 같은 모호한 느낌을 가질 수 있으며 그럼으로 해서 가독성에 제동이 걸릴 수도 있다. 또한 소설 속 소년이 과연 살아 있는 인물이기나 한 것일까 의심하게 될 수도 있을 것이다.

『네가 누구인지 말해』에는 이름에 대한 단상이 많이 등장한다. 주요 등장인물 가운데 소년을 제외한 페이와 탐정 B는 진짜 이름을 버리고 자신이 직접 지은 가짜 이름으로 살아가고 있다. 이들이 부모가 지어 준 이름 대신 스스로 만든 이름을 사용하는 것은 자신의 뜻대로 살아 보겠다는 의지의 표명이라고도 볼 수 있겠다. 이는 애초부터 진짜 이름을 모른 채 그 이름을 찾기 위해 노력하는 소년의 상황과 대비되는 설정이라고 할 수 있다.

소년에게 이름을 부여하지 않은 이유는 이 소년의 정체를 불확실하게 설정했기 때문이다. 그 밖의 인물들도 거의 이름이 거론되지 않는다. 의도적으로 P나 L, W 등의 이니셜로만 등장시켰다.

우리 인간은 정해진 궤도를 따라 돌면서 하루하루 살아가고 있다. 겉으로 보기엔 멀쩡해도 한꺼풀 벗겨 그 안을 들여다보면 비밀도 있고 슬픔도, 외로움도 가지고 있는 존재다. 인간은 근본적으로 고독한 존재인 것이다.

자기가 어디서 왔는지도 모른 채 살아가야 하는 소년의 캐릭터를 빌려 인간의 고립과 상실을 얘기하고 싶었다. 그러니까 소년은 자신이 주장하는 것처럼 먼 우주에서 영문도 모르고 폭발해서 사라져 버린 우주개일 수도 있는 것이다. 우리 인간의 삶이란 게 이렇듯 궤도를 따라 돌다가 영문도 모른 채 죽는 건 아닐까.

2015년 9월
신 중 선

차례

프롤로그 _ 길

소년

소년은 길 한가운데에 우두커니 서 있었다. 길은 곧고 길게 뻗은 비포장도로였다. 발걸음을 옮기면 풀썩, 소리가 날 것 같은 메마른 길이었다. 길 양옆으로는 온갖 식물들이 뿌연 흙먼지를 뒤집어쓴 채 빽빽이 들어차 있었다. 화석처럼 보이는 그것들은 살짝만 건드려도 부스러져서 한 줌의 가루로 변할 것 같았다. 식물들의 이름을 알지 못하는 소년은 그것들을 그냥 잡초라 부르기로 했다. 잡초들이 이렇게 메마른 이유는 가뭄이 길어지고 있어서란 걸 소년은 알고 있다. 가문 날씨의 표상처럼 매스컴에서는 연일 쩍쩍 갈라진 논바닥을 보여 주었고 더불어 심각한 수질 위기가 닥칠 거라는 경고도 잊지 않았다. 실제로 비가 내리지 않는다는 사실보다 그 사진들에서 소년은 더욱 적나라한 현실을 느끼곤 했다.

소년은 잡초를 헤치고 숲으로 들어갔다. 예상했던 것보다 숲이 훨씬 더 울창해서 소년은 깜짝 놀랐다. 그곳은 너무 밝은가 하면 또 어느 부분은 지나치게 어두웠다. 숲을 이루고 있는 나무들은 수년, 수십 년, 길게는 수백 년간 그곳에 뿌리박고 있을 터였다. 그것들은 제 나름으로 생존법을 깨쳤음에 틀림없다. 그렇지 않다면 그 오랜 세월을 무슨 수로 버텨 낼 수 있었을 것인가. 오래된 나무는 소년에게 부드러운 친밀감이나 빛나는 물고기의 비늘 또는 아름다운 음악처럼 여겨졌다. 숲 속의 나무들은 소년에게 우호적인 감정을 불러일으켰다. 소년의 눈이 어느 한순간 반짝이며 순한 빛을 발한 것은 그 기분 좋은 느낌 때문이었다.

숲은 꽤 시끄러웠다. 요란한 새소리 때문이었다. 적막하기 그지없는 바깥의 비포장도로와는 상반되는 풍경이었다. 여러 종류의 새들이 둥지를 틀고 있음에 틀림없지만 그것들이 내는 소리들이 의미하는 바는 소년으로선 알 수 없는 일이었다. 아카시아 나무 가지에 앉아 있는 새 두 마리가 유독 소년의 주의를 끌었다. 큰오색딱따구리였다. 소년의 얼굴에 설핏 슬픈 표정이 떠올랐다가 스러졌다.

불과 1년 전만 해도 소년에게는 아빠가 있었다. 탐조探鳥가 생활의 중요 부분을 차지했던 다정다감한 사람이었다. 자칭 새 박사였던 그는 지저귀는 소리만으로도 온갖 새의 이름을 알아맞히곤 했다. 소년의 아빠는 새에 관한 한 실제로 학위를 취득한 새 박사 못잖게 깊이, 상세하게 꿰뚫고 있었다. 아무리 저명한 새 전문가라 해도 소년의 아빠보다 더 새를 사랑할 수는 없었을 것이다. 소년의 아빠가 숲에 들어서면 새들도 스스로 날아와 그의 어깨나 머리 위에 내려앉았다. 아빠는 그것이 무엇이 되었든 설명하길 좋아하던 사람이었다. 만일 그가 이 자리에 있었다면 이렇게 말했을 것이다.

"저건 큰오색딱따구리라는 새인데, 암수가 함께 있구나. 머리 꼭대기가 붉은 게 수컷이고 검은 것은 암컷이란다."

소년이 큰오색딱따구리에 정신을 팔게 된 건 불현듯 샘솟은 아빠에 대한 그리움 때문이었다.

"머리가 붉으니 수컷이 틀림없어. 그렇죠, 아빠?"

소년은 소리 내어 말한 뒤 짐짓 아빠를 찾기라도 하듯 두리번거렸다.

운이 없었던 거라고밖엔 달리 표현할 길이 없었다. 사건은 어이없을 정도로 느닷없이 발생했다. 그것도 상상하기 힘들 만큼이나 끔찍한 형태로. 그 어떤 작은 징조도 생략한 채 급작스럽게 '일어나 버리고' 말았던 것이다. 소년은 오래 살진 못했으나, 아니 어쩌면 엄청난 세월을 살았을 수도 있지만(그 누가 알겠는가), 세상일이 마음먹은 대로 흘러가 주지 않는다는 걸 터득한 지는 한참 되었다. 소년이 세상의 길로 나올 수밖에 없었던 이유가 거기 있으니까.

아빠와 함께하던 시절, 새들은 결코 소년에게 접근하지 않았다.

남다른 소년의 본성을 알아차렸던 것인지도 모르겠다. 그렇다면 녀석들은 인간이 알고 있는 것보다 훨씬 더 영리한 존재일 수 있다. 어쨌든 이미 오래전에 소년 역시 새를 좋아하지 않기로 작정했다. 그래야만 피차 공평한 거라고 생각되어 새에 대한 기대를 접었다. 차라리 물고기를 좋아하고 말겠어, 라고 결심했을 정도니까.

소년은 뒷짐을 지고 짐짓 아빠처럼 탐조를 시도했다.

탐조라니! 소년은 한숨을 폭 내쉬었다. 턱없는 일이었다. 소년은 새에 대해 잘 알지 못했다. 어디 새뿐이랴. 무엇 하나 자신 있게 말할 수 있는 게 없었다. 심지어 자신의 이름조차 모른 채 열여덟 살이 되어 버렸다. 이름, 이것이 대단히 중요하고도 근원적인 과제임을 소년은 항상 인식하고 있었다. 그럼에도 도저히 알아낼 길이 없었다. 이름을 생각하면 숨이 턱 막혀 왔다. 인간에게 자신의 이름이란 곧 존재의 의미와도 같은 것이다. 그것은 삶의 기반이 되는 근원적인 문제이며 또한 그것은 바로 '있음'을 뜻하는 것이다.

소년의 아빠는 새에 대해 무던히도 가르치고 싶어 했다. 하지만 소년은 끝내 흥미를 갖지 못했다. 실은 새가 먼저 소년을 거부했단 걸 아빠에게 고백해야 했는지도 모른다. 소년의 아빠가 언제인가 '손 안의 새 한 마리가 숲 속의 두 마리보다 낫다'는 격언을 소년에게 알려 준 적이 있는데, 친절하게도 "어리석게 남의 것을 탐하지 말고 내가 가진 걸 소중히 여기란 뜻이다"라고 풀이까지 해 줬다. 소년의 아빠는 이렇듯 속담 같은 걸 말할 때조차도 새와 결부시킬 정도로 새

14

에 대한 생각으로 충만했지만 소년은 그럴 수가 없었다. 왜냐하면 한 마리의 참새라도 날아들어야 소중히 여기든 사랑을 하든 할 것 아닌가. 새와 소년의 교감은 끝내 이뤄지지 않았고, 그런 채로 아빠는 세상에서 사라지고 말았다.

감색 배낭에 데님 재킷, 스키니 진 차림의 소년, 그는 켄 이시이(일본의 정상급 테크노 뮤지션. 그가 감독을 맡은 유명 애니메이션 〈아키라〉의 뮤직비디오 '엑스트라'로 영국 MTV가 수여하는 '올해의 댄스 뮤직 비디오상'을 수상하기도 했다)의 음악을 듣고 있었다. 켄 이시이는 일렉트로닉 아티스트로 소년이 가장 좋아하는 뮤지션이다. 소년은 가사가 있는 음악은 선호하지 않았다. 이런 음악적 취향을 미스터리 같은 소년의 삶과 연관시켜도 될는지 모르겠다. 소년의 인생에는 가사가 없었다. 오직 악보만 존재할 뿐이었다. 이상하게도 디지털 음악을 듣고 있으면 소년은 자기 눈앞으로 광활한 세계가 펼쳐지는 걸 느끼곤 했다. 자유로운 그 세계가 통로를 활짝 열어 준다면 그는 주저하지 않고 그 안으로 들어가 버릴 것이다.

탐조 여행을 떠날 때면 소년과 소년의 아빠는 각자의 아이팟을 챙겼다. 아빠는 펄잼이나 라디오헤드를 즐겨 들었다. 이따금 서로 음악을 바꿔 듣기도 했지만 록 음악은 소년의 취향이 아니어서 그때마다 지루했다. 그러나 대놓고 불평한 적은 없었다. 소년은 아빠를 좋아해서 그를 기쁘게 하는 일이라면 뭐든 다 들어주고 싶어 했다.

소년이 입고 있는 재킷은 매우 헌 데다 더럽기까지 했다. 불우 이

옷 돕기 행사장에서 얻어 입은 옷이었다. 재킷은 주머니 부분이 낡아서 실밥이 너덜거렸다. 원래는 그러지 않았는데 두 손을 주머니에 깊숙이 찔러 넣고 다니는 습관 탓이었다. 날짜까지 기억할 수는 없지만 이른 봄부터 입기 시작한 옷이었다. 맨살이 드러나는 걸 지극히 싫어하는 소년은 어릴 때부터 계절에 관계없이 늘 이렇게 재킷을 입었다. 재킷에서 냄새가 날 지경이니 세탁하지 않을 작정이라면 다른 옷으로 대체할 수밖에 없다. 대접받고 살지도 못하는 처지에 냄새까지 풍긴다면 소년의 세상살이는 더더욱 힘들어질 테니까.

당시를 떠올리면 소년은 지금도 몸이 떨려 왔다. 그 일은 느닷없이, 돌연, 발생했다. 잊고 싶어도 뜻대로 되지 않은 채 1년의 세월이 흘렀다. 어쨌든 이제는 돌아가야 한다고 소년은 내심 생각하고 있었다. 그가 돌아가야 할 곳은 다름 아닌 자신의 집이었다. 집은 소년이 아빠와 행복하게 살던 장소였다. 집은 소년에게 슬픔이기도 했지만 그리움의 대상이기도 했다. 생각만으로도 기분이 좋아지고 몸이 나른해지는 각별한 것이었다. 아빠와 함께 살던 집은 그런 의미로 소년의 가슴에 새겨져 있었다.

옷이나 신발, 가방 따위의 무생물을 소년은 좋아했다. 취할 때건 버릴 때건 그것들은 불평이 없었다. 눈물을 흘리거나 귀찮게 조르지도 않았다. 다른 사람들은 동의하지 않을 테지만 소년은 그에 대해 '순수하고 사랑스러운'이라고 자주 표현한다. 반면에 생명이 있는 많은 것들은 대부분 소년을 힘들게 하거나 노골적으로 거부했다. 우선 조류를 꼽을 수도 있겠다. 하지만 소년은, 뭐 괜찮아, 날짐승 따위, 이렇게 애써 자신을 위로했다.

간질이듯 부드럽게 피부를 스치던 바람의 힘이 조금씩 거세지면서 눅진한 기운이 느껴졌다.

"비가 오려나?"

소년은 눈을 가늘게 뜨고 하늘을 올려다봤다. 그러나 발걸음을 멈추지는 않았다. 그러다 나무들이 마구잡이로 휘둘릴 정도로 바람의 강도가 세졌을 때 소년은 멈칫 그 자리에 섰다. 그의 미간에 세로로 두 줄의 금이 그어졌다. 뭔가를 골똘히 생각하는 얼굴이었다.

나무들이 쏴아— 소리와 함께 밀려왔다가 또 한꺼번에 반대쪽으로 밀려갔다. 그 소리가 소년의 귀에 파도 소리처럼 들렸고, 파도 소리를 뚫고 톱을 켜는 소리도 함께 들려왔다. 이이이잉잉잉 위이이잉잉. 기이한 음향이 켄 이시이의 테크노 그루브를 관통해 소년의 달팽이관까지 도달했다. 소리의 파동이 청각 기관을 흔들어 대자 소년은 이어폰을 귀에서 빼냈다. 처음엔 톱 연주 소리인 줄 알고 두리번거렸다. 소년이 톱 연주 음악을 처음 들었을 때의 일이다. 소년은 당시 도시를 헤매고 있었다. 그때 쇼윈도 안의 텔레비전을 통해 톱 연주자를 보게 되었다. 톱으로 음악을 연주한다는 게 신기했다. 하기야 유리컵을 두드려 음악을 만들어 내는 사람도 있으니 톱이라고 안될 까닭은 없었다. 도끼, 망치, 방망이, 삽 등 모든 연장이 악기가 될 수도 있다는 사실을 소년은 그때 깨달았다. 뭐든 간에 어떻게 사용하느냐의 문제이니까. 톱 손잡이를 두 다리 사이에 끼우고 활로 문지르니 음악이 생겨났다. 소년은 그날도 여느 때와 마찬가지로 딱히 급한 일이 없었던 터라 연주가 끝날 때까지 지켜볼 수 있었다. 자세히 관찰해 보니 톱을 구부려 음높이를 조절하고 있었다. 이이이잉 잉잉 위이이잉잉. 숲에서 소년의 귀에 내려앉은 기묘한 음향이 바로 그 톱 연주와 흡사했다. 하지만 당치 않았다. 누가 이처럼 외진 곳까지 와서 톱 연주를 하겠는가. 그러니까 그 또한 바람이 내는 소리였던 거다.

"그래, 바람 소리."

소년의 목소리는 나직했다.

바람은 소년에게 소중한 것인 동시에 의미심장한 물질이었다. 다섯 살의 기억이었다. 바람은 모성을 떠올리게도 해서 소년은 바람 부는 날을 좋아했다. 그러나 바람이 머리칼을 엉망으로 헝클어뜨리자 그만 귀찮게 여겨졌다. 소년의 머리칼은 지나치게 가늘어서 곧잘 엉켰는데, 그럴 때면 빗질하느라 애를 먹었다. 누군지 알 길 없는 소년의 부모 가운데 한 사람이 이런 몹쓸 머리칼의 소유자일 수 있었다. 그게 아니라면 소년의 부모의 부모일 수도, 부모의 부모의 부모일 수도. 어쨌든 머리칼에 관한 한 별로 달갑지 않은 유전자를 소년은 지니고 태어났다.

바람은 소년에게 이 길에 대한 확신을 심어 줬다. L이 그랬다.

"내가 너를 발견하던 순간 난데없는 바람이 불었어. 난 똑똑히 기억한단다. 너무 느닷없는 바람이었으니까."

다섯 살 때가 아니라 바로 어제 들은 듯 생생한 기억이었다.

얼마나 오랫동안 한 장소에 서 있었는지는 알 수 없지만 하늘에 널려 있는 붉은 노을을 보고야 소년은 비로소 날이 저물고 있음을 알아차렸다. 희거나 거무스름하거나 잿빛이기도 한 구름이 노을에 섞여 무심히 흘러가고 있었다. 그러니까 소년은 이 숲에 몇 시간째 머물러 있었던 거였다. 왜 그토록 거기 오래 있었을까? 왠지 예전부터 알고 있던 장소처럼 여겨졌기 때문에 시간의 흐름도 잠시 잊었던 것이다.

숲은 어둠을 서둘러 빨아들인다. 날이 저물었다고 느끼는 바로 그 순간에 어둠이란 놈은 몹시도 빠른 속도로 덮쳐 오니까. 그래서 숲은 길을 잃기에 딱 좋다. 숲은 만만한 존재가 아니다. 때문에 절대 안심하면 안 된다. 소년은 숲의 생리를 잘 알고 있었다. 아빠와 함께했던 시간의 절반이 숲에서 이뤄졌으니까 당연한 일이다. 소년은 잰걸음으로 숲을 빠져나와 다시 길에 섰다. 숲 바깥쪽은 어둠의 손아귀에 온전히 걸려들지 않은 상태였다. 그럴 줄 알았다.

다시 나온 길은 아까와 달리 다소 수상쩍었다. 비현실적으로 느껴졌다. 결코 알 길 없는 낯선 우주에서 길 하나만 뚝 떨어져 내린 듯했다. 가늠할 수 없는 어떤 시대의 길이 본분을 잃고 슬그머니 이쪽 세계로 이동한 것 같은 느낌이었다. 그처럼 낯선데도 불구하고 소년이 그 길에서 기시감을 느꼈으니 이상한 일이었다. 소년은 상상했다. 나는 어쩌면 이 길에서 태어났을 수도 있지, 라고. 혹은 소년 자신이 기억할 수 없는 어느 시기에 바로 이 길에 무참히 버려졌을 수도 있고, 또 누군가의 손을 잡고 즐거운 마음으로 지나갔을 수도 있다고. 길에 대한 낯익은 느낌을 그렇게밖에 표현할 길이 없다는 사실이 소년은 답답했다. 과거에 누군가와 함께 이 길을 걸었다면, 그 동행인이 '어머니'였으면 좋겠다고 소년은 생각했다. 세상에 태어나 살아가고 있으니 소년에게도 그런 존재가 있을 것이다. 그리고 미래의 자신이 잠깐 이 세계로 들어와 누군가와 함께 이 길을 걸은 다음 되돌아갔다 하더라도, 이 역시 함께했던 존재가 '어머니'라는 인물이길 소년은 원했다. 하지만 소년을 슬프게 만드는 건 '어머니'에 대한 상상이 불가능했기 때문이다. 생각하고 싶어도 못하는 거였다. 그 같은 사실에 봉착하면 누구든 서글플 수밖에 없을 것이다.

혼란스러워진 소년은 마치 그렇게 하면 복잡해진 머릿속이 정돈되기라도 하는 양 머리를 좌우로 서너 차례 세차게 흔들었다. 그런 다음 하늘을 올려다봤다. 제트기 한 대가 날고 있었다. 까마득히 보이는 상공에서 길고 하얀 줄을 꽁무니에 매달고 소리도 없이 날았다. 제트기는 재빨리 구름 속으로 숨어 버렸다. 소년은 제트기를 삼켜 버린 부드러운 구름을 '달콤한 파이'라고 이름 지었다. 그러자 곧바로 달달한 냄새가 공기와 함께 소년의 콧속을 파고들었다. 소년은 한껏 공기를 들이마셨다. 바로 그때 길만큼이나 현실감 없는 자동차

한 대가 불쑥 눈앞에 나타났다. 서둘러 엄지를 치켜들었지만 자동차는 그대로 내빼 버렸다. 차림새가 허술한 탓일까 하는 생각에 소년은 얼핏 자신의 옷매무새를 살폈다.

이후로도 드물게 자동차가 나타났지만 흙먼지만 잔뜩 일으켰을 뿐 운전자들은 소년의 치켜든 엄지는 본 척도 않고 지나쳐 갔다. 바람이 좀 더 거세지면서 소년의 몰골은 한층 더 형편없어지고 머리칼 또한 심하게 볼썽사나워졌다. 이때쯤엔 하늘이 또 다른 얼굴을 보여 주고 있었다. 퇴색한 청색 마분지 위에 잿빛 가루를 잔뜩 흩뿌려 놓은 모양새 같다고나 할까. 다분히 음울한 색감이었다. 길 양쪽의 무성한 잡초 역시 서둘러 옷을 갈아입기 시작했는데, 보랏빛을 보이다가 어느 순간에는 붉은색을 띠기도 했다. 그런데 의심스러운 일은 소년 또한 이 길처럼, 현실감이 느껴지지 않는 모습으로 변하기 시작했다는 점이다. 누군가 이때의 소년을 눈여겨봤다면 길의 일부처럼 여겼을 수도 있었다. 정말 이상한 일이었다. 보랏빛 그림자가 소년의 얼굴에 드리우는가 싶더니 어슴푸레한 빛이 새 나오는 것 같았다. 그 얼굴은 부드럽기도 하고 친밀하기도 하고 게을러 보이기도 하고, 단순하거나 혹은 복잡해 보이기도 하고, 투명하거나 혹은 불투명해 보이기도 하고, 순수하거나 불순하게도 느껴졌다.

소년은 나중에 이 길을 다시 찾기로 했다. 그때는 먹을 것과 모포 따위를 챙겨 오기로 했다. 숲에 텐트를 칠 수도 있을 것이다. 주위에 널린 게 온통 땔감이니 그걸 긁어모아 모닥불을 피워도 좋을 것이다. 소년은 아주 잠깐, 동행할 사람이 있으면 좋겠다는 생각도 해 보지만 당장 떠오르는 인물은 없었다.

걷는 시간이 길어지자 소년은 못 견디게 지루했고 종아리 부근이 뻐근했다. 근육통쯤이야 얼마든지 참을 수 있지만 배고픈 건 견디기 힘들었다. 소년은 머릿속으로 그럴싸한 음식들을 자유롭게, 양껏 그렸다. 생각만으로도 입안 가득 침이 고였다. 피자와 핫도그, 짜장면, 도넛, 탕수육, 닭튀김 같은 음식들이 저마다 특유의 냄새를 풍기면서 공중에 떠돌기 시작했다. 그것들은 어느새 소년의 몸 안까지 쳐들어와 위벽 구석구석을 쑤시고 다녔다.

여자

청바지에 재킷 차림의 남자가 걸어오고 있었다. 인적이 드문 곳이어서 누군가가 거기 있다는 사실 하나만으로도 대번에 여자의 시선을 붙들었다. 가까이 올수록 모습이 점차 또렷해졌는데, 청년이라기엔 어리고 소년이라 부르기엔 좀 더 성숙해 보이는 외모였다. 어쨌든 청년보다는 소년에 더 근접한 이미지라 여자는 그를 편의상 소년이라 칭하기로 했다. 힙합퍼라도 되는 양 걸음걸이가 리드미컬했다. 이어폰 줄이 늘어져 있는 걸로 봐서 음악을 듣는 듯싶었다.

여자는 길 한쪽에 자동차를 바투 세워 놓은 채 차체에 기대서 있었다. 담배를 피우던 중이었다. 이따금 나타나는 자동차들은 모두 엄청난 속도로 달리고 있었다. 일반적으로 잘 알려져 있지 않은 외진 곳이지만 여자는 이 길을 잘 알고 있었다. 오래전, 길을 잘못 든 탓에 발견하게 되었는데 자신의 실수가 고마울 정도로 마음에 쏙 드는 장소였다. 다분히 관념적인 느낌을 주기도 해서, 처음 봤을 때부터 특별한 감상에 젖게 만들었다. 이 길을 잘 기억해 둬야겠어, 라고 생각했다. 집에서 신호등 하나 만나지 않고 내처 달릴 수 있어 더욱 마음에 들었다. 브레이크 페달을 사용하지 않고 차를 몬다는 건 신나는 일이 아닐 수 없었다.

곧게 뻗은 길은 비포장도로였다. 그로 인해 자동차가 지나갈 때면 흙먼지가 풀풀 일었다. 가뭄이 지속되고 있기 때문이었다. 길 양옆으로는 식물들이 우거져 있었다. 숲에서 요란스러운 새소리가 날아들고 있으니 그 안쪽으로 제법 무성한 수풀이 형성돼 있으리란 건이 길에 서 본 사람이라면 누구라도 쉽게 간파할 수 있는 사실이었다. 여자는 이 길에 설 때마다 늘 숲 속 깊숙이 들어가 보고 싶은 욕구를 느꼈다. 그러나 여태 그 욕망을 실행에 옮겨 볼 기회는 갖지 못했다. 체크무늬 숄을 녹색 풀 위에 깔고 사랑하는 사람과 나란히 누우면 더할 나위 없을 것 같았다. 따끈한 커피까지 준비돼 있다면 금상첨화일 거라고 상상하기도 했다. 사랑하는 이의 무릎에 머리를 누이고 잠시 눈을 붙일 수도 있을 테고, 그의 팔을 베고 함께 하늘을 올려다봐도 좋을 것이었다.

여자는 차대에 기댄 자세로 바람에 몸을 맡기고 있었다. 바람결에 옷자락이 나풀댔다. 하늘이 갑자기 청회색으로 물들었다. 다분히 신비로운 색을 배경으로, 한 무리의 새들이 가지런히 줄을 지어 날았다. 하늘이 그려 내고 있는 풍경화에 여자는 얼마쯤 넋이 나가 있었다. 소리 없이 나는 제트기도 그림의 구성 요소 가운데 하나였다. 그때 소년이 여자의 눈에 띈 것인데, 물론 분위기 탓이 분명하지만, 그는 마치 길의 일부처럼 보였다.

가까이 온 소년의 머리칼은 엉망으로 헝클어져 있었다. 장시간 걸어온 듯했다. 피곤해 보이는데 태워 줘도 되지 않을까, 여자는 잠시 갈등했다. 걸어서 대중교통이 다니는 중심가까지 가기엔 지나치게 먼 거리였기 때문이다. 소년을 태운 뒤 번화가가 시작되는 지점에 내려 주면 되지 않을까, 라는 생각까지 해 봤다. 왠지 그러고 싶었다. 하지만 본인의 의사를 알 수 없는 일이라 여자는 망설였다. 그녀가 주저하는 사이 소년이 잠깐 여자를 응시하는 듯했다. 하지만 그뿐, 소년은 무심히 지나가 버렸다. 어쩌면 여자를 쳐다본 게 아니었을 수도 있다. 지저분한 옷차림이라든가 헝클어진 머리칼 등의 겉모습만 봐서는 부랑아처럼 보였지만, 겉모습만으로 사람을 판단해서는 안 될 것이다.

여자는 조금씩 멀어져 가는 소년의 뒷모습에 시선을 주면서 담배를 마저 피우고 신발 밑창으로 비벼 껐다. 그녀는 새 담배를 하나 더 꺼내 들었다. 애연가라면 당연히 공감하겠지만, 담배는 이상하게 야외에서 더 구미가 당긴다. 쌍둥이 여동생과 헤어진 스물한 살 때부터 가까이했으니 그녀의 흡연 기간은 정확히 열일곱 해가 되었다. 담배에 불을 붙이는 사이에도 여자의 눈길은 소년의 뒷모습에 꽂혀 있었다. 그러느라 하마터면 머리칼을 태울 뻔했다. 바람이 자꾸만 불을 꺼뜨렸기 때문에 손바닥을 우묵하게 만들어 바람막이를 만들어야 했다. 어렵게 불을 붙인 후 여자가 소년 쪽을 다시 봤다. 소년은 여전히 재킷 호주머니에 양손을 깊이 찔러 넣은 상태로 리듬을 타고 있었다. 보기에 따라서는 껄렁대는 걸로 비칠 수도 있는 행동이었다.

여자는 시동을 걸고 자동차를 출발시켰다.

느리게 움직이던 자동차가 소년의 옆을 지날 때 힐끗 그가 여자를 봤다. 그녀의 시선도 소년을 향했다. 소년의 입가에 흐린 미소가 잠시 피어오른 듯했지만 잘못 본 것이 분명했다. 다분히 냉담해 보이는 얼굴이었기 때문이다. 그런 얼굴에서 미소를 떠올리기란 쉽지 않았다. 여자는 브레이크 페달에 발을 얹었다. 바로 그때였다. 보랏빛 그림자가 소년의 얼굴에 드리우는가 싶더니 어슴푸레한 빛이 새 나왔다. 순간 소년의 얼굴은 요령부득의 독특한 영상으로 여자의 눈에 비쳤다. 몽롱하고 비세속적인 이미지에 사로잡힌 여자가 두 눈을 꾹 감았다가 다시 떴을 때엔 자신도 모르게 가속 페달을 밟고 있었다. 그녀는 얼른 브레이크 페달로 발을 옮겼다. 기이하기 그지없던 소년의 얼굴을 한 번 더 확인해야 할 것 같았다. 그러나 잠시 후 소년이 자동차 가까이 다가왔을 땐 조금 전과는 생판 다른 모습이었다. 그

저 평범한 소년이었다. 보들레르가 말했던가. 얼굴과 관련된 오해들
은 그 얼굴에서 비롯되는 환각 때문에 실제 이미지가 가려진 결과라
고. 여자는 슬며시 미소 지었다. 착시 현상이야. 여자는 예전부터 곧
잘 몽상에 사로잡혀 왜곡된 시선으로 사물을 판단하곤 했다.

만일 소년이 시내까지 태워 달라고 요청했다면 기꺼이 수락했을
터이지만 소년은 그러지 않았다. 물론 여자 쪽에서 제안할 수도 있
는 일이었다. 그러나 산책 중일 수도 있다는 생각이 들어 망설일 수
밖에 없었다. 소년과 같은 나이 또래라면 한두 시간쯤이야 일부러
걷기도 하니까. 뭔가 깊이 생각할 게 있어서 일부러 조용한 장소를
골랐을 수도 있으니까. 만약 소년의 입장이 그렇다면 주책없는 여자
로 비칠 것이었다. 친절을 베풀면서 그런 대접을 받을 이유는 없었
다. 그래서 속도를 잠시 늦추다가, 소년과 눈길을 주고받다가, 또 아
주 잠깐 갈등하다가, 그대로 가속 페달을 밟았다. 다시 후진할 순 없
는 일이니 선택의 여지는 그 순간 사라져 버렸다. 소년의 모습이 점
하나로 보일 때까지 여자는 백미러를 힐끔댔다.

소년에게서 뿜어져 나오던 의외성에서 생겨난 호기심은 사라질
줄 몰랐지만, 그를 차에 태울 가능성이 아예 사라지자 여자는 또다
시 담배가 간절해졌다. 소년을 놓쳤다는 사실에 낭패감이 엄습해 왔
다. 여자는 차창 네 개를 죄다 열어 놓고 담배 한 개비를 빼내어 윗
입술과 아랫입술 사이로 느슨하게 물었다. 바람이 여자의 머리칼을
흩뜨려 놓았다. 헝클어진 머리칼 몇 가닥이 그녀의 눈을 찔렀다. 여

자는 카오디오 아래쪽에 있는 시가라이터를 힘껏 눌렀다. 조금 전 바람 때문에 고생한 터라 다시는 불꽃이 너울대는 휴대용 라이터를 사용하고 싶지 않았던 거였다. 담뱃재를 손쉽게 털 수 있도록 재떨이도 충분히 젖혀 놓았다. 라이터는 가열이 되자 작고 귀여운 소리를 내면서 튀어나왔다.

톡.

여자는 얼른 그것을 빼 들었다. 벌겋게 달아오른 라이터에 담배를 밀착시키고 두어 모금 빨아들이자 끝이 붉게 변했다. 대장간의 달궈진 쇳덩이처럼 아름다운 색이었다. 여자는 라이터를 잭에 도로 끼워 넣기 위해 머리를 숙였다. 그런데 실수로 바닥에 떨어뜨리고 말았다. 여자는 라이터를 주워야만 했다.

소년과 여자

여자의 자동차가 멀어진 다음엔 연두색 외제 스포츠카가 나타났다. 스포츠카 운전자는 속도광이 틀림없었다. 굉음과 함께 눈 깜짝할 사이에 소년의 옆을 스쳐 지나갔다. 제대로 튜닝된 멋진 오픈카였다. 언제쯤 자신도 저런 자동차를 가질 수 있을까 하고 소년은 잠시 생각해 보지만 그에 대한 상념은 극히 짧았다. 소년은 앞서간 여성 운전자를 탓하고 있던 참이었다. 슬금슬금 속도를 줄이는 통에 혹시 태워 주지 않을까 잔뜩 기대했던 것이다. 바로 그때 정체를 알 수 없는 소리가 소년의 귀를 강타했다.

탕!

하지만 그것이 설령 대포 소리였다 해도 소년은 동요하지 않았을 것이다. 허기진 위장과 지친 육체가 소년으로 하여금 다른 것엔 일체 관심을 가질 수 없게 만들었으니까. 소년은 이내 소리 따윈 잊어버리고 터덜터덜 가던 길로 내쳐 걸었다.

얼마나 걸었을까. 조금 전에 태워 줄 것처럼 굴던 자동차가 비정상적인 형태로 정지해 있는 게 소년의 눈에 들어왔다. 대번에 무슨 일인가 생겼다는 걸 알아차렸다.

뛰다시피 빠른 걸음으로 다가가 보니 뒤 범퍼 부분이 엉망이었다.

운전자는 핸들에 얼굴을 파묻은 채 꼼짝도 하지 않고 있었다. 완벽하게 비어 버린 위장은 맹렬히 투쟁 중이지만 그렇다고 그냥 지나칠 순 없었다. 도어를 열고 차 안으로 들어갔다. 조수석에 자리 잡은 소년이 운전자를 흔들자 그녀가 자세를 바로 세우면서 눈을 떴다. 여자는 낮은 신음을 내뱉으며 소년을 봤다. 반쯤 얼이 나간 표정이었다.

"미안하지만 시가라이터가 떨어져 있을 거예요. 좀 찾아 줄래요?"

발밑을 보니 여자가 찾고 있는 게 있었다. 소년이 집어 주자 여자가 시가라이터를 제자리에 끼워 넣고는 꾹 눌렀다. 라이터는 잠시 후 톡 소리와 함께 튀어나왔다. 여자는 담배 한 개비를 입술에 물더니 볼이 홀쭉하게 파일 정도로 연기를 들이마셨다.

"신고 안 해도 되나요? 뺑소니 사고를 당하신 것 같은데요."

"그런 것 같지? 어이없네."

여자가 휴대 전화를 소년에게 건넸다. 손을 바들바들 떨고 있는 걸로 보아 충격이 컸던 모양이다. 경찰에 신고한 다음 여자의 지시대로 글러브 박스를 뒤져 자동차 보험 계약서에 명시돼 있는 보험 회사로도 연락을 취했다. 계약서 서류를 훑어보니 도시 외곽 타운하우스에 주소지를 두고 있었다.

여자가 물었다.

"이름이 뭐예요?"

그 상황에서 이름을 묻는 여자가 소년은 어처구니없게 여겨졌다. 조금 뒤엔 나이와 주소, 부모 직업까지도 물어볼 것 같았다. 소년이 이름을 말하자 여자가 폭소를 터뜨렸다. 그러나 이내 가슴께를 지그시 누르면서 안면 근육을 찌푸렸다. 여자는 담배를 한 모금 더 빨아들이고, 연기를 길게 내뱉은 다음 말을 이었다.

"담배 때문에……."

여자가 시가라이터를 가리키며 말을 이었다.

"담뱃불을 붙인 다음 제자리에 꽂으려다 그만 놓쳤어요. 나는 그걸 주워야 했지. 차를 몰면서 주우면 위험할 것 같아 브레이크 페달을 밟았어요. 그 순간."

"급브레이크를 밟으셨나 봐요. 아줌마 뒤로 스포츠카 하나가 엄청난 속도로 달렸거든요. 그 차와 충돌한 것 같아요."

"이렇게 한적한 길에서 사고를 당하다니."

그러게 나를 태웠어야지. 소년은 속으로 빈정댔다.

"참, 그런데 이름이 뭐라고? 몽상가물고기라고?"

"몽상가라고도 하죠."

"아, 왜 이렇게 웃겨. 별명 말고 진짜 이름을 말해 봐요."

"진짜 이름은 몰라요."

"어떻게 이름을 몰라? 특이한 소년이네."

여자는 '소년'이라고 했다. 소년이 아는 한 일상생활에서 '소년'이라고 대놓고 부르는 일은 여간해선 일어나지 않는다. 그리고 소년의 상식에 의하면, '소년'은 나이 어린 남자아이를 지칭하는 말이었다. 소년이란 단어는 어쩐지 나에게 적절한 것 같지 않아, 소년은 이렇게 생각했다.

어째서 갑자기 그런 생각이 들었을까. 소년은 문득 자신이 알고 있는 이야기를 털어놓고 싶어졌다. 처음 보는 사람한테 왜 그랬을까. 입술을 통해, 말이란 걸 실제로 하고 싶었을까. 사실 집을 나온 이 1년여간 소년은 대화다운 대화를 해 본 일이 없었다.

"혹시 우주개를 아세요?"

여자는 성의 없이 고개를 가로저었다.

"구소련의 인공위성 스푸트니크 2호에 태워져서 우주를 홀로 유영했던 우주개가 있었어요. 그 개 이름은 라이카였어요. 모스크바 시내를 떠돌던 유기견이었는데, 과학자들이 그 개를 데려다가 심장과 뇌에 전선을 연결했다나 봐요."

"1호는 10월 4일에, 2호는 한 달 뒤에 발사됐지. 1호는 세계 최초의 인공위성으로 기록돼 있고."

"아! 스푸트니크를 아는 분을 만나게 돼서 기뻐요."

"이봐, 그 정도는 누구나 아는 사실이야."

"그런가요? 그렇다 해도 어떻게 날짜까지 기억하시죠?"

"10월 4일 내 생일과 똑같기 때문에 절대 잊어버릴 수 없지. 2호는 11월 3일."

"하지만 거기 얽힌 사연까진 모르실걸요."

소년은 그녀가 진정으로 그 이야길 모르고 있길 바랐다.

"라이카는 결코 원하지 않았겠지만 우주 비행사를 대신해 우주선에서 생명체가 살 수 있는지 실험해야 했죠. 과학자들은 라이카가 열흘가량은 살아 있을 거라 예상했지만 발사 일곱 시간 만에 숨졌대요. 아닌가? 다섯 시간 후였던가? 아무튼 좁은 공간에 묶어 놓은 데다 온도 조절 장치가 고장 나서 캡슐이 뜨거워졌대요. 라이카는 극심한 스트레스와 고통에 발버둥 치다 죽은 거예요. 하긴 어차피 관찰이 끝나는 열흘 후엔 독이 든 먹이를 자동 투입시켜 죽일 작정이었지만요."

여자는 일화를 모르는 게 확실했다. 소년은 돌연 기분이 좋아져서 말이 빨라졌다.

"라이카는 죽은 채로 자신을 태운 우주선과 함께 궤도를 따라 돌다가 지구 대기권에서 폭발했대요. 처음 몇 시간은 절대 고독 속에서 외로움과 싸웠을 거예요. 그러다 종래엔 고통 속에 죽어 간 거죠. 떠돌아다녀야 했던 유기견 시절에도 외롭긴 마찬가지였겠지만 말이죠. 제가 그래요. 우주 한가운데 홀로 떠 있는 우주개와 같은 심정이죠. 그래서 라이카가 제 분신처럼 느껴져요."

여자가 무슨 생각에선가 소년의 눈을 깊은 시선으로 들여다봤다. 소년도 여자의 눈을 마주 보았다. 여자는 의외로 포근하고 정다운 눈을 가지고 있었다. 소년은 그녀에게 친밀감을 느꼈다. 아빠를 제외하곤 처음 가져 보는 감정이었다. 어쩌면 이 길처럼 그녀와 자신도 과거 어느 시기엔가 만났던 사이일지도 모른다는 생각이 문득 들었다. 그렇지 않다면 어떻게 이처럼 긴 얘길, 처음 보는 사람에게, 더군다나 이상하게 들릴 수도 있는 내용을 스스럼없이 털어놓을 수 있었을까.

"몽상가물고기라…… 다른 이름은 없나?"

"몇 번째 이름이 알고 싶으신가요? 전 이름이 많아요. 사람들이 지어 준 이름이죠. 하지만 진짜 이름은 저도 몰라요. 아니, 진정한 이름을 가진 적이 있는지조차 의문인걸요. 그래서 제 스스로 이름을 만든 거죠. 이러나저러나 어차피 가짜니까요."

"그러니까 네가 만들었구나? 나도 너만 한 시절에 이름을 하나 만들었지. 지금도 어떨 땐 그 이름을 사용하고 있어."

"이름이 뭐냐고 묻는 사람들이 세상에 많죠. 그러나 정작 이름을 말하면 모두들 '야, 별명 말고 진짜 이름을 말해야지' 이런 반응을 보이죠. 이 이름으로 불려 본 적은 아직 한 번도 없어요."

"그 이름은 언제 지었니?"

"1년 전에요."

"몽상가라는 이름의 물고기가 실제로 있나?"

소년은 얼른 대답했다. 왜냐하면 소년은 언제나 그 이름에 얽힌 사연을 말하고 싶어 안달이 나 있었지만 아무도 진지하게 질문해 준 적이 없었기 때문이다. 모두들 '이름이 몽상가물고기라고? 정말 이상한 녀석이로군' 이렇게 생각하고 더 이상은 상대하려 들지 않았다.

"그럼요, 실제로 있어요. 열대어예요. 원래 이름은 스타게이저이고 우리나라에선 통구멍이라고 불러요. 모래 속에 몸을 숨기고 은밀하게 먹잇감을 구하기 때문에 그런 이름이 붙여졌죠."

"넌 어째서 그걸 네 이름으로 쓰게 되었지?"

"1년 전 대형 수족관에 갔어요. 그때 몽상가물고기와 우연히 대화를 하게 되었거든요."

"응? 물고기와 말을 주고받았다고?"

"몽상가물고기는 독침이 두 개 있어요. 저는 그게 부러웠어요. 독침 같은 걸 지니고 다닌다면 사람들이 저를 무시하지 않을 것 같거든요. 제가 먼저 말을 걸었죠. '네가 부러워.' 그랬더니 몽상가물고기가 못생긴 눈을 뒤룩뒤룩 굴리며 모래에서 기어 나와 제 앞에서 얼쩡대지 않겠어요?"

여자가 웃음을 참느라 입술을 씰룩였다. 그러거나 말거나 소년은 계속했다. 언제 이런 얘길 할 기회가 또 있겠어, 라고 소년은 생각했다. 소년은 목소리를 변조해 가면서까지 자신의 이야기에 도취되어 갔다.

몽상가물고기: 부러우면 너도 무기 하나쯤 가지는 게 어때?
소년: 어떤 무기를 가져야 할까?
몽상가물고기: 한번 생각해 봐.

"제가 고개를 저었죠. 그랬더니 뭐라고 했는지 아세요?"
"글쎄다."

몽상가물고기: 무기가 없다면 내 이름을 가져다 써. 몽상가. 이 이름을 쓰면 내 독침이 널 방어해 줄지도 모르지.
소년: 네 말대로 나는 무기가 필요해.
몽상가물고기: 내 침엔 독도 있지만 강력한 전기도 일으켜. 50볼트를 한꺼번에 방전하지. 그만큼 강하니까 널 보호하기엔 충분해.
소년: 그것 때문에 피해 입은 사람도 있니?
몽상가물고기: 다이버들이 종종 전기 충격으로 기절하기도 해. 심약한 사람은 죽을 수도 있고. 나를 건드린 죗값이라고나 할까.
소년: 아무리 그래도 사람을 해치면 안 되지.

몽상가물고기: 일부러 그런 건 아냐. 나를 방어했을 뿐이야.

소년: 자기방어를 위해서라면 무슨 짓을 해도 괜찮다는 얘기야?

몽상가물고기: 그럼 내가 죽어야 했을까?

"저는 깊은 생각에 잠겼죠. 정말 그럴까? 자신을 지키기 위해서라면 어떤 행위도 용서받을 수 있는 걸까? 저기요, 죽어 마땅한 못된 인간이 있다고 가정한다면, 해쳐도 괜찮은 거 아닌가요?"

"사람이 사람을 무슨 권리로 단죄할 수 있겠어."

"그런가요?"

"그럼."

"어쨌든 그때부터 제 이름은 몽상가가 된 거죠."

"정말 재미난 소년이로구나. 그 이름, 아무도 불러 주지 않았다고 했지? 내가 불러 줄게. 널 몽상가, 아니 몽상가소년이라고 부를게."

"감사합니다. 저만 한 나이 때 저처럼 이름을 만들었다고 하셨죠? 혹시 사연이 있나요?"

"어떨 것 같아?"

"그럴싸한 멋진 스토리가 있으면 좋겠어요."

"내 나이 열아홉 때였어. 영화 하나를 봤지. 두 개의 이야기로 구성된 영화였어. 이야기가 둘이니까 주인공도 둘이겠지? 두 명의 경찰관이 주인공이야. 둘의 공통점은 최근에 실연당했다는 것이고, 다른 점이라면 하나는 사복 경찰이고 다른 하나는 정복 경찰이라는 거야. 이 중에서 나는 정복 경찰을 좋아했어. 정복 경찰은 실연당한 자만이 지을 법한 우울한 얼굴로 살아가는데, 아마도 내가 그 모습에 반한 것 같아. 정복 경찰은 하루 한 번은 꼭 패스트푸드점에 가서 음식을 사 먹어. 그런데 그 가게 점원 아가씨가 그를 사랑하게 돼. 그녀 이름이 '페이'야. 나도 그 아가씨처럼 정복 경찰을 사랑했기 때문에 그 이름을 사용하기로 했지."

"사랑하면 그럴 수 있어요. 충분히 이해해요."

그때 사이렌이 희미하게 들려왔다. 그러자 소년, 아니 몽상가소년은 제 할 일이 끝났다는 듯 여자를 향해 작별의 인사를 건넸다. 몽상가소년이 자동차에서 도로로 내려섰을 때 여자가 섭섭한 표정을 지었다.

"지루하지 않게 해 줘서 고마워. 네가 없었으면 이 이상한 길에서 나 혼자 뭘 어떻게 했을까. 정말 고맙다. 다음에 또 볼 수 있을까?"

"저는 이 길에 다시 올 거예요. 여기서 할 일이 있거든요. 그때 오시면 만날 수 있어요."

"그때가 언제지?"

"저도 몰라요."

잠시 후 몽상가소년이 다시 입을 열었다.

"바람이 부는 날, 그런 날, 어쩌면 제가 이 길에 다시 서 있을 수도 있어요."

"그런 식으로는 평생 가야 만날 수 없을 것 같구나. 전화번호 좀 알려줄래?"

"저는 전화기가 없어요."

잠시 생각에 잠겨 있던 여자가 글러브 박스를 뒤지더니 명함 한 장을 몽상가소년에게 건넸다.

"여기 내 연락처가 있어. 나한테 도움을 줬으니 답례하고 싶어. 꼭 연락해."

"네, 알겠습니다. 어쨌든 바람이 몹시 부는 날이 오면 제 생각을 해주세요."

사이렌이 점점 가까워지고 있었다. 몽상가소년은 더 이상 거기 있고 싶지 않았다. 여자를 위해서라면 경찰에게 "이 자동차가 지나간 다음 통과한 차량은 단 하나였는데, 연두색 오픈카였고, 굉음을 내는 값진 외제 스포츠카였다"라고 진술해 줘야 마땅하겠지만, 그러면 오라 가라 할 게 분명했다. 몽상가소년은 자리를 뜨는 걸로 나중에 닥칠 귀찮은 일들을 모면하기로 결정했다. 어쨌든 여자가 심각한 사고를 당한 것 같진 않으니 양심에 거리끼는 일은 아니었다.

경찰차가 맨 먼저 도착했고 뒤이어 보험 회사 로고가 새겨진 자동차와 덜컹덜컹거리는 레커, 구급차 등이 거의 동시에 도착했다. 모든 일이 신속하게 처리됐다. 여자는 몇 가지 검사를 하겠지만 큰 탈은 없을 것이다. 가슴에 통증을 느끼는 것 같으니 어쩌면 깁스 정도는 감수해야 할지도 모른다. 뒤처리야 보험 회사에서 해 줄 테니 여자가 특별히 수고할 일은 별반 없을 것이다.

얼마간의 시간이 흘렀다고 여겨질 즈음 몽상가소년이 뒤돌아봤을 때, 길은 언제 무슨 일이 벌어졌느냐는 듯 시치미를 뚝 떼고 있었다. 세상사가 다 그랬다. 누군가 죽어 나간다 해도 흔적조차 남지 않았다. 사람들의 기억에서도 말끔하게 지워졌다. 실은 몽상가소년은 자신이 그리되길 바라고 있었다. 세상에서 사라졌을 때 단 한 사람의 기억에도 남아 있지 않길 원했다. 이미 사라지고 없으니 추억해 준다 해도 본인으로선 그걸 알 수 없는 일이다. 한 인간이 세상에서 소멸되는 순간 그 사람 입장에서는 세상도 끝인 것이다. 모든 인간은 오로지 현재를, 자신의 살아 있는 육체로 더듬거리며 살아갈 뿐이다. 현재만이 실재하는 거였다. 자기 너머를 볼 수 있는 사람이란 존재하지 않을 것이다.

몽상가소년은 길에서의 모든 상황이 종료되고 나서야 비로소 명함을 들여다보았다. '페이'라는, 정복 경찰을 사랑했다는 패스트푸드점 아가씨의 이름 아래 작은 글씨로 '만화가'라고 적혀 있었다.

"나는 빠른 시일 내에 다시 올 것이다. 이 길이, 숲이, 내게 의미 있는 곳인지 아닌지 밝혀내지 않으면 안 되니까. 우리가 경험하는 우연적인 경험이나 현상들이 심층 심리적으로 봤을 땐 결코 우연이 아니라고 하잖아?"

몽상가소년은 어깨를 한 번 으쓱한 다음 명함을 재킷 주머니에 넣고 걸음을 재촉했다.

"우연한 경험도 모두 의미 있는 거라잖아."

탐정 B_1

다른 누군가가 되기를 원하는 것은
자신을 버리는 것이다.
_커트 코베인

남자의 신상 명세를 알고 있는 사람은 거의 없었다. 자신이 그런
사람이라고 주장하니 탐정 B로 불릴 뿐 그의 진짜 이름은 아무도 몰
랐다. 그는 5층짜리 연립 주택 3층에 살고 있었다. 한때는 흥신소에
서, 그 이후의 어느 한 시기에는 심부름센터에서 청춘을 보낸 이 남
자는 자칭 탐정이었다. 그는 '동서기획'이라는 상호를 가진 흥신소에
서 상당 기간 근무한 이력이 있었다. 직원 교체가 빈번하긴 했어도
동서기획은 항상 평균 스물다섯 명의 직원 정도는 유지하던, 동종
업계에선 제법 유명한 흥신소였다. 기술을 빼내 도망친 직원을 찾아
달라는 기업체의 의뢰나 경찰에 신고하기엔 껄끄러운 회사 비리를
알아내 달라는 의뢰, 또 더러는 잃어버린 형제자매를 찾아 달라는

건도 있었지만 흔히 알려진 바대로 의뢰인의 대부분이 배우자의 불륜에 대한 정보를 알고자 하는 사람들이었다.

어찌어찌하다 보니 삼류로 분류되는 직업군에 발을 담갔지만 단 한 번도 진짜 탐정으로서의 꿈을 버린 적이 없는 이 남자는 그러나 이제는 그런 구린 일거리조차 얻어걸리지 못하는 나이에 이르고 말았다. 어려서는 아서 코넌 도일의 『셜록 홈스』나 모리스 르블랑의 『아르센 뤼팽』 시리즈를 열나게 탐독했고, 청년기에는 뛰어난 추리력을 자랑하는 애거사 크리스티의 소설이나 히치콕의 쫓고 쫓기는 스릴러물에 심취했다. 탐정 B는 성인이 된 후로도 절대 꿈이 변하지 않아 영화건 책이건 추리 스릴러물이 아니라면 도통 흥미를 갖지 못했다. 제대로 된 탐정 일은 해 보지도 못한 채 이제껏 변두리 인생의 애환에 젖어 살고 있지만 마흔아홉이 된 지금도 하고 싶은 일은 오로지 하나, 탐정으로서 난해한 사건을 멋지게 해결하는 거였다. 탐정 B라는 이름은 조상이 물려준 성씨가 '변'이라서 그 머리글자를 따 나름대로 멋 부려 지은 것이다.

심부름센터에서 심부름이나 하기에는 과도한 나이가 돼 버린 남자는 건설 현장에서 이 일 저 일 하며 삶을 이어 가고 있었다. 흥신소 같은 데서 남의 뒤만 밟고 살았던 터라 특별한 기술이 없어, 일당도 다른 일꾼에 비해 적지만 그는 현장을 소중한 일터로 생각하고 있었다.

탐정 B는 자신의 현재 직업이 무엇이건 상관없이 늘 탐정으로 불리고 싶어 해서, 직업란의 칸을 채워야 할 일이 있을 때는 예외 없이 사립 탐정이라고 써넣곤 했다. 이 사실을 아는 몇몇은 등 뒤에서 수군대거나 검지를 길게 펴서 머리 위로 큰 원을 그리며 남자를 무시했다. 남들이야 뭐라 하건 개의치 않았지만 아내가 어린 딸을 데리고 떠났을 때에는 크게 후회했었다. 그러곤 기다리고 기다려도 아내와 딸이 영영 돌아오지 않자 남자는 엎드려 울었다.

탐정 B는 노란 양은 냄비 속의 라면을 냄비 뚜껑에 덜고 있는 중이지만 누가 봐도 손길이 건성이었다. 탐정 B는 주방의 수도꼭지를, 좀 더 정확히 표현하자면 거기서 떨어지는 물방울 소리의 패턴에 몰두해 있었다. 그러느라 구불구불한 라면 가닥이 냄비 뚜껑에서 미끄러져 내리는 줄도 눈치채지 못했다.

개수대의 수도꼭지가 똑똑똑, 소리 내며 물을 떨어뜨린 지는 한보름 정도 되었다. 이음새 부분이나 손잡이를 살펴봐도 특별한 이상이 없는 것 같아 처음엔 멍키 스패너로 수도꼭지 밸브를 힘껏 조이는 걸로 사태를 마무리해 보려 했다. 그러나 효과를 보지 못했다. 그런 채로 며칠이 흘렀다. 탐정 B의 신경이 점차 예민하게 반응하기 시작했다. 공간이 협소해서 더욱 그랬을 것이다. 잠까지 설칠 지경에 이르자 방도를 심각히 강구하게 되었다. 고무 패킹의 수명이 다된 게 아닐까 의심하기 시작하니 정말 그런 것 같았다. 그는 즉시 고무 패킹을 사 와서 손잡이 덮개를 드라이버로 젖히고 너트를 풀어 앞으로 당긴 다음 고무 패킹을 교체했다. 운 좋게 제대로 짚었는지 떨어지던 물방울이 뚝 그쳤다. 그러나 이튿날 다시 물이 떨어지기 시작했다.

탐정 B는 수도꼭지가 천둥소리를 낸다 해도 집주인에겐 전화하지 않을 작정이었다. 마침 천정부지로 치솟는 임대료가 사회적 이슈로 등장하고 있는 시점이라 전화벨만 울려도 집주인일까 봐 깜짝깜짝 놀라던 중이었다. 계약 만료 시점이 임박했던 것이다.

수도꼭지를 통째 교체해 보기로 했다. 아무리 살펴봐도 멀쩡해 보이는 수도꼭지였지만 도리 없는 일이었다. 잠을 못 이루는 것보다야 낫지 싶었다. 수면 부족 상태로 노동을 하면 몸이 갑절은 더 힘들고, 그러다 보면 자칫 사고로 이어질 수 있기 때문이다. 그는 애초에 있던 목 돌림식 수도꼭지를 최신식 원터치 방식으로 교체했다. 근근이 살아가는 처지에 돈이 자꾸 축나서 속이 타들어 갔지만 인상될지도 모를 임대료에 비하면 까짓 새 발의 피 정도일 것이란 게 위안이라면 위안이랄 수 있었다. 그런데 정말로 환장할 노릇은 여전히 별다른 효과를 보지 못했다는 사실이다.

탐정 B의 무분별한 시도는 계속되었다. 이번에는 싱크대 아래 플라스틱 스위치 박스가 의심되었다. 처음엔 단순한 의혹이던 것이 점차 확신으로 변했다. 박스 내부의 실리콘 밸브가 사달을 일으키고 있음에 틀림없었다. 실리콘 밸브가 낡으면 수돗물을 완전히 차단시키지 못한다는 사실을 건설 현장의 전문가에게 들은 기억이 났던 것이다. 탐정 B의 손은 어느덧 스위치 박스를 뜯고 있었다.

본디 허리가 좋지 않은 판에 구부리고 작업했더니 그간 우선하던 요통이 재발했다. 작업을 끝낸 탐정 B는 연장을 손에 쥔 채 반듯하게 누워 허리를 다스렸다. 드러누워 곰곰 생각하니 자신의 신세가 한심하고 서러웠다. 전문가에게 의뢰하면 당장에 끝나 버릴 문제였다.

다행히 밸브를 바꾸고 나서는 누수 현상이 감쪽같이 사라졌다. 사나흘이 지나도 이상 징후가 나타나지 않자 탐정 B는 그제야 비로소 득의의 미소를 지을 수 있었다.

일을 마치고 귀가하던 중이었다. 탐정 B의 현관문에 메모지가 붙어 있었다.

우리 집 천장에서 물이 새요. 연락 주세요. 201호.

어쩌라고? 자기 집 천장에서 물 새는 걸 왜 나더러? 허리는 물론이고 무릎까지 시큰거려 계단도 겨우 올라온 참이었다. 탐정 B는 메모지를 떼어 주머니에 쑤셔 넣고는 집 안으로 들어갔다. 운동화를 벗고 실내로 들어서면서 그는 습관적으로 주방을 쳐다봤다. 멀쩡했다. 기술자가 아님에도 완벽하게 고쳐 놓았다는 사실에 한껏 고무된 탐정 B가 수도꼭지를 이리저리 살피는데, 벨 소리가 났다. 짐작대로 201호였다.

"메모지 못 보셨나요?"

"봤습니다. 그런데 아주머니 댁에 물 새는 게 우리 집하고 무슨 상관이 있는지 모르겠습니다만?"

"아저씨네 집에 문제가 있기 때문에 우리 집 천장에 물이 새는 거예요."

"저는 잘 이해가 안 되는데요?"

"직접 확인해 보실래요?"

탐정 B는 아픈 무릎을 손바닥으로 짚고 쩔뚝이며 한 계단 한 계단 천천히 내려갔다. 탐정 B와는 달리 한달음에 내려간 여자가 탐정 B를 올려다보며 물었다.

"무릎이 아프신가 봐요?"

"얼마 전부터 그럽니다."

"관절은 그냥 방치하면 만성 질환이 돼 버려요. 길 건너 정형외과 괜찮던데."

아닌 게 아니라 병원에 가 봐야겠다고 탐정 B는 생각했다.

탐정 B는 201호 여자의 안내를 받아 문제의 방에 들어섰다. 천장에서 물이 뚝뚝 떨어지고 있었고 물을 머금어 무거워진 도배지는 밑으로 축 처져 있었다. 침대 바로 위쪽이어서 이불이고 시트고 축축하게 젖어 있고 플라스틱 양동이가 받쳐져 있었다.

"집에 들어오니 저 지경인 거 있죠? 어떡해요?"

"언제부터 이래요?"

"점심 무렵부터 그런 것 같아요. 아침엔 멀쩡했거든요."

아래층 여자는 울상이었다. 척 봐도 탐정 B의 집이 사달의 원인을 제공한 게 분명했다. 최근에 이것저것 건드린 게 탈이 난 모양이었다.

"집주인한테 연락해 보세요. 저런 건 집주인이 고쳐 줘야 하는 거예요. 그나저나 이불이랑 다 어째?"

탐정 B는 알았다고 대답한 뒤 집으로 올라왔다. 골치가 지끈거렸다. 뭔가 잘못 손댔음에 틀림없었다. 집주인에게 연락할까 잠깐 궁리해 봤지만 임대료 걱정이 태산이라 아무래도 켕겼다. 게다가 쓸데없이 이것저것 손대서 문제를 키운 건 본인이니 수리비는 당사자가 부담해야 옳았다.

울긋불긋 표지도 요란한 동네 가이드 책자를 펼쳤더니 첫 장부터 설비업체 광고였다. 각종 설비업체 광고는 책장을 넘겨도 넘겨도 계속될 정도로 다른 광고에 비해 수적으로 우세했다. 집 문제로 골치를 썩는 사람들이 많은 모양이었다.

이튿날 수도 설비업체 업자는 일찌감치 들이닥쳤다. 노동으로 밥 벌어먹고 사는 사람들은 화이트칼라보다 아침을 일찍 열고 또 이른 시각에 일을 접는다. 탐정 B도 새벽밥 지어 먹고 나가는 사람 가운데 하나라 누구보다 잘 알고 있었다. 업자는 준비해 온 누수 탐지기로 두어 군데 검사하더니 금세 원인을 찾아냈다.

"최근에 밸브 교체하셨나요?"

탐정 B가 고개를 끄덕였다.

"설치를 잘못하신 겁니다. 여기 거품 보이죠?"

전문가는 역시 달랐다. 여기저기 뚝딱뚝딱 만지고 나니 신기하게도 아랫집 천장에서는 더 이상 물이 떨어지지 않았다.

201호 여자가 고개를 갸웃거리며 물었다.

"왜 집주인한테 연락 안 하세요?"

대답이 궁색했던 탐정 B는 되는대로 대답했다.

"그냥요."

"아저씨 돈으로 하신다니까 제가 봐 드려서 천장 도배만 하는 거예요. 제대로 하자면 벽도 천장과 같은 걸로 다시 해야 하는 거 아시죠? 이불이며 시트 세탁비도 부담하셔야 하는 거고요."

탐정 B는 아랫집 여자에게 고맙다며 굽실댔다. 집으로 돌아온 탐정 B는 원망스러운 눈으로 수도꼭지를 힐끗대면서 벌렁 드러누웠다. 위아래 층 동동거리며 다녔더니 몸의 통증이 더 심해졌다.

파스라도 붙여야겠다고 생각한 탐정 B가 막 몸을 일으킬 때였다. 이게 웬일인가. 이제는 정말 멀쩡해야 할 수도꼭지가 다시 물을 똑똑 떨어뜨리고 있었다. 어이가 없어 더 이상 분노도 치밀지 않았다. 설비업체에 전화해서 항의해야 마땅했지만 그러기도 싫었다.

탐정 B는 수도꼭지에게 항복하기로 작정했다.

"알았다, 알았어. 네가 이겼다."

포기하자고 드니 오히려 마음이 편했다.

문득 시장기를 느낀 탐정 B는 라면이나 먹을 요량으로 냄비에 물을 받아 가스레인지에 올렸다. 라면이 다 익자 냄비째 작은 소반에 올려놓았다. 그릇에 덜고 자시고 하는 행위를 하지 않은 지는 이미 오래되었다.

라면을 막 먹으려던 바로 그 순간이었다. 탐정 B의 안테나가 돌연 작동하기 시작했다. 수도꼭지에서 흘러내리는 물이 일정한 패턴을 가지고 있는 것처럼 여겨졌기 때문이다. 똑, 똑, 똑 이런 식이 아니라 똑, 똑똑, 또옥, 똑, 똑, 또옥또옥, 똑똑똑똑 이렇게, 즉 한 방울이 똑 떨어질 때가 있는가 하면 어느 땐 길게 두 번, 또 어느 땐 짧게 여러 번 물이 흘러내리기도 한다는 현상을 눈치챈 것이다. 수도꼭지에서 내보내는 물소리가 메시지를 담고 있는 것 같았다. 탐정 B는 숨 죽인 채 떨어지는 물방울을 관찰했다.

군대 시절 탐정 B는 특화된 보직을 맡았다. 군사 정보와 밀접한 관계가 있는 보직으로, 다양한 정보를 수집하거나 그와 관련된 일을 하는 작전병이었다. 덕분에 훈련보다는 작전 수행이 많아 다른 동기생에 비해 편하게 군 생활을 했다고 할 수 있는데, 그때 배운 게 모스 부호였다. 같은 보직을 수행하는 동기들과 모스 신호로 종종 장난 대화도 할 정도로 그 일을 좋아했다. 깜박임만으로도 신호를 보내는 것이 가능해 손전등을 껐다 켜기도 했고, 어느 땐 벽을 사이에 두고 톡톡 치는 신호로 의사 교환을 하기도 했다. 숙련되었을 때는 1분당 30개까지 송신이 가능할 정도로 탐정 B의 모스 신호 전송 능력은 상당했다. 제대한 뒤에도 군 생활의 습관을 한동안 버리지 못해 일상 속에서 들리는 온갖 소리에 귀 기울이기 일쑤였고, 한때는 모스 부호를 이용해 일기를 쓰기도 했다. 그런데 지금, 자기 집 물소리가 어쩐지 모스 신호처럼 인식되었다.

"어, 이거 뭐지?"

탐정 B의 눈동자가 돌연 반짝 빛을 발했다. 바짝 달아오른 호기심에 온몸이 긴장했다. 탐정 B는 서랍을 열어 메모 노트와 볼펜을 꺼냈다. 가로선이 빽빽이 그어진 노란 메모 노트였다.

똑똑똑똑 똑 똑또옥똑똑 똑또옥똑똑 또옥또옥또옥 똑또옥또옥

탐정 B의 손이 재빨리 물소리를 받아 적었다.

**** * *—** *—** ———

HELLO

"Hello!"

탐정 B는 실성한 사람처럼 방 안을 빙글빙글 돌며 소리 질렀다.

"Hello! Hello! Hello! 분명 Hello야. 무슨 일이야! 수도꼭지 안에서 무슨 일이 벌어지고 있는 거냐고!"

탐정 B는 자신의 생각을 의심했다. 아니, 의심해야만 했다. 어떻게, 무슨 수로 수돗물이 모스 신호를 보낼 수 있는가. 결코 있을 수

없는 일이었다. 그럼에도 탐정 정신에 충만한 탐정 B가 일말의 기대를 버리지 않고 다시 귀를 기울이니 이번에는 좀 전과는 다른 형태의 물소리가 들려왔다.

똑똑똑똑 똑 똑또옥똑똑 똑또옥또옥똑

**** * *—** *——*

HELP

또옥또옥 똑

—— *

ME

"Help me 도와주세요! 뭐야, 대체!"

괴이한 일이 눈앞에서 벌어지고 있었다. 탐정 B는 두 다리에 힘이 쭉 빠지면서 그대로 스르르 주저앉았다.

그러고 보니 기껏 끓여 놓고선 라면엔 손도 대지 못했다. 팅팅 불어 터진 라면은 우동 가락처럼 변해 버렸고 국물이라곤 남아 있지도 않았다. 식욕이 싹 가신 탐정 B는 양은 냄비를 가스레인지 위에 도로 올려놓고 수도꼭지를 노려보았다. 수도꼭지는 천연덕스럽게 지속적으로 물을 내보내고 있었다.

탐정 B는 수도꼭지를 최대한 열었다. 많은 양의 물이 콸콸 쏟아져 내렸다. 그런데 이건 또 무슨 일인가. 멀쩡하던 양은 냄비 뚜껑이 갑자기 들썩들썩 위아래로 제멋대로 움직이기 시작했다. 혹시 가스레인지를 켜 놓았나 점검했지만 그럴 리 없었다. 온몸에 소름이 돋았다. 탐정 B는 떨리는 손으로 냄비를 들어 올려 싱크대에 내려놓았다. 냄비는 언제 그랬느냐는 듯 말끔한 얼굴로 시치미를 떼고 있었다.

타논 카오산

인생 그 자체는 선도 아니고 악도 아니다.
그것은 당신들의 처신 여하에 따라
선도 되고 악도 되는 것이다.
_미셸 드 몽테뉴

공항 택시에 올라탄 페이는 짧게 주문했다.

"타논 카오산 플리즈."

버스를 이용하면 150바트에 갈 수 있는 거리라지만 페이는 미터 택시를 선택했다. 택시 기사는 라디오를 듣고 있었다. 어린 시절에야 대강이라도 알아들었지만, 지금은 완전히 낯선 언어로 변해 버린 현지어들이 쏟아져 나왔다. 이 나라 말은 다소 딱딱하고 수다스러운 느낌을 주었다.

교통 체증이 대단했다. 예전엔 이러지 않았다. 하기야 예전엔 어느 도시나 다 지금과 같지 않았다.

한참을 달려 어느 거리에 택시가 막 진입했을 때 페이는 대번에 그곳이 카오산임을 알아차렸다. 어찌 모르겠는가. 곳곳에 추억이 서려 있는데.

공항에서부터 대략 40분은 소요된 듯했고, 미터기는 300바트를 표시하고 있었다. 기사는 자동차 트렁크에서 캐리어를 꺼내 주며 즐거운 시간을 보내라는 인사말까지 친절히 보냈다. 거리는 여행자들로 북적거렸다. 바퀴 달린 캐리어를 끌고 가는 사람보다 배낭족이 더 많은, 한눈에도 배낭여행자들의 성지란 걸 실감케 하는 유쾌한 거리였다. 찾아온 목적조차 잠시 잊을 정도로 매력이 가득한 거리에 서니 주책없이 설렜다. 진주처럼 아롱대는 그리움이 부드럽게 페이를 휘감았다. 항상 생각하는 바이지만, 모든 기억을 지우고 현재를 살 수 있다면, 그 대단한 축복이 자신에게 내려진다면 얼마나 좋을까 하는 상념에 잠겨 보기도 했다. 발바닥이 화끈대는 이유는 뜨거운 태양이 길바닥을 달궈 놓았기 때문이다. 그럼에도 그런 것쯤은 아랑곳하지 않는다는 듯 맨발로 활보하는 여행객들이 많은 장소가 바로 여기 카오산이고, 지열만큼이나 젊은이들이 쏟아 내는 열정 또한 대단한 곳이 이 거리다.

페이는 동생을 만나기 위해 이곳에 왔다. 외모는 물론이고 취향까지도 페이와 꼭 닮은 일란성 쌍둥이 동생이다. 페이는 그림에 소질이 있었고 동생은 글을 제법 잘 썼다. 함께 있는 것만으로도 충만하던 시절이 있었다. 자매의 꿈은 화가와 시나리오 작가였다. 그녀들은 후일 예술가로 활동하게 되면 사용할 이름을 미리 지어 놓기로 했다. 수많은 이름을 열거해 봐도 마음에 드는 게 없던 중에 우연히 영화를 보게 되었다. 주인공으로 두 남자가 나오는데, 하나는 정복 경찰이고 다른 하나는 사복 경찰이었다. 정복 경찰의 외모는 미남 스타일은 아니지만 애상적인 분위기를 풍겼다. 반면 사복 경찰은 수려한 외모를 가지고 있었다. 이들의 공통점이라면 둘 다 실연의 아픔을 가지고 있다는 것인데, 떠나간 여자를 잊는 방법은 각기 달랐다. 정복은 자신의 소유물에 대고 혼잣말로 중얼거리는 걸로 실연을 극복하려 했고 사복은 매일매일 도시를 질주했다. 정복은 하루에 한 번씩은 반드시 패스트푸드점에 들렀다. 그러나 슬픔에 빠진 나머지 점원이 자기를 흠모하고 있다는 사실을 알지 못한다. 페이는 정복을, 동생은 사복을 사랑했다. 그래서 페이는 정복을 짝사랑하던 패스트푸드점의 점원 '페이'를 자신의 새 이름으로 사용하기로 했고, 동생은 사복이 잊고자 무던히도 애쓰던 옛 애인의 이름 '아미'를 가져다 쓰기로 했다. 자매는 서로를 지칭할 때 새 이름으로 부르자고 약속했다. 자꾸 불러 줘야 제 것이 될 거라 여겨 서로 열심히 불러 주었다. 페이는 가끔 생각했다. 혹시 우리 자매가 이렇게 된 건 이름 때문이었을까 하고.

후일 페이는 화가가 아닌 만화가가 되었고, 그때 지은 이름 '페이'를 필명으로 사용하게 되었다. 자매끼리만 지칭하던 장난스러운 이름이 활자가 되어 세상에 나오던 순간부터 그녀는 명실상부하게 '페이'로 다시 태어났다. 그러나 동생도 그때 지은 이름으로 살고 있는

지는 알 길이 없었다.

페이는 이따금 모호하고 비현실적인 길에서 만난 신비로운 소년을 떠올리곤 했는데, 그 이유 중 하나가 이름 때문이었다. 그 소년도 스스로 지은 이름으로 살아가고 있었다. 몽상가소년을 생각할 때마다 그녀는 동생과 자신의 어린 시절을 떠올렸다. 홍수처럼 쏟아 내던 어이없는 얘기들이 당치 않긴 했지만 몽상가소년도 페이 자매가 그랬던 것처럼 단지 상상력이 풍부할 뿐이라고 이해하면 이상할 것도 없었다.

페이 자매의 어린 시절은 더없이 평온했다. 사회적으로 성공한 아버지에 야무지게 안살림을 꾸리던 다정한 엄마가 있었다. 쌍둥이라 그랬는지 별나게 친밀했다. 둘이 쌓아 올린 단단한 성채로 누군가를 들이려 하지도 않았다. 자매의 엄마는 그 점에 대해 걱정이 많아 종종 등교 준비를 하는 두 딸에게 이렇게 말했다.

"얘들아, 친구들도 좀 데려오렴."

하지만 그런 일은 좀처럼 일어나지 않았다.

엄청난 사건은 자매가 스물한 살 되던 해에 일어났다. 똑같이 예술가의 꿈을 키우며 살던 쌍둥이의 운명은 이때부터 극명하게 갈리고 말았다.

페이가 담배를 입에 물었다. 그때 일은 생각하고 싶지 않아!

동생이 이 거리 어딘가에 거주하고 있다고 알려 준 건 메이였다. 메이는 자매의 10대 시절 친구로, 지금은 이 나라의 호텔 로열파크뷰에서 호텔리어로 일하고 있다.

"네 동생을 봤어."

메이의 목소리는 잔뜩 격앙돼 있었다. 메이는 이어 "네 동생은 우리 나라 방람푸에 살고 있어"라고 덧붙였다. 놀라운 사실에 페이는 하마터면 휴대 전화를 떨어뜨릴 뻔했다.

페이의 가족은 아버지의 직업 때문에 여러 나라를 옮겨 다니며 살았다. 마침내 고국에 정착하기 바로 전, 그러니까 자매의 나이 열다섯에서 열일곱까지 살던 국가가 바로 지금 페이가 발 딛고 서 있는 이 나라였고, 방람푸의 카오산은 이 나라의 여러 거리 가운데 자매가 열렬히 환호하던 장소였다. 틈만 나면 카오산의 골목들을 훑고 다녔다. 용돈만으로도 맘껏 군것질할 수 있는 거리 음식이 무척 많았고, 골목 안에 다닥다닥 들어차 있는 아기자기한 가게들은 아무리 구경해도 볼 때마다 새로웠다. 지리학상의 위치 때문에 인근 여러 나라의 것들도 구비해 놓고 있어서 상당히 이국적으로 다가오던 거리였다. 그때 함께 어울려 다니던 유일한 외국인 친구가 바로 메이였다.

"카오산에 있는 람부뜨리 빌리지를 장기 임대해서 살고 있다고 했어. 200여 개의 객실을 갖춘 대형 게스트 하우스야. 관광객들이 선호하는 숙박 시설이지. 비용은 다른 곳에 비해 다소 비싼 편이지만 객실이 넓고 위치 또한 좋은 편이야. 빌리지 안에 레스토랑은 물론이고 인터넷 카페나 쇼핑 플라자, 빨래방까지 입점해 있어서 장기 투숙하기엔 안성맞춤인 곳이기도 해."

"언제부터 거기서 살았대?"

"그거야 모르지. 이 나라가 익숙해질 때까진 이 집 저 집 렌트해서 살았다는데, 우연찮게 돈을 좀 모았다고 해. 모습이 많이 변해서 처음엔 못 알아봤어."

"어떻게 만났어?"

"호텔에 왔던걸. 물론 내가 근무하는 줄 모르고 왔겠지. 네 동생이 먼저 날 알아본 게 확실해. 의식적으로 시선을 피하는 게 수상해서 유심히 뜯어보니 네 동생이더라고. 내 눈썰미가 보통이 아니라서 알아본 거야. 전혀 다른 얼굴이 돼 버렸더라. 무슨 말인지 알지?"

"성형했다는 얘기야?"

"페이스오프라고 하지 흔히들."

메이는 람부뜨리 빌리지의 약도와 주소를 이메일로 보내 줬다. 한 달 전의 일이었다. 여기까지 오게 된 것은 숱한 고민 끝에 어렵게 내린 결정이었다. 늘 한 번은 만나야 한다는 강박 관념에 사로잡혀 있던 터라 막상 오긴 했어도 옳은 선택인가에 대해선 여전히 확신이 서 있지 않은 상태였다.

몇 발짝 걷지도 않는데 땀이 비 오듯 쏟아져 내렸다. 카디건을 벗어 가방 손잡이에 질끈 묶었다. 탱크톱 차림이 되었지만 부끄러울 게 없는 것이, 남자들은 아예 웃통을 훌렁 벗어젖힌 채 구릿빛 근육을 자랑하고 여성들도 등이 훤히 드러나 보이는 홀터넥 차림이 대부분일 정도로 자유분방한 거리이기 때문이다. 당장 바닷물에 뛰어들어도 전혀 이상할 것 없는 복장이 대부분이었다. 페이는 자신의 가슴골에 송골송골 맺혀 있는 땀방울을 내려다보다가 손수건으로 살짝 닦아 냈다. 거리 곳곳에 음악이 넘쳐 나고 있었다. 섀기(자메이카에서 태어난 미국의 싱어송라이터이자 래퍼이며 디스크자키)의 레게가 들려오자 페이는 착잡한 심정과는 달리 달뜨기 시작했다.

길을 따라 늘어선 좌판은 시디, 티셔츠, 모자, 각종 액세서리, 먹을거리, 가방, 심지어는 인조 머리칼에 이르기까지 아이템도 꽤나 다양했다. 여행객을 접이식 의자에 앉혀 놓고 머리칼을 땋아 주는 상인이 있어 가까이 가 보니 색실을 넣어 가며 레게 머리를 만들고 있었다. 섀기의 레게는 이 상인이 틀어 놓은 거였다. 저 머리를 하려면 얼마를 지불해야 하는 것일까, 레게 머리를 하면 샴푸는 어떤 방식으로 해야 할까, 페이가 이런저런 잡생각에 잠겨 그 모습을 바라보는데, 한 무리의 젊은이들이 좁은 골목에서 우르르 튀어나왔다. 그들은 함성과 함께 물총을 쏘며 도로 가운데를 질주했다. 그 통에 페이도 물벼락을 맞았지만 기분이 나쁘지 않았다.

"내 동생은 그곳에서 뭘 하며 살지?"
페이의 물음에 메이는 "알 수 없지"라고 답한 뒤 말을 이었다.
"어쨌든 너희는 자매잖아. 만나는 게 순리 아닐까?"
그래서 여기까지 오게 된 거였다.

도로를 사이에 두고 양쪽으로 가게들이 들어차 있었는데, 대부분 레스토랑이나 옷 가게로 보였다. 아무리 복잡한 심사라지만 낭만이 넘치는 이 거리를 잠깐만이라도 구경하고 싶었다. 페이는 밥 말리 헤어스타일의 청년이 앉아 있는 레스토랑으로 들어갔다. 테라스에 앉아 있던 그 청년은 마이클 잭슨의 '빌리 진'에 맞춰 몸을 흔들고 있었다. 테라스의 등나무 의자는 보기엔 시원해 보였지만 실제로는 따끈했다. 메뉴판을 훑고 있자니 엉덩이의 갈라진 선이 드러난 힙합바지 차림의 종업원이 춤추듯 다가왔다. 당장이라도 문 워크를 해보일 태세였다. 그 모습에서 페이는 어쩔 수 없이 다시금 몽상가소년을 떠올렸다.

잠시 후 테이블에 도착한 구아바 주스는 얼음이 잔뜩 들어 있어 마뜩잖았지만 파파야 샐러드는 시큼한 게 개운했다.

자매에겐 비밀이 없었다. 일기장도 공유할 정도였다. 그런데 어느 날인가부터 동생이 허락 없이는 제 방에 들어오지 말라며 역정을 냈다. 그게 시작이었던 것 같았다. 그 이전에도 뭔가 낌새가 있었을 수 있지만 페이는 알아차리지 못했다. 어느 날 문득, 더 이상 함께 영화를 보고 있지 않다는 사실을 인지했고 음악도 공유하고 있지 않다는 걸 깨닫게 되었다. 어, 이거 뭐지? 하면서 고개를 갸웃하는 사이 동생은 돌연 사라져 버렸다가, 몇 개월 후 불룩하게 솟아오른 배를 안고 돌아왔다. 두 다리가 코끼리처럼 굵어져 있었고 얼굴도 부어 있었다. 도무지 이유를 알 길 없던 동생의 실종과 함께 몸져누웠던 엄마는 자신의 딸이 달덩이처럼 둥글게 솟아오른 배로 돌아오자 뒷목을 잡고 쓰러졌다. 그리고 다시는 일어나지 못했다. 아버지의 동생을 향한 분노가 극한 상황으로 치달았다. 모든 것이 엉망진창이 되어 버렸다. 아버지는 자신의 성공적인 삶에 지극히 기꺼워하며 살던 사람이있다. 극히 세속적인 의미로 자부심에 넘치던 사람이었다. 아버지는 동생에게 엄마의 장례식에 참석하지 못하게 했고, 아무도 모르는 곳에 가서 죽어 버리라고 소리쳤다. 비록 방법은 달랐으나 페이도 아버지의 심정과 크게 다르지 않았다. 그녀는 침묵으로 동생을 밀어 냈다.

그때 내가 다독여 줬더라면 상황이 달라졌을까. 나만큼은 같은 편에 서 줬어야 했을까. 하긴 장례를 치르느라 신경 쓸 여력이 없었어. 페이는 지금도 그때와 마찬가지로 자신을 옹호하지만 그게 전부가 아니란 걸 누구보다 잘 알고 있다.

"미안해. 정말 미안해, 언니."

보이스 레코더처럼 같은 말만 되풀이하며 울던 동생이 다시 집을 나갔다. 이때를 기점으로 동생은 완벽하게 페이의 인생에서 빠져 버렸다. 그 어떤 작은 소식도 들을 수 없었다. 메이의 전화를 받기 전까지는.

페이의 아버지는 엄마 사후 1년째이자 동생 실종 1년 되던 해에 재혼했다. 이후 페이 부녀가 만날 일은 좀처럼 생기지 않았다. 결혼

상대가 아버지에 비해 어이없을 정도로 젊었던 까닭에 재혼 이듬해에는 자식도 얻었다. 아들딸 쌍둥이라고 들었다. 대면한 적이 없으니 그들이 페이 자매를 닮았는지의 여부 또한 알 길이 없다. 쌍둥이를 낳은 걸 보면 부계에 쌍둥이 유전자가 있었던 모양이다. 아버지는 새로운 가족과 함께 편안한 노후를 보내고 있을 거라는 게 페이의 짐작이다. 과거에 페이의 가족과 그렇게 살았듯이 새로운 가족도 잘 이끌고 있겠지.

페이는 바닥에 남아 있는 구아바 주스를 마저 들이켠 후 관광 지도와 함께 하이네켄 한 병을 주문했다. 파파야 샐러드는 그새 물기가 흥건해져서 새로 소시지 안주도 주문했다.

날이 저물면서 더위는 서서히 수그러들고 있었는데, 그때를 기다렸다는 듯 거리는 점점 더 활기차게 살아나고 있었다. 놀라울 정도로 많은 사람들이 모여들기 시작했다. 말할 것도 없이 밤이 되면 몹시 흥청거릴 것이다. 특히 이 거리는 그런 점에서 보자면 두말할 나위 없다.

동생이 살고 있다는 람부뜨리 빌리지는 지도에 의하면 왓 차나 쏭크람 오른쪽에 있는 람부뜨리 거리 중간쯤에 위치해 있었다. 페이가 앉아 있는 레스토랑에서 꽤 가까운 듯했다. 페이는 메이의 말을 상기하면서 관광 지도에 명시되어 있는 장소 하나하나에 동그라미를 쳐 나갔다.

"아유타야 은행이라고 눈에 띄는 장소가 지척에 있으니 찾기 쉬울 거야. 바로 옆에는 싸왓디 레스토랑이 있으니 참고하고. 근처 위앙 따이 호텔이 시설 면에서는 훨씬 더 좋지만 객실비가 람부뜨리 빌리지에 비해 세 배가량 비싸서 엄두를 낼 수 없었다고도 하던걸."

태어나는 것과 살아 내는 것

나는 아무래도 이 세상에서 보잘것없는
여행자에 지나지 않는 듯하다.
_요한 볼프강 폰 괴테

"선생님, 선생님, 저는 어디에서 왔나요?"

"선생님, 선생님, 제 엄마는 어디 있어요?"

아이였던 시절의 몽상가소년은 L을 졸졸 따라다니며 틈만 나면
물었다.

"선생님, 선생님, 제 이름은 누가 지은 건가요?"

그 질문이 무엇이건 간에 L은 아이의 궁금증을 풀어 주지 않았다.
몽상가소년이 다섯 살이 되기 전까지는.

L은 자애보육원의 직원이었지만, 아이의 기억 속에는 L이 자애보
육원이었고 보육원이 곧 L이었다. 둘은 동일한 존재로 아이의 머릿
속에 저장되어 있었다. 자애보육원 어느 곳에나 그녀가 있었다. 매

우 성실하게 그리고 최선을 다해 아이들을 보살폈으며, 특히 몽상가
소년을 사랑했다.

몽상가소년의 나이 다섯 살 무렵이었다. L이 아이를 손짓하여 불
렀다. 가까이 오자 L은 아이를 답삭 들어 무릎에 앉힌 다음 초코칩
쿠키 상자를 내밀었다.

그녀가 아이의 머리를 가만히 쓰다듬으면서 입을 열었다.

"애야, 지금부터 내가 하는 말을 잘 들어라. 다신 너한테 이 말을
할 수 없을 테니까 잘 새겨 두었다가 너 자신이 궁금해질 때마다 기
억하렴."

아이는 처음엔 쿠키 상자를 뜯느라 정신이 없었다. 하지만 L이
"너는 숲에서 발견됐어"라는 말로 서두를 꺼냈을 때, 달콤하고 부드
러운 쿠키는 멀리 사라졌다.

"너는 숲에서 발견됐어."

아이는 그만 '얼음'이 되어 버렸다.

"봄이었는데, 예쁜 야생화들이 지천이었지. 나는 가랑잎을 뚫고
솟아난 노란 복수초와 희디흰 너도바람꽃을 특별히 기억하고 있어.
너도바람꽃 기억하지? 너에게 보여 준 적 있잖아."

겨우 마술이 풀려 '땡'이 된 아이가 작은 입을 벌려 대답했다.

"네, 선생님."

"새들이 고운 목소리로 노래하고 있었어. 정말 멋진 곳이었단다.
노루귀와 씀바귀 같은 식물도 지천으로 널려 있었지. 그 숲에서 내

가 널 발견한 거야. 너는 소풍 바구니 안에 들어 있었고, 작은 네 몸을 싸고 있던 것은 값져 보이는 비단 포대기였어."

"소풍 바구니!"

"네 옆에는 노란색 딸랑이와 우유병도 있었지. 딸랑이를 흔드는데 방울 소리가 어찌나 영롱하던지! 여느 때와 마찬가지로 야생화를 채집하러 그 숲에 갔었거든. 숲은 시야가 탁 트인 쭉 뻗은 길 양옆으로 우거져 있었어. 그 길은 비포장도로 흙길이었지. 숲에 어쩌면 그리 새가 많이 살고 있는지 깜짝 놀랄 지경이었어. 강을 건너고도 한참 들어가야 하는 먼 곳이란다. 비가 온 뒤라 황토가 신발에 들러붙어 걷기 힘들 지경이었지만 정작 숲 속에 들어갔을 땐 전혀 문제가 되지 않았어. 왜냐하면 온통 풀 천지여서 신발 밑창에 들러붙은 흙을 거기 문질러 떼어 내 버렸거든. 내가 너를 발견하던 순간 난데없는 바람이 불었어. 똑똑히 기억한단다. 너무 느닷없는 바람이었으니까. 그날은 바람 한 점 없이 무더운 날이었거든. 그런데 이상하기도 하지. 널 발견하던 그 순간 갑자기 누군가 일부러 보내 주는 것처럼 바람이 불어왔단다. 덕분에 기분이 상쾌해졌지. 내 말 이해하겠니? 잘 새겨들어야 해."

"바람이 갑자기 불어왔다고요?"

"그래, 갑자기 말이야. 오죽하면 네 이름을 '바람'으로 지을까 생각했었겠니."

"바람!"

"너는 나를 보자 방글방글 웃었어. 사랑스러운 아기였지. 나는 그 때 생각했단다. 아기가 울지도 않네, 하고 말이야. 네가 들어 있던 소풍 바구니는 종려나무 잎사귀로 만든 거였어. 종려나무 알지?"

"어제 예배 시간에 원장 선생님이 말씀하신 그 나무요?"

"그렇단다. 나귀 타고 들어오시는 예수님을 백성들이 종려나무 가지를 흔들며 환영했다고 원장 선생님이 말씀하셨잖니."

"기억해요, 선생님."

"레이스가 바구니 입구 쪽 사방을 둘러싸고 있었고…… 레이스가 뭔지 알지?"

"원장실 창문 커튼 같은 거요."

"잘 아는구나. 바구니 안쪽으로는 체크무늬 옥스퍼드 천이 몇 겹이나 두툼하게 깔려 있었어. 그 위로 실크가 덮여 있었는데 차마 만지기조차 조심스러울 지경이었지. 아 참, 너는 아직 어려서 말귀를 제대로 알아들을 수 없겠구나. 그러니까 무슨 말인가 하면, 굉장히 좋은 소풍 바구니였다는 뜻이야. 네 엄마는 귀부인이었던 것 같아. 알지, 귀부인? 높은 신분의 사람 말이야."

"네. 알아요, 선생님."

"대나무로 만든 손잡이는 또 어찌나 결이 곱던지! 비단 포대기도 마찬가지야. 그건 아무 데서나 살 수 있는 게 아니었어. 분명 바느질 솜씨 뛰어난 전문가가 정성스럽게 지었을 거야. 어쩌면 네 엄마가 너를 위해 손수 만들었을지도 몰라. 아! 그럴 거야. 난 그랬을 거라고 확신해. 그렇게 아름답게 바구니를 치장할 정도라면 네 엄마는 예술가였을지도 모르지. 그러니까 넌 왕자님처럼 고귀한 존재란다. 내 말을 믿어야 해. 그리고 너 자신에게 자부심을 가져라."

"제가 왕자님처럼 귀한 아이란 말이죠?"

"어떤 엄마들은 자신이 부르고 싶던 아기 이름을 바구니 안에 적어 놓기도 하는데, 네 엄마는 그러지 않았지. 아무런 편지도 들어 있지 않았어. 혹시 내가 발견하지 못한 걸까."

몽상가소년은 스스로를 환영받지 못하는 아이라 인식하며 자랐다. 부모 없는 아이로 보육원에서 살고 있는 사이 자존감도 자신감도 뭣도 없는 아이가 돼 버린 지 오래였다. 그러나 이날 들은 L의 얘기는 아름다운 음악과도 같아서 아이는 한마디 한마디를 머리가 아닌 가슴에 새겼고 그제야 비로소 자신의 존재를 사랑할 수 있게 되었다. 실은 현실감이 결여된 동화 같은 얘기였지만 그걸 의심하기엔 아이의 나이가 너무 어렸다. 아이는 L의 이야기를 보물처럼 끌어안고 살았다. 비록 고아 신세지만 태생만큼은 고귀했다는데, 그 눈부시고 희망적인 얘기를 어찌 거부할 수 있을까.

동화책에나 나올 법한 얘기를 들은 그날 이후 그러나 몽상가소년은 다시는 L을 볼 수 없었다. 초코칩 쿠키와 함께 동화를 선물하던 날 밤 퇴직한 것이다. L의 퇴직 소식은 이튿날 아침 식사가 막 시작될 무렵 원생들 사이에 퍼져 나갔다. 아이는 믿을 수 없었다. 그 소문이 사실이라면 L은 원생 가운데 마지막으로 자신을 만났음에 틀림없다. 자신을 만난 뒤 즉시 짐을 챙겨 떠났거나 혹은 이미 짐을 챙겨 놓은 다음 자신을 만났을 수도 있다. 어쨌거나 이미 떠나기로 작정한 후였을 것이다. 그렇다면 왜, 어째서 귀띔조차 해 주지 않은 것일까. 매달릴까 봐? 함께 데려가 달랄까 봐?

수저를 쥔 아이의 손이 와들와들 떨려 왔다. 폭풍우처럼 밀려드는 서러움. 너무도 큰 충격이었다. 아이는 울먹이느라 밥을 제대로 먹을 수 없었다.

아이는 오전 내내 울었다. 놀이터 벤치에 앉아서도 울고 숙소 구석 자리에 쭈그리고 앉아서도 울었다. 자꾸만 눈물이 나왔다. 원생들은 아이가 왜 우는지 몰랐다. 사실 아이조차도 자신이 왜 울고 있는지 자세히 알지 못했다. 막연히, 뭐랄까, 무지하게 서러웠다.

점심 식사를 위해 식당 의자에 앉아 있을 때는 아이의 눈앞에 믿을 수 없는 현상이 벌어졌다. 밥알이 꿈틀대더니 쌀벌레로 변하기 시작했던 것이다. 기다랗고 누런 몸통 끝에는 까만 점 같은 눈이 붙어 있었다. 역겨웠다. 다른 아이들 것을 넘겨다봐도 마찬가지였다. 구역질이 났다. 위장 속의 것들이 역류해서 밀려 올라왔다. 화장실에 가려고 얼른 일어섰지만 이미 늦었다. 토사물이 원생들의 밥과 반찬에 이리저리 튀었다. 한바탕 소란이 일었다. 아이는 친구들의 식사를 방해한 죄로 원장에게 혼쭐이 났다.

늦은 오후가 되었다. 이때쯤엔 구역질 대신 상실감이 고개를 쳐들었다. 아이의 발길이 절로 L이 가꾸던 야생화 밭을 향한 것은 그녀가 그리워서였을까. 보라색과 분홍색, 하얀색이거나 붉은색의 꽃들은 어제와 다름없이 아름다웠지만 이제는 돌봐 줄 사람을 잃어버렸다. 그 역할을 누가 대신해 줄 것인가? 야생화는, 그러니까 버려진 것이었다. 몽상가소년처럼, 그리고 자애보육원의 모든 원생들처럼.

이윽고 야생화 밭 한가운데로 걸어 들어갔을 때엔 다시 한 번 눈물이 솟구쳤다. 자기를 버린 L 때문에 절대로 울고 싶지 않았지만 뜻대로 되지 않았다. 몽상가소년은 소맷부리로 눈물을 닦아냈다. 그때 소매 끝에 달려 있는 단추가 아이의 볼을 스쳤다. 쓰라렸다. 아팠다. 아파서 화가 났다. 걷잡을 수 없을 만큼 분노가 치밀었다. 솟구친 노기는 점차 기세를 키워 가기 시작했다. 두 주먹을 꽉 움켜쥔 아이는 부르르 작은 몸을 떨었다. 그때였다. 돌연 사이렌 소리가 귓속을 파고들었다. 골이 깨질 듯 아팠다. 아이는 두 손으로 귀를 틀어막았다.

무슨 일이 있었던 것일까. 몽상가소년이 정신을 차렸을 땐 원생들이 주변에 잔뜩 몰려 있었다. 얼떨떨한 가운데 아이는 문득 손톱 밑이 몹시 따갑게 느껴졌다. 내려다보니 열 개의 손톱이 온통 검은 흙으로 메워져 있고 운동화와 바짓단도 엉망진창이었다. 무슨 까닭인지 야생화 밭은 그새 쑥대밭이 돼 있었다.

저녁밥을 굶는 처벌이 내려졌다. 자신이 한 짓이 아니라고 우겼지만 원장이 믿어 줄 리 없었다. 어느 모로 보나 분명한 증거들이 있었으니까.

부실한 아침 식사에다 점심과 저녁까지 굶은 다섯 살짜리 아이는 주린 배를 움켜쥐고 잠자리에서 뒤척였다. 더 서러웠던 건 끼니를 걸렀지만 누구에게서도 위로받지 못했다는 사실이다. 세상에 홀로 내동댕이쳐진 기분이었다. 외로웠다. 좀체 잠을 이루지 못하던 아이는 가만히 일어나 밖으로 나갔다. 야생화 밭은 난장판으로 어스름 달빛 아래 방치되어 있었다. 뭉그러지거나 흐물흐물한 그것들이 자신을 탓하는 것 같아 보였다. 마당은 고요했고 어쩐지 슬퍼 보였다. 또다시 눈물이 나오려 했다. 그때 정적을 깨고 고양이 울음소리가 들려왔다. 아기 울음과 흡사하지만 그것이 원장이 아끼는 벵갈 고양이란 것쯤 원생이라면 다 알고 있는 사실이다. 어찌나 날랜지 표범을 연상시키는 녀석으로 네 다리와 통통한 꼬리에 검은 줄이 가로로 나 있고 몸통은 달마티안처럼 생겨 먹은 고양이였다. 입 주변을 비롯해 길게 뻗은 뻣뻣한 수염은 눈처럼 희고 새까만 눈동자 주위는 녹색을 띠고 있었다. 이 고양이는 두어 달 전 새끼 네 마리를 얻었다. 실은 다섯 마리를 낳았는데 그 가운데 하나가 죽은 채 태어났다. 어미는 살아남은 새끼만 돌볼 뿐 죽은 새끼에겐 관심조차 없었다. 몽상가소년은 어미 고양이의 몰인정한 행태에 분노했었다. 불쌍한 새끼를 정성스레 묻어 준 건 다름 아닌 몽상가소년이었다.

아이는 발소리를 죽여 고양이 거처로 갔다. 어미는 어디로 갔는지 보이지 않고 새끼들만 몸을 맞대고 올망졸망 누워 있었다. 그것들은 작은 가슴을 오르락내리락하면서 한껏 늘어져 있었다. 깊은 잠에 빠져 있었다. 몽상가소년은 그중 한 마리를 들어 올려 품에 안았다. 보드랍고 따뜻한 촉감이 사랑의 감정을 절로 불러일으켰다. 더없이 포근한 감촉에 몽상가소년은 새끼와 함께 잠들고 싶은 욕망이 생겼다. 몽상가소년은 녀석을 꼭 끌어안았다. 새끼가 꿈틀하더니 눈을 반짝 떴다. 그 순간 몽상가소년과 새끼의 시선이 만났다. 몽상가소년이 말을 걸었다.

"안녕!"

새끼는 아이의 마음을 받아 줄 의사가 없었던 모양이다. 순식간에 아이의 손등을 할퀴었다. 그다지 아프지 않았다. 몽상가소년이 새끼 고양이를 얼렀다.

"그러지 마. 우리 친구 하자."

새끼는 앙칼지게 반항했다. 그런 행동마저 아이로선 귀엽게 여겨졌다. 몽글몽글한 감촉이 좋아 얼굴에 바싹 갖다 대고 문질러 보기도 했다. 녀석은 몽상가소년의 진심을 몰라주고 발톱을 세워 또다시 할퀴었다. 아이는 새끼가 더 이상 할퀼 수 없도록 좀 더 세게 끌어안았다. 그러자 새끼 고양이는 날 선 소리로 울기 시작했다. 몽상가소년은 더럭 겁이 났다. 원생들이 고양이 울음 때문에 깨어나길 원치 않았기에 주둥이 부근을 손바닥으로 덮어 소리가 새 나가는 걸 막았다. 고양이는 잠깐 버둥거렸지만 다행히 이내 조용해졌다. 아이는 편안한 마음으로 숙소를 향해 걸었다. 달빛이 몹시 환한 밤이었다.

보들보들한 감촉과 따스한 체온을 느끼며 함께 잘 생각을 하자 온몸이 나른해지면서 외로움도 사라졌다. 새끼 이름을 지어 주고 싶다는 생각이 들었다. 여러 이름들이 머릿속에 떠올랐다가 사라졌다. 살구라고 할까? 홍시? 자두는 어떨까? 과일 이름을 떠올리니 입안 가득 침이 고였다. 그것들은 아이가 좋아하는 과일이었다.

아이는 온갖 과일을 머릿속에 그리며 천천히 걸었다. 그런데 어느 순간 이상한 느낌이 감지되었다. 그것이 뭔지는 몰라도 소름 끼치게 무서운 어떤 예감이었다. 온몸의 힘이 순식간에 탁, 풀어져 버렸다. 몽상가소년은 흠칫 몸을 떨었고, 자신도 모르게 새끼를 툭 놓았다. 새끼가 땅에 떨어졌다. 응당 움직여야 할 새끼가 꿈쩍도 하지 않았다. 그게 무얼 뜻하는지 아이는 알 것 같았다.

죽었다!

머릿속이 하얘지면서 저도 모르게 숙소 쪽으로 내달렸다. 오들오들 떨며 잠자리에 누웠지만 도저히 잠을 이룰 수 없었다. 몽상가소년은 다시 일어나 방을 나섰다. 차가운 벽을 더듬더듬 짚어 가며 떨어지지 않는 발길을 옮겼다. 제발 아니길 바랐지만 고양이는 아까의 모습 그대로 땅바닥에 널브러져 있었다. 아이가 그 앞에 쭈그리고 앉았다. 악의가 있었던 건 결코 아니었다. 몽상가소년은 절망감에 사로잡혔다. 숨겨야 했다. 연이어 사고를 쳤으니 보육원에서 쫓겨날 것이다. 몽상가소년은 그것이 제일 걱정되었다.

죽은 고양이를 차마 안을 수 없어 등가죽만 겨우 잡고 걸었다.

몽상가소년이 당도한 곳은 야생화 밭이었다. 거기에 묻으면 아무도 눈치 못 챌 것 같았다.

몽상가소년은 손발을 비누로 박박 문질러 씻은 다음 자리에 누웠다. 달빛을 받아 희미하게 빛나는 유리 액자가 눈에 들어왔다. 어두워서 자세히 보이지 않지만 거기엔 십자수로 아로새겨진 문구가 있다는 걸 몽상가소년은 잘 알고 있었다. 마음이 즐거운 자는 항상 잔치하느니라. 잠언 15장 15절이라고 했다. 매일 보는 구절이지만 아이로선 이해할 수 없는 문구였다. 그분은 뭐든 알고 계시므로 숨는 것도 불가능하다고 했다. 몽상가소년은 십자수 액자를 보면서 목을 움츠렸다. 엄습하는 공포감에 절로 몸이 떨렸다. 위아래 치아가 부딪치는 소리를 제 귀로 똑똑히 들으며 이불 속으로 몸을 밀어 넣었다. 겁도 났지만 슬픔이 온몸을 휘감았다. 잊고 있던 허기가 되살아나 고통스럽기도 했고 한편으론 서럽기도 했다. 몸을 동그랗게 말고는 눈을 질끈 감았다. 눈물이 두 뺨을 적셨다.

몽상가소년은 일주일여를 호되게 앓았다. 몸져누운 아이를 보면서 원장은 죄책감에 사로잡혔다. 아무리 벌이라고는 하지만 어린아이의 배를 곯리다니 내가 잘못한 거야. 그녀는 매일매일 몽상가소년을 찾아왔다. 어머니 같은 손길로 누워 있는 아이의 이마에 손바닥을 대 보기도 하고 이불을 위로 당겨 여며 주기도 했다. 몽상가소년으로선 익숙지 않은 손길이었다. 어색했지만 나쁜 기분은 아니었다. 왠지 수시로 눈물이 차올랐다.

몽상가소년은 고양이 실종이 어떤 식으로 마무리되었는지 모른다. 아무도 그에 대해 말해 주지 않았다.

자애보육원 아이들의 꿈은 좋은 부모를 만나 보육원을 떠나는 것이었다. 흔한 일은 아니지만 입양을 원하는 어른들이 더러 시설을 방문하곤 했다. 그럴 때마다 아이들은 흙장난을 한다거나 체육 시설을 이용하는 걸로 태연을 가장하지만 실제로는 온통 그쪽에 정신이 팔려 있기 일쑤였다. 몽상가소년도 좋은 가정에 입양되기를 고대했지만 다른 아이들과는 생각이 조금 달랐다. 직접 부모를 고르고 싶어 했다. 어른들이 상품처럼 아이를 골라 가는 건 옳지 않다고 생각되었다.

몽상가소년은 L로부터 소풍 바구니 얘기를 들은 후에야 자신이 왜 여느 아이들과 달리 평범한 부모에게 관심이 없었는가를 알게 되었다. 나는 귀한 존재이니까 나를 데려갈 수 있는 사람은 귀부인뿐이야. 자애보육원을 방문하는 어른들 가운데 그런 사람은 본 기억이 없거든. 그러니 왕자와도 같은 내 존재를 알아차릴 수 없었을 테고, 나 또한 그들에게 선택되길 바라지 않았던 거야. 몽상가소년은 더 이상 불행하지 않았다. 자신은 특별하므로 언젠가는 훌륭한 부모의 눈에 띌 것이 분명하다는 희망을 품을 수 있었기 때문이다. 그 꿈은 매우 달콤했기에 얼마든지 기다릴 수 있었다.

보육원에서 자란 아이들은 어려도 대부분 꾀가 말짱하다. 본능적으로 타인의 눈치를 살피면서 성장하는 이 아이들은 자신이 나서야 할 자리와 피할 자리를 잘 알고 있다. 때문에 부모 밑에서 순탄하게 자란 아이들에 비해 귀염성이 떨어지고, 애타게 사랑을 갈구한다. L은 몽상가소년을 특별히 아꼈다. 야생화를 캐러 갈 때도 종종 데리고 다닐 정도로 편애했다. 몽상가소년 또한 L을 따랐음은 당연했다. 그날만 해도 그랬다. 무릎에 앉히고, 다른 아이들 몰래 쿠키를 상자째 건네면서 특별하게 대해 줬으므로 더없이 행복했었다. 자신이 사랑받고 있다는 느낌을 받았다. 그런데 하루아침에 상황이 바뀌자 극한의 배신감을 주체할 수 없었던 것이다. L이 사라진 사실에 몽상가소년이 분노한 이유는 그래서였다.

몽상가소년이 자애보육원에서 지어 준 첫 번째 이름을 버리고 두 번째 이름을 갖게 된 것은 여섯 살 때였다.

부부로 보이는 사람들이 내원했다는 소문이 아이들의 입을 타고 은근하게 번졌다. 이번이 벌써 세 번째 방문이니 반드시 누군가를 입양해 갈 거라며 삼삼오오 모여서 수군댔다. 몽상가소년도 물론 그 소문을 모르지 않았다.

아이 하나가 원장실에 불려 갔다. 원생들이 선망의 눈초리를 보냈다. 잠시 후 그 애가 나오자 우르르 몰려들어 주변을 에워쌌지만 몽상가소년은 그 대열에 끼지 않았다.

나는 이 아이들과 달라.

몽상가소년은 홀로 정글짐을 오르락내리락하면서 짐짓 관심 없는 척했다. 하지만 내심 원장실에 있을 부부가 어떤 사람들인지 궁금했다. 정글짐 위에 올라서도 자신도 모르게 아이들 쪽으로 시선이 자꾸 간 이유는 그 때문이었다.

직원 하나가 정글짐 아래에서 아이를 호출했다.

"원장실로 가 보렴."

아이들의 눈길이 이번엔 몽상가소년에게 쏠렸다. 처음으로 받아보는 것 같은 부러운 시선이었다. 가슴이 두근거렸다. 의연하고 싶었지만 떨렸다. 잘 보이고 싶어 손을 깨끗이 씻고 머리칼에도 물을 묻혀 단정하게 만들었다. 점잖게 노크하고 원장실에 들어가니 정면으로 원장의 책상이 보였다. 언제 봐도 턱없이 거대한 책상이었다. 원장은 평소 때와 달리 회의용 테이블 의자에 앉아 있었고 예의 그 부부는 뒷모습을 보이고 있었다. 여자의 머리 크기가 너무 커서 몽상가소년은 깜짝 놀랐다. 당시 유행하던 '뽀글이펌' 때문이었을 수도 있다. 하지만 어린 마음에도 그녀가 귀부인과는 거리가 멀다는 것 정도는 대번에 알 수 있었다. 몽상가소년은 지레 실망하고, 자신도 모르게 벽에 걸려 있는 예수 고난상을 올려다보며 원망했다. 왜 아닌가요?

유행 지난 마호가니 테이블 위에는 커피 잔이 세 개 놓여 있었지만 누구도 입을 댄 것 같진 않았다. 진해 보이는 커피가 검은색을 띤 채 가득 차 있었다. 몽상가소년은 재빨리 생각했다. 커피가 그대로 있는 걸로 봐서 심각한 대화가 오간 게 틀림없어. 소문대로 드디어 입양을 결정한 모양이야. 여러 명의 후보를 놓고 이리저리 살피다가 하나를 고르겠지. 그러나 내가 원하는 부모는 아닌 것 같아. 나는 이번엔 선택당하고 싶지 않아.

몽상가소년이 테이블 모서리 부근에 가 수줍게 서자 여자가 벌떡 일어나 손을 잡았다.

"어머, 손이 차구나. 건강이 안 좋은 거니?"

몽상가소년이 채 입을 열기도 전에 원장이 대신 대답했다.

"아닙니다. 얜 누구보다 건강하고 활달한 아이예요. 성격도 좋고 붙임성도 그만이지요."

아이는 원장이 이상하게 보였다. 완전히 반대로 얘기하고 있는 거였다.

"외모가 반듯하구나. 여섯 살이라지?"

"네."

몽상가소년이 짧게 대답하자 활짝 핀 해바라기 같은 표정으로 원장이 보탰다.

"똘똘한 아이랍니다."

똘똘하다니! 그것도 처음 듣는 소리잖아.

"우리 아이도 그랬어요. 그렇죠, 여보?"

여자가 구슬픈 목소리로 남편의 동의를 구했다. 남자는 별다른 대답 없이 몽상가소년을 이리저리 살폈다. 데려가도 좋은지, 키울 만한지 궁리하는 표정이었다. 그 정도야 다 아는 사실이니 개의치 않앗지만 테이블 위에 놓인 그의 손이 눈에 들어왔을 때 아이는 돌연 싫은 감정이 생겼다. 남자의 손 때문에라도 몽상가소년은 그 집 아이가 되고 싶지 않았다. 남자의 손은 지나치게 무뚝뚝해 보여서 도저히 정이 들 것 같지 않았다.

원장은 몽상가소년에게 그만 나가 보라고 지시했다. 그뿐이었다. 고아는 어떤 의견도 낼 수 없었다. 쇼윈도에 진열된 상품 같았다.

입양이 최종 결정되면 양부모가 된 이들은 대부분 기꺼운 마음으로 후원금을 내기도 했다. 자애보육원의 경우 후원금이 들어오면 원장은 그중 일부를 떼어 원생들에게 선심을 썼다.

버스 한 대를 대절해 수족관에 갔을 때를 몽상가소년은 기억하고 있었다. 원생 하나가 입양을 간 직후였다. 하늘과 맞닿은 듯한 높은 건물들이 우뚝우뚝 솟아 있는 거리였다. 책이나 텔레비전에서 봤던 외국의 거리 같았다. 그것만으로도 신기해서 눈을 어디다 둬야 할지 모를 판이었는데 건물 안으로 들어가니 벽이고 바닥이고 번쩍번쩍 휘황찬란했다. 하지만 더 놀라운 게 기다리고 있었으니 그것은 바로 대형 수족관이었다. 수족관에 입장해서 아이들이 처음 만난 건 바다사자와 펭귄이었다. 그림책에서만 보던 것들을 직접 구경하게 된 아이들은 벌어진 입을 다물지 못하고 탄성을 내질렀다. 몽상가소년 역시 예외일 수 없었다. 수족관은 커다란 유리로 만들어진 찬란한 정원이었다. 유영하는 물고기들은 세상에 존재하는 모든 아름다운 색의 집합체였다. 몽상가소년은 단박에 물고기를 사랑하게 되었다.

홍분한 아이들이 웅성거리며 떠들자 원장이 손바닥을 딱딱 두 번 쳤다.

"여기 주목! 절대 떠들지 말고 눈으로만 관찰하도록."

아이들은 즉시 입에 자물쇠를 채웠지만 들뜬 마음까지 걸어 잠그지는 못했다. 몽상가소년은 바다 세계가 정말 이렇다면 언젠가는 실제로 그 안 깊숙이 들어가 봐야겠다고 작정했다. 두 번 다시 오기 힘들 테니 전부 다 기억해 놔야겠어, 라고도 내심 생각했다. 잠시 조용하던 아이들이 다시 떠들기 시작하자 원장이 한 번 더 주의를 줬다. 그럼에도 아이들이란 게 매양 그러하듯 대열을 이탈하거나 함부로 뛰어다니고, 수족관 벽을 주먹으로 탕탕 치는 등 천방지축으로 나댔다. 아이들을 제대로 통솔하기란 언제나 어려운 일이었다. 원장이 혀를 차면서 고개를 내젓는 동안에도 대열은 계속 앞으로 나아가고 있었다. 그때 아이 하나가 외쳤다.

"돌고래다."

아이들이 한꺼번에 그쪽으로 몰려들자 원장이 짐짓 으름장을 놓았다.

"선생님 말씀 안 들으면 돌고래에게 잡아먹힐 수도 있어요."

아이들이 찔끔했다.

"너희처럼 작은 아이들을 꿀꺽 삼키는 것쯤 식은 죽 먹기지."

친근하게 여겼던 돌고래가 사람을 잡아먹는다니 아이들의 눈에 두려움이 담겼다. 원장의 엄포가 효력을 발휘했는지 아이들은 더 이상 떠들지 않았다. 입을 꾹 다문 아이들은 질서 있게 앞으로 나아갔다. 그러다 어느 지점엔가 이르렀을 때 개중 큰 아이가 물고기 하나를 손가락으로 가리키며 질문했다.

"선생님, 저건 뭐예요?"

"음, 저건, 아마도, 음, 범고래 아닐까? 범고래는 사냥할 때 무리지어 다닌단다. 먹잇감이라고 생각되는 새끼 고래를 발견하면 몇 날 며칠 쫓아다니다가 끝내 죽이고 말지."

여자아이 하나가 입술을 비죽이며 울먹였다. 그때 아크릴 명찰을 가슴에 단 유니폼 차림의 청년이 다가왔다. 그가 원장에게 공손히 인사하더니 말을 걸었다.

"예쁜 아이들이군요. 저는 수족관 관리자입니다. 아까부터 지켜봤습니다. 아이들에게 좀 더 자세히 설명해 줄까 하는데, 괜찮을까요?"

"아, 그래 주시면 감사하죠."

청년이 아이들 앞쪽으로 나섰다. 호리호리한 몸에 인상이 순해 보였다.

"돌고래가 육식 동물인 건 맞지만 사람을 잡아먹는 일은 없어요. 지능이 높고 유순한 동물이니까 괜히 겁먹거나 그러지 말기 바랍니다. 여러분이 자꾸 떠드니까 선생님이 일부러 그러신 거예요. 맞죠, 선생님?"

청년이 원장의 동의를 구하자 그녀가 고개를 크게 위아래로 끄덕였다. 청년은 조금 전 원장이 범고래라고 지칭했던 물고기를 손으로 짚었다.

"여기 이 물고기는 돌고래의 한 종류이긴 하지만 범고래는 아닙니다. 우리나라에 범고래를 사육하는 수족관은 없어요. 미국과 일본에는 있다고 들었지만 그 밖의 나라에도 있는지에 대해선 저도 잘 몰라요."

원장과 청년을 번갈아 보던 아이들 가운데 하나가 손을 번쩍 들더니 질문했다.

"범고래도 돌고래라면서 같은 돌고래를 잡아먹나요?"

"네, 그렇습니다. 범고래는 해양 동물 중 최강자죠. 적게는 두 마리 많게는 마흔 마리씩 무리 지어 다니면서 물고기나 오징어 같은 걸 잡아먹고, 때로는 다른 종류의 돌고래나 고래를 습격하기도 해요. 바다표범이나 물개도 잡아먹어요."

아이들이 다시 웅성이기 시작하면서 "으윽"이라거나 "악"과 같은 괴성을 내뱉으며 엄살을 떨었다.

"포악해서 살인 고래라고도 부르죠. 범고래를 이기는 해양 동물은 아직 없다고 합니다."

"여러분, 선생님 말씀 잘 들었어요? 감사의 박수 쳐 드려야죠?"

원장의 말에 아이들이 박수를 쳤고 청년은 목례를 남기고 총총히 자리를 떴다. 아이들은 다른 물고기들을 더 구경했고 생전 처음으로 물개 쇼도 관람하고 돌아왔다. 물개를 자유자재로 부리는 조련사가 너무 멋지게 생각된 나머지 아이들의 꿈이 쇼 다이버로 일시에 바뀌었을 정도로 모두들 물개 쇼에 홀딱 빠져 버렸다. 몽상가소년도 마찬가지였다. 이때부터 물고기가 헤엄치는 수족관은 아이에게 그리움과도 같은 이미지로 자리 잡았다. 설레기도 하고 슬프기도 한 아련한 느낌. 그랬기에 1년 전 피치 못할 사정으로 집을 나와야 했을 때 맨 처음 들른 곳이 수족관이었을 것이다. 자애보육원 아이들과 단체로 갔던 바로 그곳을 무려 10년도 더 지난 후에 다시 갔다. 그리고 그때 몽상가물고기를 만났고 이름 하나를 얻게 된 것이다.

내원했던 부부가 돌아간 지 사흘쯤 지났을 때 몽상가소년은 다시 원장실로 불려 갔다. 그날도 아이는 놀이터에서 놀고 있었다. 부득이하게 실내에 있어야 할 때를 제외하곤 소년은 늘 바깥에 나와 있었다. 방 안에 있으면 가슴이 답답했기 때문인데, 누구하고도 이 증상에 대해 상담한 적은 없었다. 감기나 배탈처럼 겉으로 드러나는 것이 아니라서 어떻게 설명해야 할지 알 수 없었다.

가는 비가 내리던 이날 몽상가소년은 놀이터에서 혼자 놀고 있었다. 모래를 긁어모아 두꺼비집짓기 놀이를 하다가 싫증이 나서 막 미끄럼틀로 올라가려던 참이었다. 그때 한 아이가 헐레벌떡 뛰어오더니 원장이 찾는다고 했다. 원장실로 들어가자 얼굴이 달덩이처럼 훤히 피어오른 원장이 함박웃음으로 몽상가소년을 맞이했다.

"그분들이 네가 마음에 든다는구나. 이제 부모가 생기는 거야. 축하한다.”

몽상가소년은 기쁘지 않았다. 그래서 뭐라 대답할 수 없었다.

원장이 재우쳐 물었다.

“좋지 않아? 부모가 생긴 거라니까.”

“좋아요.”

몽상가소년의 목소리가 원장의 귀엔 몹시 건조하게 들렸다. 잘게 부서져 나가는 것 같은 소리였다. 원장이 고개를 갸웃대더니 낯선 표정으로 아이를 내려다봤다. 하지만 곧 아무려나 상관없다는 얼굴로 알루미늄 통에서 캔디를 한 움큼 집어 몽상가소년의 손에 쥐여주었다.

“그분들은 5년 전 공원에서 자식을 잃어버렸다는구나. 아무리 애써도 결국 찾지 못하셨단다. 실종됐을 당시 네 나이였다고 하더라.”

자식이 부모를 골라 태어나지 못하듯 입양 또한 마찬가지였다. 선택의 여지가 없었다. 싫어도 그 집 자식이 돼야 했다. 고아 처지에 어떻게 “그 집은 마음에 들지 않아요”라고 말할 수 있을 것인가. 하지만 혹시나, 그때 몽상가소년이 싫다는 의사를 피력했다면 그 뜻이 받아들여졌을까. 의사 표현을 해서, 그것이 반영될 수 있었던 거라면, 몽상가소년은 당시 명확하게 자기 생각을 밝혔어야 했다. 그러나 돌이켜 봐도 그렇게 해 줬을 리 만무했다.

양부모가 오기로 한 날 아침 몽상가소년은 원장에게서 특별히 새옷을 선물 받았다. 아이들이 부러운 눈으로 봤다. 이번엔 양모 혼자 왔는데, 그녀는 빵이나 과자, 초콜릿 같은 게 잔뜩 든 라면 상자 크기의 종이 박스를 두 개나 가져왔다. 고운 마음씨를 갖고 있는 사람 같았다. 그럼에도 몽상가소년은 찜찜했다. 양부가 될 남자의 손이 자꾸만 떠올랐다. 게다가 그 집 양자가 되면 진짜 부모를 만날 기회를 영영 잃어버릴 것 같아서 그것도 겁이 났다. 원장은 건성으로라도 몽상가소년의 의견을 물어본 적이 없었다. 아무리 어려도 자기 의견이란 게 있는 거였다. 그렇게 생각하자 아이는 갑자기 원장이 원망스러웠다. 불쑥 골탕 먹이고 싶은 마음이 솟구쳤다.

드디어 헤어질 시간이 다가오자 원장이 무릎을 꺾은 자세로 몽상가소년을 끌어안았다.

"행복하게 잘 살아야 한다. 부모님 말씀 잘 듣고."

몽상가소년이 그녀의 귀에 대고 속삭였다.

"선생님, 그 벵갈 고양이 새끼요."

"응?"

"제가 땅에 파묻었어요."

원장이 소스라치며 몽상가소년을 밀쳤다. 깜짝 놀란 양모가 가는 목소리로 외쳤다.

"어머, 무슨 일이죠?"

원장은 놀란 가슴을 채 수습하지 못하고 몽상가소년을 노려봤다. 이때 그녀의 눈에 비친 아이는 머나먼, 분명치 않은, 이루 형언하기 어려울 정도로 낯선, 가늠하기 힘든 기이함으로 다가왔다. 원장은 제 눈을 의심했다. 지금 무슨 일이 일어나고 있는 거지? 얘가 왜 이런 모습으로 내 앞에 서 있는 거지? 그녀는 고개를 세차게 흔들어 보고 두 눈을 끔벅거려 보기도 했다.

양모가 다시 물었다.

"왜 그러세요?"

원장은 얼른 정신을 가다듬으며 짐짓 명랑하게 대답했다.

"저를 사랑한다는군요. 아이한테 사랑 고백을 받으니 너무 당황스러워서 저도 모르게 그만……."

원장이 다시 한 번 몽상가소년을 내려다봤을 때, 거기엔 평범한 여섯 살짜리 꼬마 아이가 서 있을 뿐이었다.

양부모가 사는 곳은 아이가 그리던 상상 속의 집이 아니었다. 방 둘에 길쭉한 형태의 마루, 시멘트 마당, 크고 작은 연장 따위를 넣어두기도 하는 차양 달린 차고, 워낙 협소해서 아무짝에도 쓸모없어 보이는 컴컴한 광이 전부인 변두리에 위치한 낡은 주택이었다. 몽상가소년이 실망한 까닭은 아이의 상상력이 지나쳤거나, 혹은 L의 얘기가 영향을 미쳤거나, 그림 동화책을 신봉했기 때문일 수 있었다. 다섯 살 이후부터 몽상가소년은 종종 귀부인과 왕자가 사는 집을 마음속에 그려 보곤 했는데, 넓은 정원과 연못이 딸린 곳이어야 했다. 꽃이 만발한 정원에는 거위가 긴 목을 뺀 채 뒤뚱뒤뚱 오가고 연못에는 큼지막한 잉어 몇 마리쯤 뛰놀아야 했다.

"나는 연못 있는 집에서 살게 될 거야. 아침이면 내가 던져 주는 먹이를 받아먹으려고 물고기들이 팔짝팔짝 튀어 오를걸."

양부모가 단독 주택에 산다는 말을 전해 들었을 때 몽상가소년이 원생들에게 자랑했던 말이다. 아이들은 입을 헤벌리고 부러워했다.

몽상가소년이 그 집에 들어가서 처음 한 말도 그것이었다.

"연못이 없어요."

양모가 웃었다.

"얘야, 연못은 공원 같은 데나 있는 거지."

몽상가소년은 새로운 이름으로 불렸다. 어떠니? 마음에 드니? 그들이 물었을 때 몽상가소년은 망설임 없이 대답했다.

"네, 너무 좋은 이름이에요."

어른들은 누구랄 것 없이 이름에 관심이 많았다. 특히 입양아를 들이면 그들은 매우 고심하면서 새 이름을 지어 준다. 그래야 비로소 진정한 자신들의 아이로 재탄생한다고 여기는 것 같았다. 그러나 정작 그 이름이 불릴 때면 거의 모든 아이들이 실망한다. 왠지 부자연스럽기 때문이다. 이름을 여섯 살 혹은 그 이후에 갖게 된다면 몸에 맞지 않는 옷처럼 거치적거리기 십상이다. 선택의 여지가 없으므로 수용하지만 모든 아이들이 알고 있다. 어떤 이름이 주어지든 간에 그건 가짜란 것을. 그런 아이들은 애타게 진짜 이름을 찾고 싶어 한다.

몽상가소년이 쓸 방을 보여 줄 때도 그들은 같은 질문을 던졌다.

"어떠니? 마음에 드니?"

몽상가소년의 대답 또한 한결같았다.

"네, 마음에 들어요. 고맙습니다."

자신의 방으로 지목된 방에 들어갔을 때 맨 처음 눈에 들어온 것은 나이테를 고이 간직하고 있는 나무 현판이었다. 거기 인두로 지져서 새긴 성경 구절이 있었다. 몽상가소년은 어쩔 수 없이 자신이 떠나온 보육원을 떠올릴 수밖에 없었는데, 뜻밖에도 그곳이 그리웠다. 같은 방을 쓰던 친구들의 얼굴도 함께 눈앞에 그려졌다. 그 아이들을 다신 볼 수 없다고 생각하니 울컥 감정이 복받쳤다.

친아들이 사용하던 물건들이 그대로 보관되어 있는 방이었다. 많지 않은 동화책을 비롯해 모서리에 흠집이 난 책상과 방석이 깔려 있는 의자, 장난감 자동차와 소방차, 레고 블록, 게임기, 낙서투성이 축구공 같은 것들이었다. 옷장에도 그 아이의 옷이 고스란히 남아 있었다. 친아들의 물건들을 사용해야 한다는 것은 기분 좋은 일이 아니었다. 어린 마음에도 그건 자신에 대한 예의가 아니라고 생각되었다. 본능적으로 평탄치 않을 자신의 미래를 예감해야 했다.

나, 잘 살 수 있을까?

심지어 새로 부여받은 이름까지도 친아들 것이란 걸 알게 되었을 때는 눈앞이 아득했다. 그 아이의 동화책에 쓰여 있는 이름을 보고 눈치챈 사실이었다. 돌연 공포가 밀려들었다.

몽상가소년은 수시로 생각에 잠겼다. 이건 안 돼, 이건 괜찮아, 하는 식으로 나는 병아리 고르듯 선택당한 것이다. 많은 아이들 가운데 내가 뽑힌 이유는 무얼까.

양모가 다정다감한 성격인 데 반해 양부는 도통 말이 없었다. 그래서 가만히 있을 때엔 마치 화난 사람처럼 보이기도 했지만 특별히 고약하게 굴지는 않았다. 몽상가소년은 자신의 우려가 괜한 것이었음을 알게 되었고, 그러자 점차 마음이 편해졌다.

그럼에도 문제가 없는 것은 아니었다. 양부모는 공공장소 특히 놀이공원에 대해 민감하게 반응했다. 친아들이 실종된 곳이 놀이공원이기 때문이었다. 대부분의 아이들이 그와 같은 장소를 좋아하지만 보육원에서 자라는 아이들은 유독 그 정도가 심하다. 가고 싶다고 떼써 볼 부모조차 없는 고아들에게 놀이공원이란 장소는 종종 그리움의 대상이 되기도 한다. 입양되어 가면 어디든 맘껏 놀러 다닐 수 있으리라 믿었던 몽상가소년은 뜻밖에 닥친 불운에 탄식했고 이루 말할 수 없이 실망했다. 종일 혼자 있어야 하는 사실도 고통스러웠다. 몽상가소년은 그 집에서 특별히 할 게 없었다. 친아들의 장난감을 갖고 놀거나 텔레비전을 보는 일 외엔. 몽상가소년은 가정을 갖는 것이 즐겁지 않은 일임을 알게 되었다.

양자가 된 지 석 달이 되어 갈 무렵의 어느 일요일, 양부모가 조촐한 잔치를 열었다. 일종의 신고식이었다. 친척 어른들은 몽상가소년에게 세심히 신경을 써 줬다. 선물을 사 들고 온 이도 있고 용돈을 주는 이도 있었다. 어른들은 친절했지만 몽상가소년은 제 부모를 따라온 아이들과는 어울리지 못했다. 우울해진 아이는 슬그머니 대문 밖으로 나갔다. 더없이 화창한 날이어서일까, 몽상가소년의 발길은 날개가 달린 듯 가벼웠다. 자유로웠다. 집을 벗어나 발길 닿는 대로 마음껏 걷는다는 사실이 좋았다. 어찌하다 보니 소년은 집에서 멀어지고 있었다. 버스 정류장에 당도하자 버스를 탔고 전철역을 만났을 때엔 기왕이면 그것도 한번 타 볼 요량으로 타박타박 지하로 내려갔다.

마침내 몽상가소년이 당도한 곳은 말로만 듣던 유명한 공원이었다. 모험 놀이터라는 표지판이 붙은 곳에서 몽상가소년은 오랜만에 신나게 놀았다. 처음 보는 놀이 기구가 많았고 모래사장도 널따랗게 펼쳐져 있었다. 캠핑장에도 가 보고 꽃 전시장에서 예쁜 꽃들도 실컷 구경했다. 수생 식물이란 것도 구경했다. 넓적한 잎사귀가 멋들어진 식물들이었다. 무엇보다 커다란 연못을 보게 된 것이 가장 흡족했다. 어른 팔뚝만 한 물고기들이 솟구쳐 올라올 때면 손뼉까지 치며 환호했다.

시간이 지나면서 점차 즐거웠던 마음이 사라지고 대신 불안함이 그 자리를 메웠다. 소년은 양부모에게 놀이공원 얘기만큼은 절대 하지 않으리라 작정했다.

오던 길을 되짚어 무사히 집에 도착했을 때 양부모는 거의 초주검 상태에 놓여 있었다. 예상보다 훨씬 격한 그들의 반응에 몽상가소년은 어쩔 줄 몰라 했다. 그래도 양모는 무사히 돌아와 준 것이 고마워

몽상가소년을 덥석 끌어안았지만 양부는 달랐다. 먼지떨이를 움켜
쥐더니 바지를 걷으라고 명령했다.

가는 종아리에 뜨거운 불이 일었다.

"어디 갔었니?"

몽상가소년은 입을 꾹 다물었다. 결코 놀이공원 얘긴 꺼내지 않으
리라.

"말 안 해?"

다시 종아리가 뜨거워졌다. 양부의 회초리가 아이 종아리에 닿았
다가 떨어지길 수차례, 그럴 때마다 몽상가소년은 팔짝팔짝 뛰었다.
양모가 걱정 어린 얼굴로 얼렀다.

"어서 말해라. 더 맞기 전에."

"아이들이 놀아 주지 않아 심심했어요. 그래서 나갔어요."

"어딜 갔다 온 게냐?"

"그냥 여기저기요."

"끝까지 말 안 하겠다?"

다시금 회초리가 위에서 아래로 포물선을 그렸다.

"놀이공원 갔었어요! 어쩌다 보니 그렇게 되었어요."

"우리가 싫어하는 걸 알면서도 갔다는 거지?"

"물고기가 보고 싶었어요. 저는 물고기를 좋아해요."

"그렇다면 물고기를 사 오마. 집에서 실컷 보도록 해라. 혼자서는
절대로 그런 데 가면 안 돼."

비로소 양부의 목소리가 누그러졌다. 그가 회초리를 내동댕이치더니 몽상가소년을 으스러져라 껴안았다. 몽상가소년의 뺨에 자기 얼굴을 비벼 대면서 흐느꼈다. 친아들이 생각난 듯했다. 몽상가소년의 팔뚝에 소름이 돋아났다.

양부는 며칠 후 물고기가 들어 있는 비닐봉지와 둥근 어항을 사 가지고 귀가했다.

"하프문베타라는 물고기다. 열대어란다."

양부는 이어 이렇게 물었다.

"마음에 드니?"

"예뻐요. 감사합니다, 아빠."

"손쉽게 기를 수 있다고 해서 이걸 골랐다."

양부는 하프문베타 세 마리를 어항에 풀었다. 물고기를 기르게 된 몽상가소년은 오랜만에 즐거운 시간을 가질 수 있었다. 아침저녁으로 깨알보다 더 작은 붉은 먹이를 챙겼다. 먹이통을 들고 어항 앞에 서면 녀석들이 꼬리지느러미를 흔들며 몰려들었다. 하지만 그 즐거움은 석 달을 넘기지 못했다. 어느 날 아침 일어나 보니 그중 한 마리가 꺼멓게 변색된 채 어항 바닥에 가라앉아 있었다. 뒤이어 다른 두 마리도 죽어 버렸다.

양부가 이번에는 구피 다섯 마리를 비닐봉지에 넣어 가지고 왔다. 역시 열대어라고 했다. 하프문베타보다 크기가 작고 덜 화려했지만 몽상가소년은 구피도 좋았다. 그러나 안타깝게도 그 역시 몇 개월

가지 않아 죽고 말았다. 몇 차례 종류를 바꿔 가며 새 물고기를 교체했지만 모두 오래가지 않았다.

"안 되겠다. 멀쩡한 물고기를 자꾸 죽이면 쓰겠니?"

양모가 물고기 기르는 걸 금지시키자 아이는 다시 심심해졌다. 딱히 가까이 지내진 못했어도 보육원에선 어울려 공차기도 할 수 있었고 언제든 운동장으로 나가 철봉이나 미끄럼틀을 타기도 했다. 몽상가소년은 침울하게 변해 갔다. 양부모는 새로 얻은 아들마저 사라질까 봐 전전긍긍했다.

몽상가소년에 대한 양부모의 과보호는 점점 더 심해져서 일곱 살이 되어도 유치원에 보내길 꺼려 했다. 그들은 아들이 너무도 소중해서 무엇이든 해 주려고 노력했지만 혼자 밖에 나가는 것만큼은 봉쇄했다. 다른 무엇보다 나가 노는 걸 원하던 몽상가소년은 답답했다. 하지만 무던히도 행복해지고 싶었던 아이는 언젠가는 그 행복이란 게 찾아올 거라 믿고 묵묵히 순종했다. 그러던 어느 날이었다. 무슨 일이 있었는지 기억조차 없는데, 가지고 놀던 로봇의 팔이 부러져 있었다. 상황이 이상했지만 누군가가 살짝 다녀간 모양이라고 여길 수밖에 없었다. 그런데 며칠 후에 유사한 일이 또 일어났다. 이번에는 비행기와 기차가 망가져 있었다.

양모가 아이를 나무랐다.

"두 번씩이나 이게 무슨 짓이니?"

"제가 한 짓이 아닌걸요."

"거짓말하면 못 쓴다."

"정말 제가 그런 거 아니에요."

"그럼 누가 그랬다는 거니? 대체 무슨 심술인지 모르겠구나."

몽상가소년은 정말이지 그 일에 대해 알지 못했다. 다만 희미한 의식 속에서 아스라이 사이렌이 울렸다는 것만큼은 기억 났다. 몽상가소년은 그제야 자신을 의심하기 시작했다. 야생화 밭을 엉망으로 만들었을 때도 정신을 차려 보니 그 지경이 돼 있었다. 그때도 사이렌 소리가 들려왔다. 대체 내게 무슨 일이 일어나고 있는 걸까? 몽상가소년은 두려웠다.

양모는 처음엔 양부에게 이 사실을 알리지 않았다. 그녀는 그것이 아이의 비행이라고 생각했다. 그러나 같은 일이 반복되자 걱정이 앞섰고, 하는 수 없이 남편에게 사실대로 고하게 되었다.

양부모 사이에 심각한 대화가 오갔다. 그들이 머리를 맞대고 수군댈 때마다 몽상가소년의 간은 졸아붙다 못해 까맣게 타들어 갔다. 쫓겨나고 싶지 않았다. 여기서 내쫓기면 보육원에서 읽었던 『집 없는 아이』의 주인공 레미처럼 죽도록 고생할 것만 같았다. 레미는 나중에 친엄마를 만나면서 결과적으로는 잘된 일이 되었지만 자기에게는 그런 행운이 주어질 것 같지 않았다. 또 보육원으로 돌아간다 해도 원장이 받아 주지 않을 것이었다. 떠나올 때 벵갈 고양이에 대해 발설한 것을 몽상가소년은 처음으로 후회했다.

몽상가소년의 불안감은 갈수록 커져 갔다. 양부모가 소리 죽여 말하는 모습만 봐도 자기 얘기를 하는 것 같았다. 몽상가소년은 겁 많은 아이, 눈치 보는 아이로 변해 갔다. 누가 시킨 것도 아닌데 앞발로 살금살금 소리 없이 걷기 시작했다.

여덟 살이 되었을 때 몽상가소년은 초등학교에 입학하게 되었다. 제법 먼 거리라 오가는 길이 고되긴 해도 집에 틀어박혀 있는 것보다는 훨씬 나았다. 공부도 곧잘 했고, 미술이나 음악 등의 분야에서도 다른 아이들과 비교해 뒤처지지 않았다. 양부모는 똑똑한 아이를 들였다며 좋아했다.

화평한 날이 지속되었다. 다시 아이의 마음에 평화가 찾아왔다.

졸음이 속절없이 쏟아지던 여름날이었고 일요일이었다. 양모가 몽상가소년 또래 남자아이를 집으로 데리고 왔다. 몽상가소년은 가슴이 더럭 내려앉았다. 아이를 하나 더 입양한 줄 알았던 것이다. 다행히 옆집에 새로 이사 온 아이란 걸 알고 몽상가소년은 기뻤다. 두 아이는 바닥에 배를 깔고 누워 블록 쌓기 놀이를 했다. 옆집 아이는 이내 지루해했다. 아이와 오래 놀고 싶었던 몽상가소년은 양모의 허락을 얻어 밖에 나가 놀게 되었다. 그런데 옆집 아이는 싫증을 잘 내는 성격인 듯 또다시 따분한 표정을 지었다. 어떻게든 친구로 만들고 싶었던 몽상가소년은 애가 탔다. 그때 아이가 눈을 반짝이며 제안했다.

"우리 오락실 갈까?"

"너, 돈 있어?"

아이가 의기양양하게 돈을 꺼내 보였다. 그러나 몽상가소년은 지레 걱정이 앞섰다.

"난 멀리 가면 혼나."

"안 멀어."

"금세 올 수 있어?"

"당연하지."

그러나 두 아이가 시간 가는 줄 모르고 놀다 돌아왔을 땐 날이 어둑어둑해진 뒤였다. 발을 동동 구르며 걱정하던 어른들은 두 아이가 도착하자 약속이나 한 듯 몽상가소년을 나무랐다. 아이들의 얘긴 들어 보려 하지도 않고 야단스럽게 닦달했다. 그 통에 그 아이나 몽상가소년이나 혼이 쏙 빠져 버렸다. 두 아이는 동시에 생각했다. 우리가 오락실 간 것이, 늦게 돌아온 것이 이 정도로 몹쓸 짓이었을까?

이웃집 아이가 자신이 먼저 가자고 했다고 분명히 밝혔지만 선입견에 사로잡혀 있던 어른들은 그 말을 귀담아듣지 않았다. 이웃집 아이는 미안해서 어쩔 줄 모르는 눈으로 몽상가소년을 애타게 바라봤다. 몽상가소년은 몽상가소년대로 내심, 내가 보육원 출신이어서 더 걱정했던 거야. 나를 믿지 못했던 거야, 라고 생각했다. 그러자 어쩐지 슬펐다.

이웃집 아이가 돌아가자 양부의 눈빛이 싸늘하게 변했다. 그는 애꿎은 양모를 야단쳤다.

"당신이 집에서 하는 일이 뭐야? 아이 하나도 똑바로 못 봐? 또다시 같은 일을 당하고 싶어?"

양부가 애먼 사람에게 역정을 부리자 몽상가소년은 지레 무릎을 꿇으며, 이마를 방바닥에 대고 납작 엎드렸다.

"잘못했어요, 아빠. 다신 안 그럴게요."

일이 커지는 걸 원하지 않았다. 양모에게 화가 미치는 것도 막고 싶었다.

양부는 양모에게 향하던 눈길을 즉시 아이한테로 옮겨 왔다. 그는 이글대는 눈으로 아이를 노려보더니 느닷없이 발길질을 했다. 몽상가소년은 그대로 바닥에 나동그라졌다. 절로 울음이 터져 나왔다.

"뭘 잘했다고 울어!"

거칠게 몽상가소년을 일으켜 세운 양부가 이번에는 아이의 뺨을 갈겼다. 몽상가소년의 코에서 붉은 피가 흘러내렸다. 양모가 기함하며 몽상가소년을 감싸 안았지만 양부가 밀쳐 버리는 바람에 모자는 함께 바닥에 나뒹굴고 말았다. 분이 풀리지 않은 양부가 아이를 한번 더 걸어찼다. 양모가 양부의 바짓가랑이를 잡고 늘어지면서 소리쳤다.

"그 버릇 아직도 못 버렸냐?"

"감히 나한테 대들어?"

"당신은 아이 기를 자격도 없어."

"자식 간수하지 못해 잃어버린 주제에 잘도 지껄이는군."

자제력을 잃은 양부는 양모의 아랫배를 걸어찼다. 양모가 배를 움켜쥐고 데굴데굴 굴렀다. 양부가 성격이 급한 데다 욱하는 기질이 있다는 건 몽상가소년도 알고 있었다. 그동안 드문드문 그런 성정을 내보였기 때문이다. 그러나 종아리를 칠망정 무분별한 폭력을 가한 적은 없었다. 처음 보는 무서운 광경에 몽상가소년은 울음소리조차 제대로 내지 못하고 꺽꺽댔다. 그런 아이를 양부가 노려봤다. 어떠한 사랑도 깃들어 있지 않은, 매섭고 차가운 눈이었다.

"왜 멋대로 행동하는 거냐! 허락도 없이 싸돌아다니다가 밤중에 돌아오다니!"

양모가 무릎걸음으로 기다시피 다가와 몽상가소년을 꼭 끌어안았다.

"우리 아들이 없어진 게 사실은 당신 때문이란 걸 당신도 알고 나도 알아. 뻔히 알면서도 죄책감 면해 보려고 찾아다닌 거 아냐? 당신이 가혹하게 대하지만 않았어도 걘 우리 곁을 떠나지 않았어. 오죽하면 도망쳤을까."

"이 여편네가!"

"아이 이빨까지 부러뜨렸잖아. 그 생각만 하면 지금도 가슴이 벌렁거려. 걔는 당신이 무서웠던 거야. 그날 놀이공원 가자고 졸랐던 것도 다 계획적이었던 거였어. 살기 위해 달아난 거라고."

양모의 말은 양부를 더욱 흥분하게 했다. 그가 양모에게서 몽상가소년을 떼어 내더니 우악스럽게 끌어당겼다.

"당신! 무슨 짓 하려고 그래!"

어떤 위험한 사태를 예견이라도 한 듯 양모는 울부짖었다. 그녀는 벌떡 일어서서 양부로부터 몽상가소년을 떼어 내려고 애썼다. 주먹으로 때리고 물어뜯어도 봤지만 당해 낼 수 없었다. 가여운 아이는 양부의 손아귀에 잡힌 채 마당으로 끌려 나갔다. 아이가 싫어했던 그 무뚝뚝한 손이었다. 양모는 자지러졌고 양부는 정신 나간 사람처럼 혼잣말로 중얼댔다.

"또다시 자식을 잃을 수는 없어. 이참에 버릇을 고쳐 놓지 않으면 안 돼."

창문 없는 광은 시커먼 동굴이었다. 철커덕 자물쇠 채워지는 소리를 듣는 순간 몽상가소년은 가슴이 조여 오는 고통에 빠져들었다. 이마가 뜨거워지면서 두통이 엄습했다. 누군가 펜치로 머리통을 비트는 것 같았다. 콧등을 시작으로 이마와 겨드랑이 그리고 온몸에 땀이 났다. 가슴이 돌덩이처럼 딱딱해졌다. 호흡이 힘들어졌다. 극한의 두려움이 아이를 휘감았다. 죽는다는 게 이런 건가 보다, 라고 생각했다. 그러나 익숙한 느낌 또한 없지 않았다. 언젠가 과거에도 이와 유사한 일이 있었던 것 같은 친숙함이랄까. 그때도 죽을 만큼 무서웠던 것 같았는데 분명하게 떠오르는 건 없었다. 신음이 새 나왔다. 죽고 싶지 않다. 본능적으로 팔을 버둥거렸다. 몽상가소년은 자신도 모르게 문을 두드렸다.

"엄마! 엄마!"

손이 찢어져서 피가 철철 흘렀다.

희미한 형체 하나가 몽상가소년의 눈앞에 나타났다. 형체는 점차 또렷해졌다. 자세히 보니 귀부인이었다. 하늘대는 물빛 원피스 차림이었고 주위로는 하얀 홀씨들이 날아다녔다. 귀부인이 팔을 뻗어 홀씨 하나를 허공에서 거두더니 후 불었다. 입술이 동그랗게 말렸다. 손에는 소풍 바구니가 들려 있고, 그 안에 비단 포대기에 싸인 아기가 있었다. L의 목소리가 희미하게 들려왔다.

"너는 나를 보자 방글방글 웃었어. 사랑스러운 아기였지."

혼미해지는 의식 속에서도 몽상가소년은 결심했다. 기필코 가 볼 것이다. 흙길이라고 했어. 길은 쭉 뻗어 있고, 길 양옆으로 숲이 우거져 있다고 했지. 새들이 많이 살고 있고, 노루귀와 씀바귀가 만발하다는 곳, 내가 발견되었다는 장소.

귀부인의 등장으로 몽상가소년은 자신이 존귀한 존재임을 다시금 기억해 내면서 마침내 까무러쳤다.

몽상가소년은 말할 수 없이 아팠지만 병원에 가지 못했다. 양부가 허락하지 않았다. 그는 자신이 아동 학대 혐의로 고발을 당할까 봐 염려했다. 양모의 지극한 간호 덕으로 소년은 사흘 만에 자리를 털고 일어났으며, 양모로부터 좋은 선물도 받았다. 평소 몽상가소년이 원하던 유명 브랜드 운동화였다.

양모가 운동화를 건네면서 부드럽게 타일렀다.

"다신 허락 없이 멀리 가지 마라."

몽상가소년은 유순하게 고개를 끄덕였다.

몸이 회복되자 몽상가소년은 등교를 허락받았다. 학교에 가려고 마당에 나선 소년의 배낭엔 그러나 책이 들어 있지 않았다. 새 운동화와 묵직한 저금통, 두어 벌의 옷가지 뿐이었다.

몽상가소년은 잠시 서서, 대문과 안채를 번갈아 쳐다봤다. 한 걸음 앞으로 갔다가 두어 걸음 뒤로 물러서기도 했다. 뭔가 망설이는 듯해 보였다. 똑같은 행위를 두어 차례 반복했을까, 아이는 이윽고 발걸음을 옮겼다. 발길에서 결연함이 엿보였다. 양모가 틀어 놓은 음악이 안채로부터 들려오자 흠칫 걸음을 멈추기도 했지만 아이는 이내 다시 걸었다. 아이가 들어간 곳은 차고였다. 차고로 들어간 아이의 눈길이 구석 자리를 향했다. 그곳엔 공구 박스를 비롯해 눈을 치울 때 사용하는 넉가래나 철삽, 갈퀴 같은 것들이 가지런히 놓여 있었다. 모두 양부가 아끼는 연장들이었다. 몽상가소년은 공구함을 열고 송곳을 꺼내 들었다. 송곳을 손에 쥔 아이는 양부의 자동차 앞바퀴 사이드 부분을 있는 힘껏 찔렀다. 미리 작정했던 일이라 망설임 따위는 없었다. 아이는 바퀴를 펑크 내어 양부를 곤란하게 만들고 싶었다. 자신을 학대하고 착한 양모를 때린 양부는 응당 벌을 받아야 한다고 생각했다. 할 수 있는 복수란 게 고작 바퀴의 바람을 빼는 정도밖에 안 된다는 사실에 약이 올랐다.

자동차 펑크 내는 일은 생각보다 어려웠다. 이마에 송골송골 땀방울이 맺히도록 찔러 댔지만 어림도 없는 일이었다. 자동차 바퀴는 아이가 예상했던 것보다 훨씬 단단했다. 아이는 초조했다.

그러던 차에 아이의 눈에 띈 것이 끝이 뾰족한 나사못이었다. 나사못은 투명한 비닐봉지 안에 가득 들어 있었다. 몽상가소년은 나사못 하나를 꺼내 바퀴에 대고 망치로 내리쳤다. 처음 몇 번은 뜻대로 되지 않았지만 곧 요령을 터득했다. 첫번째 못이 깊이 들어갔음을 확인했을 때 몽상가소년의 입가에 웃음이 피어올랐다. 아이는 마침내 기다란 나사못 여러 개를 박는 데 성공했다. 바람을 빼내지 못해 아쉬웠지만 그 정도로도 분은 풀렸다. 양부가 아끼는 물건을 망가뜨렸다는 것, 그 사실만으로도 제법 기분이 괜찮았다.

몽상가소년이 차고를 빠져나왔을 때엔 온몸이 흠뻑 젖어 있었다. 여전히 음악이 들려오고 있었다. 양모가 즐겨 듣는 곡이라 귀에 익지만 제목까지는 알지 못했다. 피아노 연주곡이었다. 아마도 양모는 청소를 하거나 설거지를 하고 있을 것이다. 아이는 안채를 향해 깊이 고개 숙였다. 다시는 보지 못할 양모에게 보내는 마지막 인사였다.

다신 갇히지 않을 것이다. 학대당하면서 살지도 않을 것이다. 몽상가소년의 표정은 결연했다.

맨 처음 도착한 버스에 무조건 올라탔다. 몇 정거장을 지나쳤는지 기억에도 없지만 차창 밖으로 전철역 표지판이 보이자 벌떡 일어났다. 버스에서 내려 지하철에 오르고 나서야 몽상가소년은 자신이 지난번에 갔던 그 공원에 다시 가고 싶어 한다는 걸 깨달았다.

한 번 가 봤던 곳이어서 그리 낯설지는 않았다. 이제부터 어떻게 살아가야 할지 막막하긴 했다. 하지만 어떤 상황에 처하든 양부와 함께 사는 것보다야 낫겠지 싶었다. 공원으로 가는 도중에 노점이 있어 튀김 한 봉지와 김밥 한 줄을 샀고, 드디어 공원에 들어섰을 때에는 수생 식물 전시장 표지판을 향해 곧장 걸었다. 저번에 본 것들이지만 좀 더 자세히 관찰하고 싶었다. 전시장 식물들 앞에는 각각의 이름이 작은 팻말에 적혀 있었다. 몽상가소년은 소리 내어 그것들의 이름을 불러 줬다.

"연, 수련, 노란어리연, 물옥잠화, 물양귀비, 부레옥잠, 부들……."

식물도 저마다 이름이 있는데, 나는 이름이 없다! 가짜 이름뿐이다. 어쩌면 진짜 이름이 애초엔 있었을 수도 있지만, 어쨌든 나는 모르고 있으며 누군가가 불러 준 적도 없다. 몽상가소년은 울컥하는 마음에 눈시울이 뜨거워졌다.

반질반질 윤기 나는 커다랗고 검은 돌 징검다리를 건너니 희망의 숲 속이라 이름 붙여진 장소에 들어서게 되었다. 각종 나무가 빼곡히 들어차 있고 벤치도 여럿 놓여 있는 아늑한 곳이었다. 아이를 데리고 산책 나온 시민들이 있었고, 자리를 펴고 앉아 음식을 나눠 먹는 이들도 있었다. 몽상가소년도 배낭에서 튀김 봉지와 김밥을 꺼냈다. 그러나 선뜻 풀어 헤치지 못한 이유는 다 먹고 싶은 마음과 남겨 놔야 한다는 생각 사이의 갈등 때문이었다. 결국 튀김 봉지는 저녁

끼니를 위해 도로 집어넣었다.

비록 돌아갈 집은 없어졌지만 몽상가소년은 결코 자신의 행동을 후회하지 않았다. 어떻게든 되겠지, 라고 어른처럼 생각했다. 물소리가 청량하게 들리는 시내를 지나 계속 걷다 보니 지그재그 형태로 하늘을 향해 끝도 없이 이어진 나무 계단이 나타났다. 까마득하게 느껴졌지만 몽상가소년은 그 끝에 오르기로 했다. 숨이 턱에 닿아 가쁜 숨이 절로 뿜어져 나올 즈음 마침내 하늘 가까이 다다랐다. 거기엔 작은 꽃동산이 조성돼 있었고 원두막과 식수대도 있었다. 가족으로 보이는 사람들 몇몇이 원두막에 앉아 수박을 나눠 먹으면서 연신 기념사진을 찍었다. 그러고 보니 몽상가소년에겐 사진이란 게 한 장도 없었다. 보육원에서 더러 찍기도 했지만 자신이 소유한 적은 없었다. 수박을 보자 침이 절로 고였다. 붉은 속살에 박힌 까만 씨앗조차 먹음직스러워 보였다. 몽상가소년은 식수대로 가서 두 손을 오목하게 만들어 물을 받아 마셨다. 그들처럼 수박을 먹을 수야 없겠지만 최소한 목은 축일 수 있어서 다행이었다. 소년은 그 가족으로부터 되도록 멀찍이 떨어져 앉았다. 혹시라도 집 나온 아이로 비칠까 봐 염려스러웠다.

땅거미가 물안개 퍼지듯 내려앉기 시작했다. 잿빛 땅거미는 사람들을 하나둘 하늘 공원에서 떠나보냈다. 이윽고 아껴 뒀던 튀김 봉지를 풀었다. 눅눅했지만 꿀맛이었다. 튀김을 다 먹은 후에도 몽상가소년은 꼼짝하지 않고 그대로 앉아 있었다. 이윽고 먹물을 뿌린 듯 주위가 깜깜해졌을 때엔 조금 무서웠다. 춥기도 했다. 눈물이 찔끔 나왔다. 여기저기서 맹꽁이인지 개구리인지가 쉬지 않고 울었다.

몽상가소년은 배낭을 베고 벤치에 길게 누웠다.

더없는 안온함을 느끼면서 눈을 떴을 때 몽상가소년은 깜짝 놀랐다. 자신이 널찍한 침대 위에 누워 있었기 때문이다.

"녀석, 깼구나. 사연은 나중에 듣기로 하고 어서 세수부터 하고 오너라."

콧수염을 멋들어지게 기른 중년의 아저씨가 몽상가소년을 향해 눈을 찡긋했다.

쇼핑백의 아기

모든 인간의 인생은 신의 손으로 그려진 동화다.
_한스 크리스티안 안데르센

열일곱 해 전, 도심에 위치한 광장의 쓰레기통에서 갓 낳은 아기가 발견되었다. "아기는 탯줄을 늘어뜨린 채 핏덩이 상태 그대로였습니다"라는 기자의 멘트가 워낙 적나라해서 방송 용어론 적합하지 못했다고 후일 지적의 대상이 되기도 했던 사건이었다.

그 시절에도 버려진 아기가 고속 도로 휴게소의 화장실 같은 장소에서 드물게 발견되곤 했지만 도심 광장에선 처음 있는 일이었다. 은밀한 장소가 아니라 열린 공간에다 아기를 내다 버린 대범함으로 국민들을 놀라게 한 사건이었다.

아기는 쇼핑백에 들어 있었다. 방송국 카메라는 쇼핑백을 클로즈업시켜 내보냈다. 물론 상호를 블러 처리한 상태였지만 그럼에도 어느 백화점의 쇼핑백인지 쉽게 알아차릴 정도의 화면이었다. 그 백화점은 광장에서 도보로 10분 거리도 채 안 되는 곳에 있었다.

아기는 탯줄이 늘어진 채 블라우스에 둘둘 말려 종이 쇼핑백에 들어 있었다. 아름다운 프릴이 달린 크림색 블라우스는 태그도 떼지 않은 유명 수입품으로 판명됐으며 55사이즈라고 보도되기도 했다. 그 명품 브랜드의 블라우스가 직접 화면을 타진 않았지만 시청자들의 호기심은 날개를 달고 날아올랐다. 아기 엄마는 몸집이 크지 않고, 부잣집 자녀임에 틀림없어. 갑자기 아기가 태어나는 바람에 그날 쇼핑한 블라우스로 싸서 버린 모양이군. 아기가 태어날 줄도 모르고 쇼핑하러 돌아다니다니 철부지로군 하고.

"점심 시간이었어요. 항상 그 시간에 여길 지나거든요. 무슨 소린가를 들었죠."

최초의 목격자이자 신고자인 여인이 기자가 내민 마이크에 대고 말했다.

"하지만 집중해서 다시 들으려고 했을 땐 아무 소리도 들리지 않았어요. 아시다시피 사방이 도로여서 소음이 심하잖아요. 잘못 들은 걸로 여기고 그냥 지나쳤죠. 바쁘기도 했고요."

여인은 광장 인근의 가판점에서 담배나 사탕 등을 파는 상인이었다.

"퇴근하고 이 앞을 지나는데 또 소리가 들리는 거예요. 여기저기 살피다가 쓰레기통에서 나는 소리란 걸 알게 되었어요."

여인은 현장 취재 기자가 들고 있는 마이크에 점점 더 가까이 입술을 가져왔다.

"쓰레기통에 귀를 가까이 댔을 때엔 그게 아기 울음소리란 걸 알았죠. 그 즉시 신고했어요. 내가 얼마나……."

여인의 인터뷰는 중간에 잘려 나가 끝까지 들을 수 없었다. 경찰에서 아동 복지 담당자의 손으로 넘어간 아기는 건강 상태를 체크하기 위해 가까운 병원으로 후송 중이란 멘트를 끝으로 그 뉴스는 끝났다.

이튿날에도 아기에 대한 소식이 전해졌다. 다행히 건강 상태가 양호하다는 짤막한 내용이었다. 그런데 같은 아기가 며칠 후 뉴스 시간에 다시 등장했다. 그날은 정말 이상한 하루였다. 같은 병원 신생아실에서 두 명의 아기가 동시에 없어지는 사건이 일어났기 때문이다. 시청자들의 호기심은 불같이 타올랐다. 하나도 아니고 둘이 같은 날 같은 병원에서 동시에 실종되다니. 또 그중 하나가 광장의 쓰레기통에서 발견된 아기라니! 물론 사람들은 사라진 두 아기 가운데 쓰레기통의 아기에게 훨씬 더 많은 관심을 보였다. 태어나는 순간부터 예사롭지 않은 운명의 소용돌이 한가운데로 내동댕이쳐 버린 가여운 아기였다. 말하기 좋아하는 사람들은 만나기만 하면 그 이야기를 했다. 말이 말을 낳아 터무니없이 부풀린 상태로 사방으로 퍼져 나갔다.

"전 당시 당직이었어요. 맹세코 신생아실을 떠난 적이 없어요."

이상야릇한 소문은 그 병원 간호사의 인터뷰로 인해 촉발되었다고 할 수 있다.

"이건 맹세할 수 있는데요, 그날은 화장실도 안 갔거든요. 그런데요, 아기들을 둘러보고 채 5분도 되지 않았을 때였어요. 저는 그때 제 자리에 앉아 있었는데요, 어쩐지 이상한 예감이랄까, 불길한 기운이랄까, 아무튼 갑자기 간담이 서늘해져 오는 기운이 느껴지는 거예요. 얼른 일어나 신생아실을 다시 한 바퀴 돌았죠. 그런데 조금 전까지도 있었던 아기 둘이 감쪽같이 사라지고 없는 거예요. 단 5분 만에 말이죠."

잠시 말을 끊은 간호사가 흐느끼더니 말을 이었다.

"하늘로 솟았는지 땅으로 꺼졌는지…… 전 믿을 수가 없어요. 정말 있을 수 없는 일이에요."

이때쯤 그녀는 가엾게도 어깨까지 바들바들 떨었다. 그러면서도 자기 할 말은 똑 부러지게 다 했고 미디어는 그녀의 말을 대부분 다 내보냈다. 그 간호사는 사건이 발생하고 얼마 후 병원 측으로부터 해고당했다. 이 사실은 황색 언론지로 분류되는 한 잡지에 의해 세상에 알려졌다. 사실 당시의 사건엔 다소 기이한 면이 없잖아 있었는데, 사람들의 관심이 사라진 아기로부터 점차 간호사한테로 옮겨 갔다는 사실이 그것이다. 필시 확대 재생산되고 왜곡되었음에 분명한 기사투성이어서 신빙성이 없지만 간호사의 발언 부분만 발췌하자면 아래와 같다.

─이 사건이 영원히 미스터리로 남는다면 나는 남은 인생을 죄책감

에 시달리며 살아가게 될 것이다. 아기들을 지키지 못한 죄는 달게 받겠다. 너무 괴롭다.

—나는 아기들을 사랑한다. 성실히 근무에 임했으므로 해고는 부당하다고 생각한다. 병원 측에서 나를 면피용으로 삼은 것 같다. 나는 복직하고 싶다.

—그 아기들을 생각하면 지금도 눈물이 나온다. 한 아기는 쇼핑백에 들어 있던 천애 고아이고 다른 아기 또한 무슨 사연인지 산모가 아기만 낳아 놓고 도망갔으니 고아 신세를 면치 못할 처지였다. 유독 가여운 처지의 두 아기가 사라졌다는 사실도 내겐 불가사의하게 느껴진다.

—그 순간 내가 느꼈던 서늘한 기운! 그것이 해답을 쥐고 있을지도 모른다. 하지만 그것이 어떤 일이었는지 나는 종잡을 수 없다. 내 머리는 수많은 가능성을 제기하고 있지만 나는 결코 그것들을 발설할 수 없다.

물론 그 간호사가 정말 그렇게 말했는지는 확인할 길이 없었다. 열일곱 해가 지난 지금은 더더욱 그렇다. 아마도 황색 언론들이 부수를 늘리기 위한 방법으로 흔히 그러듯 소설을 썼을 수도 있다. 그렇지만 독자들에겐 그것이 사실이든 아니든 상관없었다. 어차피 자기들 일도 아니므로 과장되었건 거짓이건 개의치 않았다. 뿐만 아니라 과도한 상상력까지 더해져서 별의별 근거 없는 가설들이 떠돌았다. 이 잡지는 동일한 사건을 꽤 오랫동안 우려먹었는데, 그 덕에 아무도 거들떠보지 않던 삼류 언론이 유명 잡지 대열에 올라섰다. 그러자 다른 매체에서도 앞다퉈 간호사를 찾아가기 시작했고, 텔레비전 고발 프로그램에서도 이 사건을 다뤘다. 부당 해고에 대한 억울한 심정도 호소할 겸해서 간호사는 접근하는 모든 언론을 마다하지 않았다. 그러다 보니 지나친 공명심에 불타던 일부 독자들이 그 간호사 복직을 위한 서명 운동을 벌이는 일까지 벌어졌다. 그러나 정작 당사자는 그로부터 얼마 후 자취를 감추고 말았다. 또다시 병원 측이 간호사를 빼돌렸다느니 하는 근거 없는 말들이 퍼져 나갔다.

현대인은 자기 일에 신경 쓰기만도 바쁘다. 그 분주한 일상에서 특이한 뉴스거리란, 더욱이 자신과 아무 이해관계가 없는 뉴스란 호기심의 대상일 뿐 누구도 진심으로 걱정하지 않는다. 쓰레기통에서 발견된 아기나 이에 연루된 간호사도 마찬가지였다. 그보다 더한 기막힌 사건들도 하루가 멀다 하고 벌어지고 있지만 그중 세상에 알려지는 것은 과거와 현재를 막론하고 극히 일부에 불과하다. 가령 교통사고에 관한 소식이 빈번하게 뉴스로 등장하지만 알고 보면 보도되지 않는 사건 사고가 훨씬 더 많은 것이 현실이다. 주위의 누군가가 돌연한 사고사로 귀한 목숨을 잃어도, 억장이 무너질 지경으로 억울한 일을 당해도 대부분 한 줄의 뉴스거리로도 등장하지 못한다. 이런 시각으로 본다면 뉴스에 등장하는 사람들은 그나마 행운아라고 불러도 될지 모르겠다. 쓰레기통에서 발견된 쇼핑백의 아기나 간호사 사건은 이제 열일곱 해 전의 신문에서나 발견할 수 있을 뿐이다. 누군가가 아직도 관심을 갖고 있다면 말이다.

여행자

삶에는 두 가지 비극이 있다.
첫째는 내가 원하는 것을 갖지 못하는 것이고
둘째는 내가 원하는 것을 갖는 것이다.
_오스카 와일드

더 이상 지체할 수 없었다. 페이는 무거워진 몸을 힘들게 일으켜
세웠다. 방심하는 사이 누군가가 바윗덩이를 몸속에 쑤셔 넣은 것
같았다.

람부뜨리 빌리지는 찾기 쉬운 위치에 있었다. 그러나 페이가 찾는
동생은 거기 살고 있지 않았다. 관광객만으로도 넘쳐 날 지경이라
장기 임대는 하지 않는다고 게스트 하우스 관계자는 말했다. 동생이
메이에게 거짓말한 것임에 틀림없었다.

이제 뭘 해야 하지? 목적이 없어져 버린 페이는 캐리어를 끌면서
발길 닿는 대로 걸었다. 한 시간가량 걸었을까? 아니면 두 시간 정
도? 국립 경기장을 지나고 싸얌 스퀘어를 지났다. 광장에서는 청소

년 두엇이 스케이트보드 묘기를 보이고 있었다. 좀 더 걷다 보니 지상철(BTS) 정류장이 시야에 들어왔다. 그제야 페이는 자신이 감당하기 힘들 정도로 피곤에 절어 있다는 걸 깨달았고, 비로소 메이를 떠올렸다. 그녀가 근무하는 로열파크뷰는 지상철의 아쏙 역 인근에 있다고 했다. "찾기 쉬워. 온종일 교통 체증에 시달리는 게 이 도시니까 대중교통을 권한다"고 메이가 말했었다.

길고 긴 계단을 올라 지상철 역사에 오른 페이는 노선도를 살폈다. 손가락으로 짚어 가며 역을 체크해 보니 다음 역은 칫롬이고 그다음은 펀칫, 나나, 아쏙 순이었다.

"생각보다 가깝군. 다행이다."

페이는 매표소에서 표를 구입한 후 지상철에 올랐다.

메이는 프런트 데스크에 서 있었다. 서클렌즈 덕일 거란 생각이 설핏 들었지만 메이의 크고 검은 눈동자가 아름다웠다. 이 역시 인조 속눈썹 때문이겠지만 기다란 속눈썹도 매력적으로 보였다. 메이는 자신의 외모를 돋보이게 만드는 탁월한 능력이 있었다. 어려서부터 그랬다. 그건 대단한 장점이랄 수 있다.

페이를 발견한 메이가 얼굴 가득 웃음 지으며 한 손을 번쩍 치켜들었다.

"못 만났구나?"

메이는 페이를 보는 순간 금세 사태를 눈치챘다. 페이가 지친 목소리로 대답했다.

"거기 안 산다더라."

"어쩌면 그럴 수도 있겠다 싶긴 했어."

"그랬어? 어째서?"

"네 동생을 믿을 수 없었다고나 할까?"

"아, 그랬구나."

"아무튼, 우리, 3년 만인가?"

"그럴걸?"

플라스틱 카드 키를 내밀며 메이가 말했다.

"전망 좋은 곳으로 마련했지."

"고마워."

"가볍게 샤워하고 내려올래?"

"실은 쓰러질 지경이야."

"그럼 오늘은 푹 쉬어."

"미안."

"천만에. 내일 브런치 어때?"

"좋아."

"레스토랑 예약해 놓을게."

샤워는커녕 세수도 하지 못한 채 페이는 그대로 침대에 쓰러졌다. 많이 걸었으니 힘든 건 당연하겠지만 엄습해 오는 건 정신적인 피로감이었다. 피로가 전신을 장악해 버린 듯한 느낌이었다.

이튿날, 메이가 인터폰을 하지 않았더라면 페이는 종일이라도 잤을 것이다. 시계를 보니 정오를 30분 정도 남겨 놓고 있었다. 기절했다가 깬 기분이랄까, 대략 열다섯 시간가량을 죽은 듯이 잔 것이다. 더운물 샤워를 하고 나오는데 오스스 한기가 돌았다. 페이는 부츠컷 스타일의 진에 더운 날씨를 고려해 민소매 티를 입었지만 곧 카디건을 꺼내 그 위에 걸쳤다.

얼굴도 마찬가지겠지만 특히나 몸매에 관한 한 메이는 자신감이 충만한 여자였다. 그녀는 허벅지 부분의 천을 과감히 파괴한 검은색 스키니 진에 야한 홀터넥 차림이었다. 벌써부터 오가는 사람들의 시선을 한 몸에 받고 있었는데, 메이는 그런 시선을 즐겼다.

"근무는?"

"비번으로 돌려놨어."

"아 참, 토니 안부를 못 물었네."

"언제 적 얘기를 하고 있는 거야? 벌써 몇 번째나 남자 친구 바뀌었거든."

메이가 호탕하게 웃으며 장난기 섞어 말했다. 역시 유쾌한 친구였다. 페이의 기분도 금세 산뜻해졌다.

"레스토랑이 좀 어중간한 거리야. 어떻게 할까. 걸어가면 20분 정도, 전철을 타도 역에서 내려 한 15분 걸어야 하고. 원한다면 쌈러를 타고 가는 방법도 있고."

"걸을까? 옛 생각도 하면서?"

두 사람은 시내도 구경할 겸 슬슬 걸어가 보기로 했다. 그러나 생각보다 거리가 꽤 되자 페이는 쌈러를 이용할 걸 그랬나 싶어 후회했다. 그렇게 많이 잤는데도 피곤이 다 풀리지 않았던 것이다. 쌈러는 오토바이와 자동차를 합성한 모양으로, 세 개의 바퀴로 움직이는 이 나라 특유의 교통수단이다.

메이가 예약해 뒀다는 곳은 전통 음식점 반 카니타였다. 걸어가는 도중의 거리 풍경은 그다지 청결하지 않았지만 목적지에 막상 도착하고 보니 외양부터 탄성을 자아내기에 충분한 멋진 곳이었다. 전통 가옥을 개조한 음식점이라 이국적이고 아름다웠다. 차려져 나온 음식도 입에 맞았다. 페이가 맛있게 먹자 메이는, 자신이 마치 손위 사람이라도 되는 듯 흐뭇한 표정을 지으며 바라봤다.

"네 나라 사람들의 식성이 우리와 닮은 모양이야. 다들 잘 먹더라고."

"기억나? 나 예전에 쌀국수 볶음 요리 좋아했잖아."

"그래, 팟타이."

"야식으로 노점에서 우리가 노상 먹던 건 뭐였지?"

"꾸웨이띠여우?"

"아, 맞다. 이름도 잊어 먹었네."

"싸고 맛있어서 나는 지금도 즐겨 먹어."

"네가 길거리에서 튀긴 벌레 사 먹는 거 보곤 나하고 동생이 기절

초풍한 적도 있지."

"송끄란 축제 때 물벼락 맞고 잉잉 울던 애가 너지? 아니, 네 동생이었나?"

"너야말로 그날 비어 씽하 마시고 잔뜩 취해서 비틀비틀 난리도 아니었지."

"그게 맥주인 줄 어떻게 알았겠냐 말이다."

"가만있자, 내가 동생과 함께 너 만나러 온 게 언제였더라?"

"스무 살 때였을걸. 1년 후 너희한테 그런 일이 일어날 줄이야."

페이가 긴 한숨을 내쉬었다.

"네 동생이 낳은 아기는 어떻게 되었을까?"

"……."

"아기, 올해로 몇 살이지?"

"우리나라 나이로 열여덟. 우린 태중의 나이도 계산하기 때문에 태어나는 순간 바로 한 살이거든."

"남자아이일까 여자아이일까?"

"알 수 없지."

메이는 열일곱 해 전에 벌어진 일에 대해 많이 알고 있는 편이다.

"비극이야. 그렇게도 사이좋았던 너희가 이렇게 될 줄 누가 알았겠니."

페이는 메이에게 부끄러웠다. 확실히, 그건 창피한 일이었다.

"내 동생, 찾을 수 있을까?"

"단기간엔 힘들 수도 있어."

"그럴까?"

"자기 거처를 거짓말로 알려 주는 걸로 봐선 그래."

"그럼 난 이제부터 뭘 해야 할까."

"넌 이제부터 순수한 여행자인 거야, 오케이?"

그때 웨이터가 지나가자 메이가 비어 씽하 두 병을 주문했다.

"또 취하려고?"

"그때야 어려서 그랬지만 지금은 완전 술꾼이야. 하지만 넌 조심 해야 할걸?"

"어째서?"

"우리나라 맥주는 알코올 도수가 꽤 높거든."

비어 씽하가 도착하자 두 사람은 살짝 병목을 부딪치고는 입으로 가져갔다.

"당분간 동생 일은 머릿속에서 지워. 너는 단순히 관광 온 사람인 거야. 그러니까 클럽은 가 주셔야지? 우리 나라에 와서 클럽에 가지 않는다는 건 말도 안 되니까. 배드서퍼라고, 내 단골 클럽이 있는데 이따 함께 가자."

페이가 메이의 손등을 살짝 쳤다.

"아직도 그런 데 다녀?"

"무슨 소리야. 아직도, 라니!"

"이 친구야, 넌 정말 나이를 안 먹는구나."

맥주를 반 넘게 마시고 나서 페이가 말했다.

"나는 호텔 풀장에서 선탠이나 하고 푹 잘까 싶다. 대신 네가 휴가 받아 내 나라로 오면 최고의 클럽으로 데려가 줄게."

"날 버리고 풀장에서 혼자 놀겠다? 뭐 그렇다면……."

메이는 즉시 휴대 전화 키패드를 두드리기 시작했다. 누군가와 부지런히 문자를 주고받더니 마침내 입가에 만족스러운 미소를 피워 올렸다.

"데이트?"

"비번인데 집에 처박혀 있을 순 없잖아?"

"누가 뭐래? 아주 잘했어."

메이는 어려서부터 그랬다. 상대가 거절하면 두 번 다시 조르지 않는 성격이었다.

레스토랑에서 나온 두 사람은 어린 시절처럼 두 손을 맞잡고 걸었다. 도중에 좌판이 보이자 메이가 작은 목각 인형 한 쌍을 골라 페이에게 선물했고, 페이는 그녀에게 롤링 스톤스가 인쇄돼 있는 패브릭 가방을 사 줬다.

페이를 호텔에 데려다준 메이는 정문에 늘어선 택시 가운데 하나에 재빨리 몸을 밀어 넣었다. 택시가 시야에서 사라지자 페이는 호텔 회전문을 밀고 들어갔다. 그녀는 로비의 비어 있는 카우치에 몸을 구기듯 털썩 주저앉았다.

동생이 돌연 사라졌을 때 가족들이 받은 충격은 이루 말할 수 없었다. 슬퍼할 겨를조차 없었던 것은 대체 영문을 알 수 없었기 때문이다. 아무리 생각해 봐도 그럴 이유가 없었으니까.

동생의 가출이 당시 페이의 남자 친구였던 W 때문이란 걸 알게 된 것은 당사자인 W의 입을 통해서였다. W의 고백이 없었더라면 끝까지 눈치 못 챘을 수도 있었다. 대체 어떻게 W와 동생을 연결할 수 있었겠는가.

"우리는 몰래 만나고 있었어."

"우리? 우리가 누군데?"

"너처럼 눈치 없는 애는 처음 봤다."

페이는 W가 무슨 말을 하는지 도통 이해할 수 없었다.

"처음엔 너와 네 동생 둘 사이를 오갔지. 하지만 나는 결국 네 동생을 선택했어."

여전히 페이는 말귀를 알아먹을 수가 없었다. 대체 이게 무슨 소린가? 어안이 벙벙한 채로 눈만 끔벅거렸다. 그러자 W가 언성을 높였다.

"아직도 이해 못하겠어? 내가, 너희 둘 모두를 사랑했었다고."

그제야 페이는 겨우 사태를 파악했다. 눈앞이 노래져 왔다.

그동안 우리 자매를 동시에 만났다고? 나 몰래 내 동생을 만났다고? 동생과 나를 동시에 사랑했다고? 그게 어떻게 가능할 수 있지? 나를 한번 납득시켜 봐! 하지만 페이는 끝내 한마디도 하지 못했다.

언어가 제 스스로 혀 밑에서 사라져 버렸다.

"니들은 어째서 쌍둥이인 거니? 생긴 것도 같고 목소리에다 취향까지 같으니 내가 어떻게 한 사람만 사랑할 수 있겠어? 너희 둘은 똑같은 사람인 거야. 절대 함께 있으면 안 되는 사람들이지. 지금이 아니더라도 언제든 반드시 이런 불행이 생길 거라고."

W는 재빠르게, 단숨에, 자기 할 말만 내뱉고는 횡하니 나가 버렸다. 페이는 W를 붙잡을 생각도, 쫓아가서 따져 볼 마음도, 그 어떤 의욕도 생겨나지 않았다. 그날, 그의 말들은 머리를 뚫고 들어와 뇌세포에 총알처럼 박혀 버렸다.

동생은 몇 개월 뒤 부른 배를 안고 돌아왔다. 어떤 설명도 없이 울기만 했다. 페이는 입을 꾹 다물었다. 저간의 사정 따위 알고 싶지 않았고 알 필요도 없었다. 동생에 대해 페이는 철저히 없는 사람 취급했다. W와 헤어졌음에 틀림없을 거라고 짐작은 했다. 그러지 않았다면 돌아오지 않았을 테고, 돌아온들 울고 있지 않을 터였다. 페이의 냉정과 침묵이 동생에게는 고문 이상이었을 테지만 페이가 원했던 바가 바로 그것이었다. 동생이 어떤 고초를 겪든 그것은 자의로 선택한 것이고, 깜찍하게도 언니를 배신하면서까지 기꺼이 걷고자 한 길이니까 결과가 어떻든 본인이 책임져야 할 일이라고 여겼다. 심지어 불행해 마땅하다며 저주도 서슴지 않았다. 네가 진흙 구덩이에 빠져 있다 해도 너를 향해 손을 내밀지 않을 테야. 넌 그 고통에서 평생 헤어나지 못할 거야.

열일곱 해가 지난 지금이야 당시의 격했던 감정이 사그라지고 없지만 그때는 평생 용서할 수 없을 것 같았다. 하지만…… 이제 때가 되었는지도 모른다.

로비의 괘종시계가 댕댕댕 세 번 울리자 그제야 상념에서 깨어난 페이가 몸을 일으켰다.

룸으로 올라간 페이는 침대 위에 몸을 던지듯 드러누웠다. 매트리스가 출렁, 두어 번 흔들리다 멈췄다. 하지만 페이는 이내 벌떡 일어나 앉았다. 그러다가는 또다시 털썩 소리 나게 누웠다. 눈을 감았다 뜨기도 했다. 머릿속이 정리되지 않으니 답답했다. 어떻게 할 것인가. 이대로 그냥 귀국할 것인가, 기왕에 왔으니 어떻게든 찾아 나설 것인가.

옥외 풀장엔 아무도 없었다. 말간 물은 색깔만큼이나 더할 수 없이 고요했다. 뜯어 먹으면 달콤한 설탕물이 흘러나올 것 같은 솜사탕 모양의 구름 몇 점이 떠다닐 뿐 하늘도 맑았다. 햇볕이 한풀 꺾인 시각이라 수영하기엔 딱 알맞았다. 다이빙대 끝에 위태롭게 앉아 있는 작은 새는 졸고 있는 듯 보였다. 적막했다. 페이는 랩 스커트와 선글라스를 선탠 베드 위에 얹어 놓은 뒤 풀 가장자리에 가 앉았다. 양발로 번갈아 가며 물장구를 쳤다. 파르르 몸을 떨며 물이 깨어났다. 막 눈을 뜬 물을 손끝으로 살짝 떠서 몸에 끼얹었다. 햇볕에 달궈진 물은 미지근했다. 적당한 온도였다. 천천히 일어선 페이는 다이빙 자세를 취했다.

풍덩!

바싹 말라 있던 풀 주변이 금세 짙은 색으로 물들었다. 선잠을 깬 새가 푸드덕 소리 내며 하늘로 날아올랐다. 페이는 물 위에 드러누웠다. 하늘을 보면서 등으로 물을 느낄 수 있는 배영을 페이는 좋아했다. 두어 번 왕복한 후 풀 밖으로 나온 페이는 선탠 베드 위에 엎드렸다. 햇살이 온몸을 기분 좋게 데워줬다. 팔을 뒤로 돌려 비키니 상의의 호크를 풀었다. 몸의 긴장이 조금 풀리는 느낌이었다.

얼마나 그러고 있었을까. 누군가 등을 살짝 치는 바람에 화들짝 놀라 눈을 떴다. 잠깐 잠이 들었던 모양이다. 해를 등진 메이가 페이를 굽어보고 있었다. 기분이 좋아 보였다. 날숨에 섞여 술 냄새가 났다.

"위스키 마셨어?"

"응."

"스트레이트로?"

"온더록스."

"스트레이트로 안 마셨다고? 어째서?"

"낮이니까."

메이가 술병을 반짝 들어 페이에게 보여 줬다.

"발베니 트리플 캐스크 16년이네."

발베니는 페이가 즐기는 위스키였다.

"메이, 너는 올드파 좋아하잖아?"

"널 위해서 오늘은 특별히 발베니를 마셨어. 그리고 이렇게 남겨 왔지."

"고마워."

페이가 비키니 상의 호크를 채우고 몸을 일으키자 메이가 그 옆에 앉았다. 그녀는 목을 치켜들더니 위스키를 병째 들이켰다.

"낮술이라니! 브라보. 향이 끝내준다."

두 사람은 병을 돌려 가며 홀짝홀짝 마셔 댔다.

"나는 잊기 위해 술을 마신다? 메이, 너는?"

"난 잊지 않기 위해 마시지."

"무엇을?"

"너는 무엇을?"

푸른 물을 보면서 술 마시는 일이 제법 로맨틱하게 느껴졌다.

"P는 잘 지내?"

메이가 P의 안부를 물었다. 3년 전 함께 여행 왔을 때 딱 한 번 그를 봤다.

"물론."

"P 보고 싶어?"

"뭐 벌써 보고 싶을까."

"단 하루라도 그렇지. 보고 싶으면 사랑하는 거고, 안 보고 싶으면 사랑 안 하는 거야."

"그럴까?"

"그런 거야."

"난 확신할 수 있는 게 없어. 성격 장애인가 봐."

"확신할 수 있는 게 세상에 어디 있나."

"그런 건 없겠지?"

"당연히."

"네 연애에 대해 브리핑해 보지?"

"난 늘 연애해."

"나는 P가 내게 명쾌한 답을 주길 기다리고 있는 것 같아."

"P도 세상도, 어느 누구도 답을 주진 않아."

"그렇다면 답도 모른 채 그저 가는 것인가?"

"답이 없으니까 그럴 수밖에."

"하기야 답은 알아서 뭐하게?"

이런저런 얘기를 하며 술을 마시는 사이 어느덧 해가 뉘엿뉘엿해
졌다. 얼큰히 취기가 오른 두 사람은 선탠 베드에 나란히 드러누웠
다. 바람이 딱 기분 좋을 만큼 몸을 어루만졌다.

"메이, 우리 클럽 갈까?"

이번엔 페이가 제안했다.

메이가 자주 간다는 클럽 배드서퍼에 도착하니 덩치들 몇이 입구
에서 신분증 검사를 하고 있었다. 메이가 단골인 덕에 페이는 여권

을 꺼내는 수고를 하지 않고도 입장하는 편리를 제공받았다. 클럽엔 내국인보다 외국인이 더 많아 보였다. 어느 나라든 마찬가지겠지만 이곳의 클러버도 20대가 대부분이었다. 클럽 가득 하우스 비트가 흐르고 있었다.

"잘됐다."

페이가 활짝 웃었다. 그녀는 하우스 음악을 좋아한다.

"하우스 음악 실컷 즐기게 생겼네. 좋아, 좋아."

페이가 메이의 귀 가까이 입술을 대고 속삭이자 그녀가 엄지를 치켜세웠다. 둘은 넘실대는 사람의 파도를 헤치고 스탠드바로 곧장 갔다. 그들은 입장할 때 받은 쿠폰과 맥주를 교환했다. 페이는 하이네켄을, 메이는 이 나라 맥주인 레오를 손에 쥐었다. 스무 살가량 되어 보이는 잘생긴 바텐더를 보자 페이는 몽상가소년을 떠올렸다. 하지만 오래 생각할 수는 없었던 것이 메이가 페이의 손을 세게 잡아끌었기 때문이다. 구면으로 보이는 클러버들 사이로 메이가 끼어들자 그들은 그녀를 중심으로 작은 원을 만들었다. 그 안에서 메이는 물 만난 고기처럼 뛰놀았다. 그 모습을 보니 페이의 기분도 덩달아 달떴다. 20대와 비교해도 전혀 손색없는 당당한 모습이 아름다웠다. 메이는 어찌나 인기가 좋은지 서로 데려가려고 경쟁할 정도였다. 페이와 메이는 여기저기 옮겨 다니며 음악에 몸을 맡겼다.

잠시 후 페이는 메이의 양해를 구한 후 라운지로 올라갔다. 2층은 아래층과 분위기가 사뭇 달랐다. 많은 커플들이 애정 행각을 벌이고 있었다. 민망할 정도로 노골적이었다. 페이는 기다란 소파 한 부분을 차지하고 비스듬히 누웠다. 하우스 비트를 깊이 느끼며 눈을 감았다. 세포 하나하나에 음악이 심어졌다. 풀장에서 마신 술까지 더해 제법 취기가 오르는 데다 하우스 음악을 들으니 몽환적인 기분에 휩싸였다. 둥실 몸이 위로 떠오르는 듯했다. 누군가 페이의 귀에 대고 속삭였다. 더운 입김에 온몸의 솜털이 죄다 일어났다. 언어를 이해할 순 없지만 젊은 남자로 추정되는 음성이었다. 목소리의 색깔이 마음에 들었다. 너무 가늘지도, 그렇다고 지나친 저음도 아니었다. 어떤 사람일까 궁금했다. 페이는 천천히 눈을 떴다. 처음엔 왼쪽, 이어서 오른쪽 눈도.

남자와 페이의 눈길이 엉켰다. 나쁘지 않았다. 20대 후반이나 30대 초반쯤 되어 보이는 마른 체격의 남자로, 간편한 스니커즈에 워싱된 청바지, 폴로 스타일의 상의를 입고 있었다. 대체적으로 깔끔하고 스마트한 분위기를 풍겼다. 그는 무릎 하나를 꿇은 자세로 페이를 내려다보고 있었다. 남자가 싱긋 웃었다. 페이가 마주 보고 웃어 주자 남자가 돌연 입술을 그녀의 입술에 포개 왔다. 뜻밖이었지만 흔쾌히 받아들였다. 이곳은 여행지 아닌가! 남자의 두 팔이 페이의 머리를 감싸 쥐었다. 두 사람은 마치 오래된 연인처럼 키스를 나눴다. 입맞춤은 처음엔 격정적이고 뜨거웠으나 차차로 감미로워졌다. 페이의 몸이 더워져 왔다. 하우스 음악도 아스라이 멀어졌다. 남자가 문득 입술을 떼더니 페이를 일으켜 세웠다. 페이가 순순히 일어서자 그가 페이의 손가락에 자신의 손가락을 깍지 끼웠다. 따스한 손이었고 다정한 느낌이었다. 페이와 남자는 미련 없이 클럽을 빠져 나왔다.

페이와 남자는 아무 말도 하지 않았다. 단지 거리에 줄지어 서 있는 빈 쌈러에 몸을 실었다. 쌈러의 엄청난 소음이 밤거리를 뒤흔들었다. 두 사람은 두 손을 맞잡은 채 아무 말도 하지 않았다. 페이는 이 나라 말을 구사하지 못하고 남자는 영어를 하지 못했다. 두 사람은 이따금 마주 보며 웃을 뿐이었다. 페이와 상관없이 메이는 틀림없이 밤새도록 놀 것이고, 마음에 드는 남자를 만난다면 로맨틱한 사랑을 나눌 것이다.

로열파크뷰 호텔에 도착하자, 두 사람은 함께 엘리베이터에 올랐다. 누가 먼저 시작했는지 모르겠다. 두 사람의 몸과 몸이 밀착되었고 입술이 맞닿았다. 남자의 입술은 아까보다 훨씬 더 부드러워져 있었으며 자유롭고 여유로웠다. 페이를 기분 좋게 만드는 입술이었다. 페이는 남자도 자신에게서 같은 느낌을 받았으면 좋겠다고 생각했다. 엘리베이터에서 내린 두 사람은 몸을 밀착시킨 상태로 룸으로 들어갔다. 그리고 자연스럽고 익숙하게, 서둘지 않고 천천히, 사랑을 나눴다.

두 세계

몽상가소년은 다시 그 길에 섰다. 바람이 소년으로 하여금 그렇게 하도록 부추겼다. 이번엔 숲 속 깊이 들어가 보기로 했다. 잡초는 그 전보다 훨씬 더 자라 있어 앞으로 나아가는 데 장애가 되었다. 쓸모 있을 것 같아 마련해 온 등산용 지팡이가 길을 내는 데 큰 도움을 줬다. 잡초를 젖혀 가며 깊이 들어가니 여러 종류의 꽃과 풀이 함께 어우러져 제법 운치가 있었다. 깽깽이풀과 제비꽃이 커다란 바위를 경계로 이쪽저쪽 무더기로 피어 있었고, 제비꽃만큼이나 흔한 각시붓꽃도 여기저기 눈에 띄었다. 모두 보랏빛을 띠고 있는 사랑스러운 꽃들이다. 노란 애기똥풀은 대단위로 군락을 이루고 있었다. 애기똥풀은 홀로 서 있으면 자칫 초라해 보이지만 이처럼 모여 있으면 보기에 썩 좋다.

L은 곧잘 야생화를 캐 와서 보육원 텃밭에 옮겨 심었다. 소박하지만 정감 넘치는 그 야생화들을 그녀는 지성으로 길렀고, 아이들이 꽃을 사랑할 수 있도록 나름의 방법으로 교육시키고 공을 들였다. L은 종종 몽상가소년을 데리고 야생화를 캐러 다녔다. 소년이 야생화에 관심이 많은 이유는 그 때문이었다. L은 다른 아이들과는 절대 함께 외출하지 않았다. 야생화를 캐기 위해 원생 중 누군가를 데리고 간다면 그 대상은 언제나 몽상가소년이었다. 그녀는 눈에 띌 정도로 몽상가소년을 편애했다.

야생화의 여린 줄기를 보고 있자니 몽상가소년의 머릿속을 살같이 스쳐 지나가는 어떤 것이 있었다. 정체를 알 수 없는 흐릿한 영상이었다. 인간의 모습 같았지만 확신할 수 없는 물체였다. 그것이 만일 인간이라면 야생화의 여린 줄기는 종아리에 해당될 것이었다. 그리고 만일 종아리라면 그 가는 다리로 도저히 몸을 지탱할 수 없어 보였다. 뭘까? 아니, 누굴까? 몽상가소년은 걸음을 멈추고 생각의 실체를 끄집어내기 위해 애썼다. 호흡을 참고 내면에 집중했다. 그러자 시간조차 정지한 듯 순전한 고요함이 펼쳐졌다.

몽상가소년은 며칠을 야영해도 끄떡없을 정도로 단단히 준비하고 왔다. 그가 등에 짊어지고 있는 박 배낭은 먹을거리는 물론이고 매트리스, 침낭, 텐트, 코펠, 버너 같은 일체의 것이 다 들어가는 60리터짜리였다. 총 길이가 1미터나 되는 이 박 배낭은 아빠와 여행할 때 사용하던 것이었다. 아빠의 박 배낭에 비해 몽상가소년의 것은 신형에다 고가품이어서 멜빵이 보다 두껍고 안정적이었다. 배낭 무게도 아빠 것과 비교하면 가벼운 편이었다. 그렇긴 해도 가득 채워 넣으면 배낭 무게까지 합쳐 25킬로그램은 족히 되었다.

몽상가소년은 텐트를 설치하기에 적당한 장소를 물색하다 자신을 몇백 년 기다려 온 것 같은, 텐트가 들어앉을 크기만큼의, 딱 그 정도 넓이를 가진 평평한 땅을 발견했다. 혹시 예전에 누군가가 이 자리에 작은 오두막이라도 지어 살았단 말인가! 그런 땅이 이 야생의 숲에 있다는 게 신기했다. 배낭을 땅에 내려놓자 그제야 어깨 부근에 뻐근한 기운이 느껴졌다. 몽상가소년은 배낭을 열어 안에 들어 있는 것들을 꺼내 땅에 펼쳐 놓았다.

바닥이 고르고 판판하긴 해도 크고 작은 돌멩이들이 많았으므로 그것들을 추려 내는 작업이 필요했다. 몽상가소년은 정지 작업을 마친 후 나뭇잎을 긁어모아 바닥에 고루 깔았다.

"마른 나뭇잎은 냉기와 습기를 막아 준다. 매트를 펴 놓기 전에 미리 바닥에 깔아 주면 좋지."

아빠의 말소리가 들려오는 듯해서 몽상가소년은 불현듯 위를 올려다봤다.

"텐트 출입구는 바람과 반대 방향이 되도록 해야 한다. 보통 산바람은 낮에는 산 아래에서 위로 불지만 밤에는 그 반대로 산 위에서 분다는 것을 명심해라."

간간이 실바람이 살랑일 때 몽상가소년의 머리칼이 오른쪽으로 날렸다. 바람의 방향을 감지한 소년은 깔아 놓은 나뭇잎 위에 커다란 방수 깔개를 깔고 텐트의 네 귀퉁이를 돌멩이로 눌러 놓았다. 이어 바람이 불어오는 반대 방향으로 텐트 입구를 놓은 후 그것을 사각으로 펼치고 네 귀퉁이를 팩으로 고정시켰다.

"이제부터는 폴대를 조립해야지?"

아빠의 말을 일일이 떠올리며 몽상가소년은 폴을 대각선으로 해서 그 양끝을 귀퉁이에 끼우고 덮개를 씌웠다.

"잘하고 있구나. 당김줄을 45도 각도로 해서 박은 팩에 고정시키면 텐트 설치는 마무리된다."

사실 혼자 야영하는 건 이번이 처음이라 자신이 없었다. 그러나 아빠가 옆에 있는 것처럼 하나하나 일러 주니 예상외로 수월했다.

"당김줄은 언제나 팽팽하게 설치하도록 하여라. 밤이 되면 당김줄이 잘 보이지 않아 자칫하면 걸려 넘어지는 경우가 있어. 그러니까 눈에 잘 띄는 색깔의 천 따위를 당김줄에 매달아 두는 지혜도 필요하지."

몽상가소년은 당김줄에 푸른색 비닐 포장 끈을 길게 묶었다. 텐트 설치를 끝낸 소년은 매트리스를 그 안에 깔고 침낭과 물통, 의자, 지팡이, 먹을거리 등을 텐트 안에 넣어 둔 다음 언제든 사용할 수 있게 헤드램프를 텐트 천장에 매달았다. 서늘한 바람이 한 차례 지나가면서 이마를 식혀 줬다. 몽상가소년은 완성된 텐트 안으로 들어가 길게 누웠다. 그리고 아빠처럼 두 팔로 뒷머리를 받쳤다. 나뭇잎을 많이 깔아서인지 등이 배기지 않고 편안했다. 몽상가소년은 챙겨 온 아빠의 아이팟을 작동시킨 다음 이어폰을 귀에 꽂았다. 아빠가 좋아하던 음악들이 흘러나왔다. 몽상가소년은 아빠에게 배운 것이 참 많은데, 음악도 그중 하나랄 수 있었다.

어느 날 아빠가 MP3 플레이어 두 개를 사 왔다.

"우리 하나씩 나눠 갖자. 좋은 음악은 사람을 즐겁게 해 주지. 네가 언제나 기쁘고 행복하게 살았으면 좋겠구나."

생애 처음으로 경험하는 뻐근한 감정이었다. 가슴이 뭉클해지면서 눈시울이 후끈 달아올랐다. 그러니까 음악을 듣기 시작한 건 순전히 아빠 때문이었다.

몽상가소년의 아빠는 여행을 자주 했다. 버드 워칭, 즉 탐조를 하기 위해서였는데, 봄에는 도요새와 물새 같은 철새를 관찰하기 위해 떠났고 초여름엔 지저귀는 새소리가 가장 듣기 좋은 계절이라 꼭 가 봐야 한다며 집을 나섰다. 초여름은 번식기에 해당하기 때문에 특히나 새소리가 아름답지, 라고 알려 주기도 했다. 아빠는 새소리가 들리면 귀를 쫑긋하며 조용히 하라는 뜻으로 자신의 검지를 입술에 갖다 댔다. 그러곤 때까치라거니 어치라거니 개개비니 동박새니 신기하기 그지없는 새 이름을 작은 소리로 조곤조곤 입에 올렸다.

몽상가소년은 학업 때문에 평소엔 따라갈 수 없었지만 방학 때면 어김없이 아빠와 동행했다. 몽상가소년은 사정상 대안 학교를 다닐 수밖에 없었는데, 등교하기 싫어 꾀라도 부릴라치면 아빠는 대체로 눈감아 주는 편이었다. 물론 몽상가소년도 되도록 아빠의 뜻을 거스르지 않으려고 노력했다. 대학입시를 위해 검정고시 학원에 다니는 게 좋겠다는 권고를 두말없이 받아들인 것도 아빠의 마음을 흡족하게 해 주기 위해서였다. 결석한 적이 아주 없진 않지만 그래도 열심히 다닌 편이었다. 모든 게 편안하고 좋던 시절이었다.

아빠가 탐조를 다녔던 장소엔 대부분 호수도 함께 있었다. 더러 게스트 하우스나 모텔 같은 숙박 시설을 이용할 때도 있었지만 피치 못할 경우가 아니라면 거의 야영을 했다. 여행할 때 아빠는 스와로브스키 쌍안경과 필드 스코프, 삼각대, 카메라 두 대와 야간 투시경, 새 도감 등을 항상 챙겼다. 몽상가소년은 아빠의 장비 가운데 필드 스코프를 가장 좋아했다. 매끈하고 단단해 보이는 검은 몸체가 무척이나 고상해 보였기 때문이다. 몽상가의 아빠는 탐조를 떠날 때면 언제나 두꺼운 양말과 운동화 차림이었으며 눈에 띄는 색깔의 옷은 삼갔다. 특히 붉은색이나 노란색은 절대 입지 않았다. 아니, 그런 색깔의 의상은 옷장에 있지도 않았다. "내가 화려한 색의 옷을 입지 않는 이유는 발달된 새들의 색각色覺 때문이다"라고 말해 주지 않았더라면 몽상가소년은 그 이유에 대해 내내 궁금하게 여겼을 것이다. 아빠는 이와 같이 자신의 의상까지 신경 쓸 정도로 새를 아꼈다.

아빠는 특별한 직업을 갖고 있지 않았지만 금전 문제로 고민해 본 일은 없는 것 같았다. 사실 몽상가소년과 아빠는 큰돈이 필요 없었다. 소년은 자신의 아빠가 다른 어른들처럼 술 마시는 것을 본 적도 없고 누군가 지인을 만나러 나가는 걸 목격한 적도 없다. 그러고 보니 전화벨 소리를 들은 기억조차 없다. 몽상가소년은 갑자기 어리둥절해졌다. 내가 아빠에 대해 알고 있는 게 무엇인가? 탐조와 조류 사진 촬영 외엔 하고 싶은 일이 없는 사람이긴 했지만, 아무리 그렇다 해도, 대체 아빠는 무슨 생각을 하며 살았던 것일까.

난 무심한 아들이었어. 아빠가 얼마나 외로웠을까.

몽상가소년의 두 눈에 눈물이 차올랐다. 아빠는 자신의 모든 것을 주려 했는데, 정작 아들은 그 아빠에 대해 아는 것이 없었다.

몽상가소년의 아빠는 탐조를 떠나지 않는 한겨울엔 늦도록 영화를 보거나 혹은 오디오 볼륨을 높여 놓고 조류 전문 서적을 읽었다. 겨울에 여행을 떠났다면 그건 물새 떼를 보러 갈 때뿐이었다.

아빠가 새를 관찰할 때 몽상가소년은 연못 주위를 서성일 경우가 많았다. 물고기는 아무리 봐도 질리지 않아서였지만, 실은 더 큰 이유가 있었다. 새들이 오려고 하지 않았기 때문인데, 몽상가소년은 그 사실을 아빠에게 들키는 게 싫었다. 새들은 아빠의 머리에 와 앉기도 하고 어깨 위에 작은 발을 냉큼 올려놓기도 했지만 몽상가소년한테는 오지 않았다. 먹이를 손에 놓고 유혹해도 먹이만 취한 다음 달아났다. 그러면 아빠는, 넌 좀 더 새와 친해져야 해, 하면서 사람 좋은 너털웃음을 지었다. 몽상가소년은 저 홀로 무안해했다.

자연 속에서 살다 간 몽상가소년의 아빠는 나무나 구름, 하늘, 바위 같은 것들을 사랑했다. 또한 모든 종류의 동식물들을 귀중히 여겼다. 몽상가소년이 야생화 이름을 자랑하듯 맞힐 때면 짐짓 눈을 크게 떠 보이며 칭찬해 줬다.

"자애보육원 시절, 선생님한테 배웠어요."

하지만 그녀가 그곳을 그만뒀다는 걸 알았을 때 자신이 저지른 만행에 대해선 언급하지 않았다. 그 사실을 알게 되면 아빠가 염려할 것 같았다. 몽상가소년은 아기였던 자신이 발견된 장소가 새들이 많이 사는 숲이었다고, 직접 본 것처럼 떠벌리기도 했다.

"소풍 바구니 안쪽을 고급 망사 레이스가 둘러싸고 있었대요. 비단 포대기에 싸여 있었다고도 했어요. 저는 괜찮은 집안 자식인 게 틀림없어요. 어쩌면 제 엄마는 멋진 예술가일 수도 있어요. 그 선생님이 그렇게 말씀하셨어요."

몽상가소년의 아빠는 그럴 때마다 진지한 표정으로 콧수염을 만지작거렸다. 그는 사려 깊은 사람이어서 몽상가소년이 무슨 말을 하든 귀담아들어 주었다. 한번 이야기를 시작하면 끝없이 떠들어 댔지만 아빠는 그런 아이를 사랑했다.

몽상가소년의 아빠는 몇백 종이 넘는 새 사진을 갖고 있었다. 한 300종 정도 된다고 언젠가 몽상가소년에게 말하기도 했다. 모두 직접 촬영한 것들이었다. 예민한 새들은 관찰자를 위해 포즈를 취해 줄 때보다는 후르르 날아가 버릴 때가 훨씬 더 빈번해서 그것들을 촬영한다는 건 인내심이 필요한 일이었다. 그는 특히 들새를 좋아해서 들새 도감을 만들고 싶어 했다. 하지만 그가 남긴 사진 가운데 어느 것이 들새이고 어느 것이 산새인지 몽상가소년은 알지 못했다. 기껏해야 참새, 박새, 뱁새, 딱새, 개똥지빠귀 정도의 이름을 기억할 뿐이었다. 콩새나 수염딱따구리 같은 이상한 이름의 새도 있었던 것 같다. 아빠의 수많은 조류 사진 가운데서 그것들을 일일이 가려 낼 재간은 없지만 언젠가 기회가 오면 들새 도감을 만들 계획을 몽상가소년은 세워 놓고 있었다. 물론 전문가의 도움을 받아야 할 테고, 표지엔 아빠의 이름 석 자를 박을 것이다.

양부모 집을 나온 몽상가소년은 하늘과 가까운 그 공원의 벤치에서 잠이 들었다. 어찌 된 일인지 공원 관리자의 눈에 띄지 않았던 모양이다. 운무 같은 땅거미가 몽상가소년을 숨겨 줬을지도…….

한 남자가 이튿날 이른 아침 공원으로 산책을 나왔다가 잔뜩 몸을 오그리고 잠들어 있는 아이를 보게 되었다. 다른 생각은 없었다. 다만 몇 시간이라도 편히 재우고 싶어 집으로 데려가기로 했다. 잠에서 깨면 제 갈 길 가겠지 생각했다. 아이를 들쳐 업었다. 녀석은 자기를 업어 가는 줄도 모르고 잘도 잤다.

아이가 깨어났을 때 그는 우선 밥부터 먹였다. 식사가 끝나자마자 아이는 대뜸 이렇게 말했다.

"전 갈 곳이 없어요."

맹랑한 구석이 있는 녀석이었다.

"갈 곳이 없다?"

"저는 친부모를 몰라요. 보육원에서 자랐거든요. 여섯 살 때 입양되었고 지금 제 나이는 여덟 살입니다. 제가 상상하던 부모는 아니었지만 뭐 견딜 만했어요. 어쨌든 가정이니까요. 그런데 양부가 저를 때리고 어두운 광에 가뒀어요. 너무 무서웠어요. 다신 돌아가고 싶지 않아요. 생각만으로도 몸이 떨려요."

"양부가 왜 그랬지?"

"이웃에 친구가 하나 새로 생겼거든요. 저는 그 애를 놓치고 싶지 않아서 그 애가 오락실에 가고 싶어 했을 때 따라갔어요. 함께 있다 보니 너무 늦어 버렸어요. 허락 없이 나가서 오래 있었기 때문에 화가 났던 거예요."

그는 말없이 몽상가소년의 말을 경청했다.

"저는 꽃이나 물고기를 좋아해서 공원에 가서 실컷 보고 싶은데, 그 집에선 절대 못 가게 해요. 친아들을 공원에서 잃어버렸거든요."

버릇인 듯 콧수염을 엄지와 집게로 만지작대며 그가 흥미로워했다. 그런 낌새를 알아챈 아이는 자기가 살아온 얘기를 길게 늘어 놓았다.

그가 몽상가소년을 데리고 마당으로 나갔다. 촉촉해 보이는 검은 땅에는 담을 따라 소박한 나무들이 자라고 있었고, 군데군데 알록달록 여러 빛깔의 꽃들도 피어 있었다. 작지만 정감 있는 마당이 몽상가소년은 마음에 들었다. 소년은 의젓한 표정으로 마당 여기저기를 살폈다. 그의 마음에 들고 싶었다. 이 집에서 함께 살게 되기를 소망했다.

그는 몽상가소년이 어른 친구라도 되는 양 자신의 신상에 대해 솔직히 털어놨다.

"예전엔 나도 제법 근사한 집을 갖고 있었지만 이혼하면서 아내에게 줘 버렸지. 그런 다음 여기 정착했단다. 네가 잠들었던 그 공원은 아침 운동 하러 가는 곳이야. 가까운 곳에 멋진 공원이 있다는 건 행운이지."

"왜 이혼하셨어요?"

"나는 여행을 좋아한단다. 새를 보기 위해 여기저기 다니지. 새에 정신이 팔려 떠돌아다니는 남편을 좋아할 여잔 없겠지. 너는, 새는 안 좋아하니?"

"새에 대해선 잘 몰라요."

"자연을 좋아하는 사람이라면 새라고 예외일 순 없지. 너도 분명 좋아하게 될 거다."

"그럴 거 같아요."

여행을 자주 하기 때문에 혼자 있어야 할 때가 많겠지만, 그래도 괜찮다면 머물러도 좋다고 그가 말했다. 학교에 가길 원하면 그렇게 하라고도 했다.

"사람에게 배움은 중요한 거니까."

그 말을 끝으로 입을 다문 그가 몽상가소년의 의견을 눈빛으로 물었다.

그는 내키는 대로 살아가는 사람인 것 같았다. 그런 남편을 두게 되면 가정생활이 유지되기 힘들 거라는 것쯤은 어린 나이라도 알 수 있는 사실이었다. 그러나 몽상가소년의 입장에선 더없이 마음에 드는 어른이었다.

그렇게 두 사람의 동거가 시작되었다.

함께 살게 된 지 한 달 정도 지났을 때 그가 수줍게 제안했다.

"난 자식을 가져 본 적이 없다. 네가 내 아들이 돼 주면 어떨까?"

몽상가소년은 깜짝 놀랐지만 내심 말할 수 없이 기뻤다.

몽상가소년이 아빠라는 호칭을 처음 사용했을 때, 그는 몹시 부끄러워했다. 그는 여러 면에서 보통의 어른들이 갖고 있지 않은 독특한 점이 있긴 했지만 아이에게 이름을 붙여 주는 행위, 그 일은 다른 사람들과 마찬가지로 그도 하고 싶어 했다.

"양부를 싫어했다면 그가 지어 준 이름으로 불리는 것도 꺼림칙하겠구나, 그렇지?"

그가 넌지시 몽상가소년의 의견을 물었고, 속마음을 간파한 소년은 얼른 그렇다고 동의했다.

"양부모의 친아들 이름을 그대로 물려받은 거예요. 처음부터 싫었어요."

몽상가소년은 새로운 이름을 부여받았다. 세 번째 이름이었다.

부자지간은 찰떡궁합이었다. 뭐든 호흡이 척척 들어맞았다. 찡그릴 일 없이 하루하루가 소중하고 행복했으며 평온했다. 몽상가소년으로선 최고의 나날들이었다고 할 수 있는, 아무 근심 없는 세월이 아홉 해 지속됐다.

수업을 마친 몽상가소년이 자전거를 끌면서 천천히 걷고 있었다. 이어폰을 통해 들려오는 켄 이시이의 '엑스트라' 리듬에 정신을 맡기고 있었다. 신나는 테크노 그루브가 몽상가소년의 기분을 황홀하게 만들었고 그 느낌이 점차 고조돼 가는 중이었다. 맞은편에서는 남자 하나가 몽상가소년 쪽으로 걸어오고 있었다. 더러운 옷차림에 낡아 빠진 검정 가방을 어깨에 메고 있었다. 가방은 거죽 부분이 벗겨져 희끄무레했다. 온몸으로 궁색함을 드러내고 있는 행색이었다. 눈동자를 연신 뒤룩뒤룩 굴리고 흰자위가 충혈되어 있는 걸로 봐선 한잔 걸친 사람처럼 보였다. 그럼에도 걸음걸이가 풀어지지 않은 걸 보면 그리 많이 마신 것 같진 않았다. 남자는 서두를 것 없다는 듯 이따금 꺼억 소리 내어 트림도 하면서 어슬렁어슬렁 걷고 있었다.

몽상가소년과 남자 사이의 거리가 좁혀졌다. 남자의 눈길이 무심코 맞은편에서 걸어오는 소년을 향했다. 처음엔 분명 건성이었다. 그러던 그 눈에 언뜻 의혹이 서리는 것 같았다. 남자의 고개가 옆으로 갸웃이 기울었다. 두 사람 사이가 옷깃이 스칠 정도로 가까워지자 남자는 몽상가소년을 노골적으로 쳐다봤다. 그뿐 둘은 자신이 가던 방향으로 각자 걸어갔다. 몽상가소년은 음악에 몰두해 있던 터라 주위에 무신경했다.

서로가 등을 보였을 때 남자가 갑자기 걸음을 멈추고 몸을 비틀어 몽상가소년의 뒷모습을 봤다. 먼 옛날의 기억 창고를 뒤져 보는 듯 골똘히 생각에 잠긴 표정이었다. 그러던 남자의 얼굴이 점차 일그러지기 시작했다. 본디도 좋은 인상이 아니었지만 한층 더 고약한 표정으로 변했다. 그러다 증오가, 금방이라도 터질 것 같은 엄청난 분노가 험한 얼굴 가득 번지기 시작했다. 남자는 전의를 다지듯 가방을 다부지게 고쳐 매더니 안면 근육을 실룩이며 몽상가소년을 뒤쫓았다.

몽상가소년은 음악에 열중하느라 아무 낌새도 알아차리지 못했다. 마침내 집에 도착했을 때는 더더욱 무방비 상태였다. 질주하는 듯한 일렉트로닉 비트가 귓속 가득 작렬하고 있었기 때문이다. 중독성을 가진 기계적 비트와 몽상가소년의 감성이 일치하는 순간이었다. 추상적인 이미지로 가득한 켄 이시이의 음악을 제대로 만끽하려면 듣는 이의 집중력이 절대적으로 필요하다. 몽상가소년이 '엑스트라'에 지나치게 몰입돼 있던 이유이기도 했다.

음악에 온통 마음을 빼앗긴 채로 몽상가소년은 자전거를 세운 다음 문고리에 손을 갖다 댔다. 바로 그때 남자가 어떤 이름을 불렀다. 몽상가소년은 반응하지 않았다. 음악에 푹 빠져 있어 바깥의 어떤 소리도 듣지 못했던 것이다.

남자가, 이번엔 자신감에 차서 큰 소리로 같은 이름을 또다시 불렀다. 몽상가소년의 귀에 음악이 아닌 다른 울림이 감지됐다. 무슨 소린가 싶어 이어폰을 귀에서 빼냈다. 그때 남자가 그 이름을 더욱 크게 외쳤다. 남자는 몽상가소년의 등 뒤 가까이 있었다. 몽상가소년의 뒷모습이 순식간에 경직됐다. 소년이 본능적으로 뒤를 돌아보 았을 때 두 주먹을 꽉 쥐고 당장이라도 상대방을 내리칠 듯 기세등 등한 남자가 거기 서 있었다. 믿을 수 없는 일이 펼쳐지고 있었던 거 였다. 두 다리가 후들댔다. 빨리 안전한 집으로 숨어 들어가야 했다. 그런데 몸이 말을 듣지 않았다.

"너!"

남자가 손가락 하나를 뻗어 몽상가소년을 가리켰다. 아홉 해 전과 마찬가지로 여전히 무뚝뚝해 보이는 손이었다. 몽상가소년은 힘이 풀려 자전거 핸들을 쥐고 있던 손을 놓치고 말았다. 자전거가 맥없 이 쓰러졌다. 그 바람에 정신이 돌아온 몽상가소년은 부리나케 대문 을 밀고 들어갔다. 빗장을 지르고 말고 할 새도 없었다. 뒤따라 들어 온 남자에게 어깨를 잡혔다.

"겨우 여기에 숨어 있었냐? 나쁜 새끼."

남자는 다짜고짜 주먹부터 날렸다. 몽상가소년의 얼굴이 옆으로 픽 돌아갔다. 주먹이 쇠망치 같았다. 말할 수 없는 고통에 절로 비명 이 터져 나왔다. 몽상가소년은 풀썩 주저앉고 말았다. 예전에 그에 게 당했던 폭행의 기억이 되살아났다. 두려웠다. 그날의 장면은 너 무도 생생해서 바로 어제 일처럼 여겨졌다.

남자가 이번엔 몽상가소년의 머리 부위를 힘껏 걷어찼다. 한 번,
두 번, 세 번, 네 번, 다섯 번. 몽상가소년은 머리를 싸안으며 나뒹굴
었다. 입안에서 비릿한 맛이 느껴졌다. 무서웠다. 이대로 죽겠구나
싶었다.

남자가 몽상가소년의 멱살을 잡고 거칠게 일으켜 세웠다.

"네놈이 무슨 짓을 했는지 알아? 배은망덕한 새끼."

그때 몽상가소년의 아빠가 집 안에서 튀어나왔다. 맨발이었다.

"당신 미쳤어? 지금 뭐하는 거요!"

아빠가 남자를 밀치려 하자 남자가 코웃음 쳤다.

"이건 또 뭐야."

"난 이 애 아빠요."

남자가 목젖이 보이도록 웃어 젖혔다. 얼굴 곳곳에 잡힌 주름들이
송충이처럼 굼실거렸다.

"아빠? 새끼가 수단도 좋네. 새아빠가 또 생겼단 말이지. 저 새끼
찾느라 내 아내는 제정신이 아니었소. 남쪽에서 북쪽, 동쪽에서 서
쪽까지 공원이란 공원은 다 헤매고 다녔지. 그 와중에 자동차 바퀴
가 터져 버린 거요. 알겠소? 펑! 펑!"

남자가 두 손을 오므렸다 펴면서 바퀴 터지는 모양을 과장된 손짓
으로 흉내 냈다.

"대체 무슨 소릴 하는 거요!"

"허허, 무슨 소리냐고? 갑자기 핸들 조작을 할 수 없게 되었단 말

이지요. 자동차가 중심을 잃고 전복됐다 이 말입니다. 저 새끼 엄만 그 자리에서 즉사하고 나는 반년간이나 입원해야 했지. 그 통에 직장도 돈도 뭣도 다 잃었소."

그제야 몽상가소년의 아빠는 남자의 정체를 알아차렸다. 졸지에 닥친 상황에 당황한 그가 더듬거렸다.

"그, 그 얘길 왜, 왜, 여기서?"

"멀쩡하던 차가 왜 그랬는지 알아요? 저 새끼가 바퀴를 못 쓰게 해 놓고 도망갔기 때문이지."

"저 아이가 했다는 증거라도 있소?"

"증거? 있지. 암, 있고말고요. 바퀴에 나사못이 여러 개 박혀 있었소."

"그게 어떻게 증거가 됩니까?"

"저 녀석이 배은망덕하게 인사도 없이 집을 나가던 그날, 공구함이 열려 있었거든. 못이나 송곳 같은 것도 바닥에 팽개쳐져 있었고. 난 언제나 가지런히 정리하는 습관이 있어서 그런 일은 절대 있을 수 없지. 물론 이상하다고 생각 안 한 건 아니었소. 무엇 때문에 이런 것들을 엉망진창으로 해 놓고 나갔을까, 이렇게 말이지. 그때 자동차 바퀴를 살폈어야 했는데. 그랬다면 운전하지 않았을 텐데."

남자가 억울하다는 듯 주먹을 힘껏 그러쥐었다. 눈에서는 불똥이 튀었다.

아빠가 몽상가소년을 쳐다봤다. 그 눈은, 정말 네가 그런 거니?

하고 묻고 있었다.

"저놈을 똑똑히 보시오. 예사 놈이 아니오. 그때 겨우 여덟 살이었소. 맹랑한 놈 같으니라고. 저런 새끼를 아들로 삼아 끼고 돌다니 참 안됐구려. 당신도 조심해야 할 거요."

퉁퉁 부어오른 뺨을 감싸 안고 몽상가소년이 대들었다.

"무서워서, 또 광에 갇힐까 봐."

"악마 같은 새끼! 네놈을 데려오는 게 아니었어. 은혜를 원수로 갚다니!"

양부가 두꺼비 같은 손으로 있는 힘껏 소년의 뺨을 갈겼다. 그러자 몽상가소년이 달려들어 양부의 팔뚝을 물어뜯었다. 양부가 팔을 흔들며 밀치자 소년은 맥없이 나가떨어졌다. 그러자 이번엔 몽상가소년의 아빠가 양부의 양팔을 꽉 잡았다. 그 통에 양부의 어깨에 매달려 있던 가방이 땅바닥에 떨어졌다. 그 안에서 연장들이 쏟아져 나왔다. 양부는 연장을 사용하는 일을 하러 다니는 모양이었다. 양부가 팽개쳐진 가방에 얼핏 눈길을 주는 사이 몽상가소년의 아빠가 양부에게 바싹 다가가선 잡아챈 팔 가운데 하나를 뒤쪽으로 비틀었다. 양부가 붉은 실핏줄 가득한 흰자위를 희번덕대며 희미하게 웃었다. 너 따윈 아무것도 아냐, 이렇게 비웃는 것 같은 교활한 웃음이었다. 양부는 잡혀 있던 팔을 쉽사리 풀더니 상대방의 가슴을 거칠게 밀쳤다. 그 통에 아빠가 뒤로 나동그라졌다. 고상하게 새를 찾아다니며 사진이나 찍던 사람이 노동으로 단련된 양부의 완력을 당해 낼 재간은 없었다. 아빠가 이를 앙다물고 일어섰지만 양부는 다시 있는 힘껏 떠밀었다. 아빠는 또다시 벌러덩 나자빠졌다.

양부는 다리를 쩍 벌린 채 두 손을 맞부딪쳐 탁탁 털면서 잇새로 침을 찍 내뱉었다. 몽상가소년이 무릎걸음으로 아빠 옆으로 다가갔다. 아빠는 두 눈을 꼭 감고 있었다. 일으켜 세울 요량으로 팔을 잡았지만 그 팔에선 어떤 기운도 느껴지지 않았다. 흠칫 놀라 팔을 놓자 그것은 힘없이 툭 떨어져 내렸다. 아스팔트 역청과도 같은 검고 붉은 액체가 몽상가소년의 눈을 비집고 들어왔다. 몽상가소년의 입술에서 고통스러운 비명이 새 나왔다.

"악!"

아무리 흔들어도 아빠는 깨어날 줄 몰랐다. 몽상가소년은 연신 아빠를 부르며 울부짖었다.

일이 이렇게까지 될 줄 몰랐던 양부는 심히 당황하는 눈치였다. 그도 쭈그리고 앉아 몽상가소년의 아빠를 흔들었지만 그 육체는 힘없이 이리저리 흔들릴 뿐이었다. 양부는 사색이 되어 흙바닥에 털썩 주저앉았다.

더 멀리 도망갔어야 했다. 그랬더라면 양부와 마주치는 일 같은 건 벌어지지 않았을지 모른다. 더 멀리 갔더라면, 그 아침에 공원에서 아빠에게 발견되었을 리 없고, 그랬더라면 부자의 연을 맺을 일도 일어나지 않았을 테고, 또 그랬더라면 이 한없이 착한 나의 아빠가 억울하게 목숨을 빼앗기는 일도 일어나지 않았을 것이다. 만약,

만약에 그랬더라면…… 나는 내내 행복하게 살 수 있었을까.

그때 몽상가소년의 귀에 사이렌 소리가 들려왔다. 크고 강렬한 음향이었다. 번개와도 같은 노란빛이 눈앞에서 번쩍였다. 그리고 그 순간 몽상가소년의 시간은 멈췄다.

이윽고 현실의 시간 속으로 돌아왔을 때, 몽상가소년은 눈앞에 펼쳐진 믿을 수 없는 광경에 경악했다. 머리통이 무자비하게 짓이겨진 양부가 아빠 위로 엎어져 있었다. 몽상가소년은 해머를 꽉 움켜쥔 상태였고, 손이고 팔이고 모두 피범벅이었다. 소스라치게 놀란 몽상가소년이 저도 모르게 연장을 떨어뜨렸다. 1초였을까, 아니 5초였을까, 혹은 10초였을까. 몽상가소년에게 지나간 그 짧은 시간은 존재하지 않는 거였다. 새하얀 공백이었다. 마법 같은 침묵의 순간이었다. 그 찰나에 몽상가소년은 인간적인 흐름에서 벗어나 있었다. 눈도 손가락도 배꼽과 다리와 발가락도 죄다 사라져 버린 시간이었다. 아무런 생각도, 어떤 의식도 없는, 뭔가로 그 상태를 표현해야 한다면 오직 한 글자 '무無'였다.

망연자실 서 있던 몽상가소년의 눈길이 대문으로 향했다. 대문은 여태 열린 상태 그대로였는데 그 사이로 쓰러져 있는 자전거가 눈에 들어왔다. 몽상가소년은 떨리는 손으로 자전거를 들여놓은 다음 대문을 단단히 걸어 잠갔다. 금방이라도 양부가 벌떡 일어나 목을 조를 것만 같았다. 몽상가소년은 접착제가 붙은 듯 떨어지지 않는 발을 간신히 떼어 안으로 들어갔다.

왜 그랬는지 모른다. 몽상가소년은 제 방으로 가지 않고 아빠 방으로 들어갔다. 아빠의 큰 침대에 누워 몸을 오그렸다. 마치 자궁 안에 들어 있는 태아처럼 온몸을 동그랗게 말고 두 팔로 양 무릎을 그러안았다.

몇 차례의 낮과 밤이 교차했다.

기다시피 간신히 마당에 나갔을 때, 몽상가소년은 두 구의 사체를 똑똑히 볼 수 있었다. 하늘을 향해 누운 사체 위에 또 하나의 주검이 포개져서 엎드려 있었다. 몽상가소년은 이 모든 것이 현실에서 벌어진 일임을 인정하지 않을 수 없었다. 사체 주위로 똥파리들이 윙윙 소리 내며 날아다녔다. 허연 구더기들도 기어 다녔다.

집 안으로 들어온 몽상가소년은 소파에 드러누웠다. 아무 생각도 할 수 없었다. 그런 와중에도 텅 빈 위장은 먹을 걸 원했다. '먹지 않으면 죽을 것이다'와 '차라리 죽어 버리는 게 낫지 않을까' 사이에서 번민하는 동안 다시 몇 번의 밤과 낮이 교대로 왔다 갔다.

가물가물한 의식 속에 귀부인이 나타났다. 차고에 갇혔을 때 이후로는 나타나지 않던 귀부인이었다. 그녀는 여전히 소풍 바구니를 들고 있었다. 몽상가소년은 울면서 매달렸다.

"세상은 나한테 왜 이렇게 가혹한가요? 제게 조금이라도 동정심을 느낀다면 저를 거둬 가 주세요."

하지만 귀부인은 몽상가소년을 내려다볼 뿐 말이 없었다.

"새를 좋아하던 착한 아빠는 이 세상보다 더 좋은 곳으로 가셨을까요?"

귀부인이 대답했다.

"더 좋은 곳이란 없단다. 네가 살고 있는 데가 가장 좋은 곳이지. 그러니 일어나서 뭔가를 먹으렴."

본능은 살기를 원하는 듯했다. 두 다리가 절로 걷고 있었고, 눈이 달린 듯 손은 어느새 냉장고 문을 열고 있었으며, 그 손이 저 혼자 뭔가를 입속으로 자꾸 밀어 넣었다. 단단한 이빨은 무의식적으로 그것들을 씹어 식도로 내려보냈다. 손은, 입은, 자꾸만 음식을 집어넣었고, 토하고, 다시 먹고, 또다시 게워 내는 일을 되풀이했다.

며칠이 더 흘러갔지만 몽상가소년에게 더 이상 시간에 대한 개념이란 없었다. 무시무시한 낮과 밤이 혼란스럽게 뒤섞이고 있을 뿐이었다. 참담한 절멸의 순간이었으며 결빙의 상태였다. 감각은 마비된 듯했고 노란 현기증이 일었다. 무력감과 혼돈, 벼린 면도날로 살을 베는 듯한, 날카로운 통증과도 같은 시간이 몽상가소년과는 상관없이 저 혼자 흘러가고 있었다.

마침내 몽상가소년은 현실 앞에 꿇어앉아 통곡했다. 눈알이 뻣뻣해질 지경이 되어도 눈물샘은 닫힐 줄을 몰랐다. 줄줄 흘러내리는 굵은 눈물은 빗줄기 같았다. 몽상가소년의 세상은 산산조각이 나 버렸다. 미래는 갈가리 찢어졌고, 상상만으로도 기운이 났던 수많은 소망들도 더 이상 몽상가소년의 것이 될 수 없었다.

마당엔 악취가 진동했고 온갖 벌레들이 들끓었다. 몽상가소년은 손등으로 눈가를 훔치고 결심한 듯 삽을 들었다. 흙은 여전히 검고 부드러웠다. 뒤엉켜 있는 한 무리의 굵은 지렁이를 흙 속에서 발견했을 때엔 다시금 구역질이 밀려 올라왔다. 또 게워 내는 수밖에 없었다. 쓰디쓴 노란 물까지 다 토해 냈을 때, 그제야 구토가 멎었다. 다시 삽을 들었을 때엔 진이 빠져 더 이상 서 있을 기력조차 없었다. 간신히 집 안으로 들어간 몽상가소년은 아빠의 침대에 누웠다. 아빠의 베개를 끌어안고 엉엉 소리 내어 울었다.

이윽고 밤이 되었을 때 몽상가소년은 다시 아무 음식이나 입안에 집어넣었다. 그때 환청처럼 목소리가 들려왔다.

"너희들은 마음으로라도 죄를 짓지 마라."

몽상가소년은 흠칫 몸을 떨며 목소리의 근원지를 찾기라도 하듯 천장을 올려다봤다. 자애보육원 시절 일요일마다 원장의 인도로 예배를 드렸다. 예배가 끝나면 원장은 성경을 펼쳐 십계명을 읽어 줬다. 귀에 못이 박이도록 들은 까닭에 죄다 외우고 있었다. 그 가운데 '살인하지 말지니라'도 들어 있다는 걸 알고 있다. 그러나 몽상가소년은 의심한다. 정말 신이 있긴 한 것인가. 그 신은 어째서 인간 망종 양부가 착한 아빠를 해치게 내버려 뒀는가. 왜 내게 이처럼 혹독한가. 나는 분수에 맞지 않는 걸 바란 적도 없다.

몽상가소년은 위를 쳐다보면서 소리쳤다.

"제게 왜 이러세요!"

몽상가소년은 잠시 숨을 고른 다음 또 내질렀다.

"대체 왜요!"

몽상가소년의 두 눈에서 다시 빗물 같은 눈물이 흘러내렸다. 이 세상에서 단 한 사람 만이 자신을 위해 주고 사랑해 줬는데, 그마저 세상에 없다고 생각하니 뼛속까지 외로웠다.

더 늦기 전에 마당을 정리해야 했다. 땅 파는 일은 힘에 부쳤으나 긴 시간에 걸쳐 어쨌든 사람이 누울 만한 구덩이를 하나 만들었다. 몽상가소년은 아빠의 주검을 구덩이에 넣고 그 위에 그가 여행할 때마다 사용하던 모포를 덮었다. 뼈가 저리도록 안타깝고 슬펐다. 차라리 함께 묻히고 싶었다. 그 유혹이 하도 강해서 이를 악물고 자신을 제어하지 않으면 안 될 지경이었다. 구덩이에 흙을 메운 다음 판판하게 다졌다. 봉분은 쌓지 않았다. 몽상가소년은 온 마음을 다해 큰절을 올렸다. 아빠, 미안해요. 정말 미안합니다.

이튿날 또 하나의 구덩이를 완성한 몽상가소년은 양부의 사체와 피 묻은 연장과 더러운 가방도 함께 파묻었다. 몽상가소년은 그 구덩이도 흙으로 메운 다음 평평하게 만들었다. 얼마 후 흙이 다 마르면 여느 마당과 똑같아져서 아무도 그 아래 사체가 묻힌 줄 모를 것이다.

몽상가소년은 아빠가 촬영한 새 사진을 하나하나 꺼내 보았다. 더러는 손으로 쓸어 보기도 하면서 아빠의 명복을 빌었다. 아빠의 사진 가운데 몽상가소년이 가장 좋아하는 사진이 손에 잡혔다. 패닝 숏으로 찍은 것 가운데 아빠가 성공작으로 자평했던 사진이다.

"움직이는 피사체를 따라 카메라를 움직이며 촬영하는 걸 패닝 숏이라고 하지. 수십 컷 찍어도 쓸 만한 사진은 몇 장 안 나온단다. 내 실력이 부족한 탓이야."

자신이 알고 있는 모든 걸 가르쳐 주려 했던 아빠의 목소리가 생시인 듯 똑똑히 들려왔다. 몽상가소년은 다 본 사진들을 한군데 모은 다음 서류 가방에 차곡차곡 넣었다. 그리고 그 가방과 아빠가 아끼던 쌍안경과 필드 스코프와 여러 권의 도감과 수동 카메라와 필름 통, 디지털카메라 등을 한데 모아 아빠 방에 집어넣고는 문을 걸어 잠갔다.

몽상가소년은 미리 준비해 둔 배낭을 짊어졌다. 옷가지와 세면도구, 비상약, 수건 등 꼭 필요한 것만 들어 있는 배낭이었다.

운동화 끈을 조여 맬 때 아빠의 등산화가 눈에 들어오자 몽상가소년의 두 눈에 다시 눈물이 차올랐다. 그는 아빠의 운동화에 묻어 있는 흙을 정성껏 손으로 턴 다음 신문지에 싸서 배낭 안에 소중히 넣었다.

몽상가소년의 손에는 세 개의 열쇠가 쥐어져 있었다. 아빠의 방과 현관문 그리고 대문 열쇠였다. 몽상가소년은 그중 두 개를 빈 화분 속에 넣은 다음 그 위로 다른 화분 하나를 더 포갰다. 자전거를 끌고 대문을 나온 뒤 열쇠 구멍에 열쇠를 넣고는 오른쪽으로 한 번 돌렸다. 철컥 소리가 났다. 언제 돌아올지 기약할 수 없는 길을 떠날 참이었다. 잘 잠겼는지 확인하느라 대문을 두어 번 흔들어도 보았다.

몽상가소년은 자전거에 올라탔고 페달을 밟았다.

가정 안에 안주하고 싶었고 사랑받고 싶었으며 부모를 갖고 싶었을 뿐이다. 이상적인 가족을 찾았다고 여겼는데, 뜻하지 않게 끝나 버렸다. 그것도 더할 수 없이 불행하게 종지부를 찍고 말았다. 몽상가소년은 다시는 인연을 만들지 않기로 결심했고 세 개의 이름 모두를 버렸다. 원장이 지어 준 이름, 양부모가 지어 준 이름, 그리고 사랑하는 아빠가 아홉 해 동안 정답게 불러 줬던 이름까지도.

열일곱, 아빠의 집을 떠날 때 몽상가소년은 다시, 이름이 없었다.

몽상가소년은 진짜 이름을 찾기 위한 여행을 떠났다. 아름다운 숲에 야생화가 지천으로 피어 있다는 곳, 소풍 바구니가 놓여 있었다는 그곳을 발견한다면 이름도 찾을 수 있을까 하고.

온갖 종류의 아르바이트와 다양한 형태의 숙식으로 하루하루를 버티며, 의류나 신발류는 재활용 수거함을 뒤지거나 기부 재단에서 얻어 입었다. 아무리 고생스러워도 사체가 있는 집으로 돌아갈 용기는 나지 않았다.

한편 바깥에서 보낸 1년은 몽상가소년에게 이제까지와는 전혀 다른 세상을 보여 주기도 했는데, 그중 중요한 것 하나가 태어나 처음으로 출입하게 된 도서관이었다. 처음 도서관에 가게 된 건 책을 읽기 위한 목적이 아니었다. 아르바이트가 없던 날, 시간 보낼 장소가 마땅치 않아 여기저기 돌아다니다 우연히 들어간 곳이었다. 처음으로 갔던 도서관은 국립 도서관이었다. 드넓은 열람실에 빼곡히 들어차 있는 책들을 봤을 때 몽상가소년은 완전히 압도당했다. 거대한 질서, 그것의 아름다움! 가슴이 뛰었다. 다음번에 갔을 때도 같은 감정을 느꼈다. 연애를 하면 혹시 이런 기분일까 하는 생각도 했고, 책에 대한 자신의 반응에 스스로 놀라기도 했다. 처음에는 물리적인 감동이 그를 사로잡았다고 한다면, 이후론 책이 가지고 있는 본연의 모습에 빠져들었다. 틈날 때마다 도서관에 갔다. 1년간 읽어 치운 책들의 수는 어마어마했다. 책을 읽고 있을 때만큼은 모든 걸 잊을 수 있었다. 감히 행복이란 단어를 자신에게 부여해도 될 만큼 충만했다. 물론 틈틈이 이런저런 길과 숲을 찾아다니는 일도 게을리하지 않았다.

1년여의 여정 끝에 발견한 이 길은 처음 본 순간부터 몽상가소년을 이끌었다. 어쩐지 기시감이 있는 것도 그랬다. 그러다 마침내 숲에 들어갔을 때는 확신이 생겼다. 그리하여 이제 긴 여행을 끝내기로 작정했는데, 그때 우연히 페이를 만나게 된 것이었다.

1년 만에 대문을 열고 집 안에 들어섰을 때 몽상가소년은 깜짝 놀랐다. 아빠가 묻혀 있는 자리에 흰 국화 한 송이가 피어 있었기 때문이다. 이상한 일은 그뿐이 아니었다. 하얀 나비 한 마리가 아빠의 무덤 위를 날고 있었다. 국화는 저승꽃이고 나비는 죽은 혼령의 분신이란 소릴 어디선가 들은 기억이 났다.

"아빠, 그렇게 새를 좋아하더니 드디어 날개를 얻으신 건가요?"

몽상가소년은 아빠 보듯 나비를 오래오래 바라본 후 큰절을 올렸다.

몽상가소년은 아빠의 방문 앞에 섰다. 금방이라도 아빠가 콧수염을 만지작거리며 걸어 나올 것 같았다. 1년이 지났는데도 몽상가소년은 바로 어제 아빠가 숨을 거둔 것처럼 슬픔이 솟구쳤다. 그는 아빠 방부터 들어가서 구석구석 먼지를 털어 낸 후 깨끗이 쓸고 닦았다. 이어 마루와 주방, 자기 방까지 청소한 다음 마당으로 나왔다. 빗자루를 손에 들고 마당을 쓸고 있을 때 고양이 한 마리가 주위에서 어슬렁거렸다. 품새가 꽤나 여유로워 보이는 게 그동안 이곳을 제 집으로 알고 살아온 듯했다. 털이 전체적으로 고소해 보이는 치즈색을 띠고 있고 배 쪽으로 새하얀 털이 풍성하게 나 있었다. 길에서 흔히 볼 수 있는 코리안 쇼트헤어 치즈 고양이였다. 퉁퉁하게 살찐 배가 밑으로 축 처져 있는 걸로 미루어 새끼를 가졌지 싶었다. 녀석의 녹색 눈동자는 몽상가소년에게 고정돼 있었다. 진즉부터 낯선 인물을 염탐하고 있었던 모양이지만 갸르릉거리는 걸로 보아 적개심은 없는 듯했다. 몽상가소년은 고양이에게서 시선을 비꼈다. 정면으로 쳐다보면 공격하는 의사로 받아들이니 낯선 고양이를 볼 때 시선을 마주치지 말라는 얘기를 들은 기억이 났기 때문이다. 아마도 자애보육원 원장이 말해 줬을 것이다. 원장은 또 원생들에게 고양이가 꼬리를 흔들 경우 화가 났다는 뜻이니 조심하라고 일러 주기도 했다.

몽상가소년은 더운 목욕을 하고 옷도 갈아입었다. 기다렸다는 듯 잠이 쏟아졌다. 자는 동안, 신기하게도 그는 자신이 잠을 자고 있다는 사실을 확실히 인지했다. 그러다 잠이 길어지자 점차 자신이 죽어 가는 거라 여기게 되었다. 그와 같은 생각을 여러 차례 하게 되었고, 그 생각이 확신처럼 여겨졌을 때 몽상가소년은 자신이 기뻐하고 있다는 걸 알았다. 자면서도 몽상가소년은 생각을 멈출 수 없었다. 잠과 죽음의 공통점은 휴식일 거야. 그러나 잠은 잠이라는 휴식을 취함으로써 얼마간 치유 효과를 볼 수야 있겠지만 죽음과 같은 완전한 치유는 불가능하겠지. 활동이 중지된다는 점에서 잠과 죽음은 유사하지만 둘 사이의 차이점 또한 극명하겠지. 죽음은 그 시간이 영원해서 삶으로 되돌아올 수 없지만, 잠을 자고 있는 중에는 인생이 계속되고 있는 거야. 이건 엄청난 차이라고 할 수 있지. 나는 결코 깨어나고 싶지 않아. 나는 완전한 잠을 자고 싶다. 죽음이라는 완전한 잠.

결심이 확고했다면 완전한 잠을 잘 수도 있었다. 하지만 몽상가소년은 자신의 진짜 이름을 모르는 채로 죽고 싶진 않았다. 그래서 완전한 잠보다는 불완전한 죽음을 선택하기로 했다.

바람이 불었다. 바람이 부니까, 몽상가소년은 숲으로 가야만 했

다. 샤워를 한 후 야영하기 알맞은 복장으로 갈아입었다. 박 배낭을
단단히 꾸린 다음 1년 전처럼 열쇠 두 개를 빈 화분에 넣은 다음 길
을 떠났다. 그리고 다시 왔다. 쭉 뻗어 있는 이 길, 이 숲에.

신은 주사위를 던지지 않는다

신은 우주와 주사위 게임을 하지 않는다.
_알베르트 아인슈타인

이이이잉…….

바람이 이상한 소리로 울고 있었다. 페이가 문득 얼굴을 들어 창쪽으로 시선을 던졌다. 그녀는 한 포털 사이트에 연재하는 웹툰「우연의 음악」작업 중이었다. 매주 화요일 업데이트하고 있는 이 웹툰은 SF 모험물이었다. 그녀는 잠시 일손을 멈추고 일어나 창을 활짝 열어젖혔다. 나무들이 이리저리 마구 흔들리고 있었다. 문득 몽상가소년이 떠올랐다. 바람이 불면 자신을 생각해 달라던 소년, 바람이 불면 다시 그 길에 가 있겠다던 소년.

페이는 의자에서 벌떡 일어섰다. 자동차 열쇠를 낚아채듯 거머쥐고는 한달음에 아래층으로 내려갔다.

"어디 가려고?"

거실 소파에 앉아 신문을 뒤적이던 P가 깜짝 놀라 엉거주춤 일어섰다.

"잠깐 나갔다 올게."

페이는 주차장으로 내달렸다.

어이없는 객기였다. 그 길에 당도했을 때 페이는 실소를 지을 수밖에 없었다. 도대체 얼마나 터무니없는 짓인가 말이다. 하지만 기왕에 온 길이니 찾아나 보겠다는 심사로 숲 안쪽으로 들어가 봤다. 바깥에 노출돼 있는 길에 비해 안쪽은 상대적으로 서늘했다. 바람은 계속해서 불고 있었으며, 숲은 생각보다 훨씬 더 넓고 울창했다. 설사 몽상가소년이 그 시간에 거기 있다 해도 만나기 힘들 지경이었다. 게다가 사방이 가시덤불이라 팔다리에 상처가 나자 포기하고 싶은 생각이 들었다. 그만 돌아갈까 하던 참이었다. 그때 희미하게 음악 소리가 들려왔다. 그레텔의 빵 조각처럼 페이는 음악 조각을 따라 걸음을 옮겼다.

음악 조각 끝, 거기에 기적처럼 몽상가소년이 있었다. 페이가 몽상가소년을 만날 수 있었던 것은 물론 음악 때문이었지만 두 사람 모두 들어간 입구 쪽이 동일해서 가능했던 일이었다. 다른 방향에서 숲으로 들어갔다면 며칠을 헤매도 만나기 힘들 정도로 그 숲은 넓었다. 어쨌든 운이 좋았다. 운명론자적인 관점에서 보면 만날 인연이었다고 할 수도 있었다.

"몽상가소년!"

페이가 몽상가소년의 이름을 불러 주었다. 일부러 그렇게 했다. 그러자 꿈같은 표정으로 몽상가소년이 페이 쪽을 봤다. 소년의 입술에 미소가 피어올랐다.

"드디어 이 이름으로 불리게 되었어요."

페이를 보고도 특별한 표정을 짓지 않는 몽상가소년이 페이는 기이하게 여겨졌다.

"놀라지도 않네?"

"언젠간 만나게 될 줄 알았거든요."

몽상가소년은 앉아 있는 자세 그대로 페이를 올려다보았다. 그녀는 그의 옆에 앉았다.

"나, 네 전화 기다렸는데?"

"명함을 잃어버렸어요. 그날 입고 있던 재킷에 뒀는데, 헌 옷 수거함에 넣어 버렸거든요."

"내 전화번호를 알 수 있는 방법은 많았을 텐데?"

"네……."

몽상가소년이 말끝을 흐리며 짧게 웃었다.

"이 숲에 체크무늬 숄을 깔아 놓고 앉아 커피 마시는 상상을 종종하곤 했는데, 이런, 급히 나오느라 아무것도 챙겨 오질 못했네."

"다른 음료는 있는데 드릴까요?"

"아냐."

"체크무늬는 아니지만 얇은 담요가 있어요."

몽상가소년이 텐트 안에서 베이지색 담요를 갖고 나와 풀 위에 깔았다. 그러자 페이가 신발을 벗고 담요 위에 올라앉았다.

"언제부터 여기 있었니?"

"오늘이 사흘째예요."

"대단하구나. 무섭지 않니?"

"괜찮아요."

세찬 바람이 숲을 훑자 하얀 꽃잎이 우수수 떨어져 내렸다. 꽃비 같은 꽃잎들이 페이의 머리칼에, 몽상가소년의 어깨에 내려앉았다.

"바람이 불어서……."

몽상가소년이 페이의 다음 말을 기다리느라 그녀의 입술을 바라봤다.

"바람이 부니까."

"바람이……."

"그래, 바람이 부니까 네가 왠지 여기 있을 거 같더라."

"네."

"아직도 자신이 우주개라고 생각하니?"

몽상가소년이 소리 없이 웃었다.

"우주나 인공위성 같은 것에 관심이 많은가 봐? 그렇다면 닐 암스트롱 선장도 들어서 알고 있겠네. 1969년 달에 착륙한 최초의 인간으로 기록돼 있지. 달 표면을 두 시간 반 동안 탐사한 후 지구로 귀환했고."

"그거 거짓말이라고 하던데요? 세계인을 상대로 한 사기극이었다고요. 냉전 체제이던 당시, 미국이 구소련에 대해 엄청난 위기의식을 느꼈다나 봐요. 그때 정말 달에 발을 디뎠다면 이후로도 벌써 몇 차례나 달에 착륙했어야죠. 그때에 비해 과학 기술이 비약적으로 발달했으니까요. 아폴로 11호 발사로부터 50년이 다 돼 가는데 어째서 그 이후 아무도 달에 가지 못한 걸까요?"

"음모론이야. 벌써 밝혀졌어. 달 탐사 인증 관련 자료도 모두 입증됐고."

"그래요? 그렇다면 그거 아쉽네요. 도서관에서 그에 관한 책을 읽었거든요. 아주 재미있었어요. 진짜로 사기극이길 바랐는데."

"왜?"

"재미있잖아요."

페이가 짧게 웃었다.

"요즘은 어떤 만화 그리세요?"

"우주 방랑자와 지구 소녀가 등장하는 장편."

"웹툰이죠?"

"응."

"아, 재미있겠어요."

"실은 네게 고백할 게 하나 있어. 애초엔 그럴 계획이 아니었는데 우주 방랑자가 우연히 우주개를 만나게 되는 장면을 추가했어. 네게 들은 우주개의 이미지를 내 이야기 속에 차용한 거지. 네 덕에 스토리라인이 풍성해졌어. 그래서 더 널 만나고 싶었단다. 물론 그날의 일에 대해 고맙다는 인사도 해야 했지만."

그때 돌연 번쩍 번개가 쳤다. 하늘에 그려진 번개 모양이 만화에서 보는 것과 똑같이 생겨서 몽상가소년은 조금 놀랐다.

"진짜 번개가 저렇게 생겼네요. 작가님도 번개를 저렇게 그리시나요?"

"그러고 보니 난 아직 번개를 그려 본 적이 없는걸. 하지만 그려야 한다면 저렇게 표현해야 하지 않을까? 그래야 사람들이 번개인 줄 알겠지?"

"비가 올까요?"

몽상가소년의 말이 끝나기 무섭게 꽝 소리와 함께 벼락이 치더니 하늘이 빠르게 컴컴해졌다. 두 사람은 서둘러 물건들을 텐트 안으로 들여놓기 시작했다. 몽상가소년이 읽고 있던 책과 저만치 팽개쳐져 있던 운동화, 버너와 코펠, 물 잔, 조금 전 꺼내 온 담요.

"비가 많이 오겠는걸."

"그렇겠죠?"

"텐트 접으면 어떨까?"

"왜요?"

"기왕에 만났는데, 우리 집에 초대하고 싶어서."

몽상가소년이 난처한 표정을 지었다. 이곳에 더 있고 싶은 마음도 마음이지만 남의 집을 방문한다는 사실이 내키지 않아서였다. 몽상가소년의 인생에서 단 한 번도 일어나지 않은 일이라 마음이 불편해졌다. 그는 부쩍 긴장하는 자신을 느꼈다. 사양의 뜻을 밝히려고 페이 쪽으로 얼굴을 돌리는 순간, 그녀는 이미 누군가와 통화를 하고 있었다.

"손님하고 함께 갈게. 응. 지금."

휴대 전화에서 새 나오는 중저음의 남자 목소리. 몽상가소년은 그가 페이의 남편일 거라 미뤄 짐작했다.

"특별 손님이니까 맛있는 요리로 부탁해."

전화를 끊은 페이가 손끝으로 몽상가소년의 팔을 가볍게 치며 친근하게 말했다.

"그러고 보니 옷이 말끔해졌네. 보기 좋은데?"

페이가 기분 좋은 얼굴을 하고 있는 통에 몽상가소년은 결국 아무말도 하지 못했다.

두 사람이 승용차에 막 몸을 싣자마자 후드득 소리와 함께 굵은 빗방울이 차창을 때렸다. 페이야 비를 맞지 않아 다행이라고 생각할수 있겠으나 몽상가소년은 못내 아쉬웠다. 텐트 안에 누워 음악과 함께 듣는 빗소리도 캠핑의 묘미 가운데 하나이기 때문이다.

페이가 시동을 걸고 와이퍼를 작동시켰다. 조수석에 앉은 몽상가소년은 낯선 남자와 대면할 생각에 잔뜩 긴장하는 자신을 느꼈다.

차 안에 어색한 침묵이 감돌기 시작했다. 몽상가소년은 떨어지는 빗줄기를 바라볼 뿐 통 말이 없고, 그의 속내를 헤아릴 길 없는 페이는 점차 불편한 마음이 들기 시작했다. 부자연스러운 분위기를 깨기 위해 무슨 말인가 해야 했다.

"몇 살이지?"

"열여덟이오."

다시 침묵.

이번엔 몽상가소년이 입을 열었다.

"작가님은요?"

"응? 뭐가?"

"연세가 어떻게 되세요?"

"어, 나는 서른여덟."

페이가 살고 있는 타운하우스는 지형지세를 살려 친환경적으로 건축된 품격 있는 주택 단지였다. 철근 콘크리트 구조에 값비싼 외장재를 사용한 고급형 주택이 있는가 하면, 미국식 목조 주택의 형태도 있고, 유리와 스틸로 매끈하게 다듬은 세련된 초현대식 가옥도 있었다. 페이의 집은 노출 콘크리트와 벽돌이 어우러진 기하학적인 형태를 하고 있었다. 페이는 몽상가소년을 먼저 내리게 한 뒤 전용 필로티 주차장으로 자동차를 몰고 들어갔다. 그녀는 두 대의 주차 공간 가운데 비어 있는 자리에 반듯하게 주차했다.

소나기였던 모양인지 하늘은 언제 그랬냐 싶게 말끔히 개어 있었다. 차에서 내린 페이가 몽상가소년을 데리고 타운하우스 단지를 잠시 구경시켜 줬다. 정중앙쯤에 유럽식 정원이, 뒤쪽으론 공동으로 사용하는 골프장과 바비큐 시설이 있었다. 각 세대는 프라이버시가 완벽하게 보장되도록 설계돼 있었다.

초록색 잔디가 깔려 있는 페이의 집 마당에 들어섰을 때 몽상가소년이 갑자기 어딘가로 달려갔는데, 그 끝에 연못이 있었다.

"아! 물고기가 헤엄치고 있어요."

"몽상가물고기가 없어서 섭섭할까?"

페이가 농을 하고 있을 때 겨자색 면바지에 연한 하늘색 티셔츠를 입은 중후한 남자가 집 안에서 나왔다.

"오! 어린 손님이었던가."

"이 소년의 이름은……."

난처한 듯 잠깐 말을 끊은 페이가 P를 먼저 소개했다.

"여기 이 사람은 내 동거인 P."

"처음 뵙겠습니다. 저는 몽상가입니다."

몽상가소년이 허리를 구부려 공손히 인사하자 P도 뿔테 안경을 살짝 치켜 올리며 고개를 숙였다. 기이하게 비쳤을 자기소개임에도 P가 특별한 반응을 보이지 않자 몽상가소년은 그가 자신의 말을 제대로 알아듣지 못한 거라 여겨 또박또박 한 자 한 자 힘을 주어 다시 밝혔다. 반드시 그래야만 한다는 듯.

"제 이름은 몽상가입니다."

"아, 그래요. 몽상가."

"정확히 말하자면 몽상가물고기입니다."

그제야 P가 호탕하게 웃어젖혔다.

"물고기라고? 그거 재미있군. 반말 써도 되지?"

"그럼요."

비정상적으로 여기기 십상일 몽상가소년의 태도를 P는 범상하게 받아들여 줬다. 페이는 그런 P의 배려가 고마웠다.

"지금 들은 바대로 이 소년의 풀 네임은 몽상가물고기야. 하지만 난 몽상가소년이라고 불러. 당신도 그래 주면 고맙겠는걸."

"그렇다면 나도 몽상가소년이라고 부를게."

그녀가 다정하게 P의 허리에 오른손을 감자 P는 페이의 어깨를 감싸 안았다. 두 사람의 입술이 가볍게 맞닿았다가 떨어졌다. 몽상가소년은 잠시 자신의 부모는 어떤 모습이었을까 상상했다. 그들도 이들처럼 한때는 사랑했기에 아기를 가졌을 테지.

페이와 P는 친절하게도 몽상가소년에게 자신들의 공간 곳곳을 소개해 주었다. 3개 복층 구조로 설계된 집이었다. 지하에는 스튜디오 형식의 공간이, 1층엔 홈 바가 갖춰진 주방과 식당과 거실이, 2층엔 침실 하나와 작업실 두 개가 자리 잡고 있었다. 천장이 매우 높았고 전체적으로 스타일리시한 분위기였다. 지하에 마련된 완벽한 사운드 시스템의 홈시어터를 봤을 때 몽상가소년은 저도 모르게 탄성을 내질렀다. 거실 안쪽으로는 잘 구운 벽돌로 쌓아 올린 벽난로가 자리 잡고 있었는데, 윗부분이 검게 그슬려 있는 걸로 보아 실제 장작불을 지피는 듯했다. 벽난로를 직접 보는 건 처음이었다. 사는 동안 특별한 연말연시를 보낸 적은 없지만 영화에서 본 크리스마스이브 정경이 몽상가소년의 눈앞에 펼쳐졌다. 바깥엔 눈이 펑펑 내리고, 온 가족이 벽난로 앞에 둘러앉아 얘기꽃을 피우는 광경, 커다란 전나무에서 깜빡이는 불빛은 우주의 별처럼 아름답고, 나뭇가지가 휘어지도록 대롱대롱 매달려 있는 장식들, 높다랗게 포개어 쌓여 있는 선물 상자…….

벽난로 아궁이에서 참나무 향내가 흘러나오는 것 같아 몽상가소년은 눈을 감고 그 냄새를 맡았다.

"여기서 보내는 크리스마스는 정말 아름답겠어요."

때아닌 크리스마스 타령에 P와 페이가 마주 보면서 유쾌하게 웃었다. 몽상가소년은 이들이 선량한 사람들임에 틀림없다고 확신했다. 따라오길 잘했다고 생각했다. P도 염려했던 것처럼 부담스럽지 않았다. 몽상가소년은 뜻밖에 맞게 된 이 행운을 만끽하고 싶었다. 비록 짧더라도 누리고 싶었다. 거품처럼 터질지언정 그 순간만큼은 행복이라 부를 수 있을 것이었다.

식탁은 이미 세팅되어 있었다. 크림색의 빈 접시가 은수저·은포크와 함께 세 벌 놓여 있었으며, 중앙의 하늘색 볼엔 싱싱한 샐러드가 수북이 담겨 있었고, 그 옆에는 오이와 양파 피클, 마늘빵이 들어 있는 큰 접시도 있었다. 식탁은 무게감이 느껴지는 체리목이었고 그 아래로는 옅은 카카오색 카펫이 깔려 있었다.

P가 페이와 몽상가소년이 앉기 편하도록 그들의 의자를 뒤로 빼 줬다.

"크림 파스타 만들 건데 입에 맞으려나? 솜씨 발휘할 시간이 좀 더 넉넉했다면 다른 요리를 할 수 있었을 텐데 말이지. 샐러드 먼저 먹으면서 조금만 기다려 주게."

P는 이내 싱크대 쪽으로 몸을 돌렸다. 가스레인지에선 물이 펄펄 끓고 있었다.

잠시 후 P는 파스타가 가득 담긴 푸른색 접시를 몽상가소년 앞에 있는 빈 접시 위에 포개 놓았다. 보는 것만으로도 군침이 돌았다.

"선생님께선 요리를 잘하시나 봐요?"

"세상에서 가장 자신 있는 게 요리라면 어린 손님께서 믿으시려 나?"

P는 대답과 함께 두 개의 파스타 접시를 양손에 마저 들고 와서 각각의 자리에 내려놓았다.

"그러니까 거기서 이틀을 잤다는 얘기지?"

페이가 샐러드를 따로 접시에 담아 몽상가소년 앞으로 밀어 주며 묻자 P가 참견했다.

"거기라니?"

"있어. 특별한 길과 멋진 숲."

"아! 작가님도 그 길이 특별하다고 느끼셨나요?"

"왠지 현실감이 없잖아?"

"밤이면 나뭇가지를 긁어모아 모닥불을 피웠어요. 아무리 여름이라 해도 숲 속의 밤은 춥거든요. 캠핑을 자주 해 봐서 알아요."

"캠핑을 자주 하는구나."

"혹시나 하는 기대에 잠도 제대로 못 이뤘죠."

"뭘 기대했는데?"

"제가 기다리는 누군가가 오지 않을까 하는 기대요. 그런 일은 일어나지 않았지만요. 아직은 때가 아닐 수도 있죠. 하지만 그 숲이라는 확신은 있어요. 그래서 실망하지 않아요. 보육원 선생님이 그러셨거든요. 저는 소풍 바구니에 들어 있었고 어떤 숲에서 발견되었다고요. 소풍 바구니를 발견하신 분이 바로 그 선생님이고요. 그 숲이 틀림없어요. 선생님의 설명과 거의 일치하거든요. 또 갈 거예요. 몇 번이라도 말이죠."

수수께끼와 같은 말을 쏟아 내고도 몽상가소년은 다른 이들이야 어찌 생각하건 앞뒤좌우 설명해 주는 친절도 베풀지 않고 파스타 국물까지 싹싹 먹어 치웠다. P가 흥미롭다는 표정으로 소년을 주시했다. 그는 몽상가소년에 대해 생각하기를, 자기 생각이 지나치게 확고하거나 머리가 살짝 어떻게 된 진짜 몽상가이거나 둘 중 하나일 거라고 판단했다. 반면 페이로선, 보면 볼수록 마음에 드는 소년이었다. 그녀는 몽상가소년이 하는 말을 한마디도 놓치고 싶지 않았다. 뿐만 아니라 좀 더 자세히 알고 싶어졌다. 왠지 이 소년은 자신의 작가적 상상력을 마구 자극했다.

"보육원 교사가 소풍 바구니를 발견했다고 했니?"

"네. 아기였던 제가 거기 들어 있었던 거죠, 소풍 바구니 속에요. 낭만적인 일이 아닐 수 없어요."

몽상가소년이 잠깐 눈치를 보다 마늘빵 쪽으로 팔을 뻗자, 페이가 빵 접시를 소년 쪽으로 옮겨 줬다.

"아! 그래서 그때 진짜 이름을 모른다고 했구나."

"더 자세히 물어봐야 했어요. 제 실수였죠. 바구니가 발견됐다는 장소를 알아내지도 못했는데 그분이 갑자기 보육원을 그만둬 버렸어요. 하지만 전 느낄 수 있어요. 그 길, 그 숲이 맞을 거예요. 1년을 헤매다 겨우 발견했거든요."

"그분이 보육원을 그만뒀어도 연락처가 남아 있지 않을까?"

"저는 여섯 살에 보육원을 떠났어요."

"여섯 살 이후론 어디서 살았지?"

"입양되었어요."

"그럼 양부모가 계시겠네?"

몽상가소년이 도리질을 하면서 낮게 말했다.

"한때는요."

"보육원에 한번 문의해 보면 어떨까."

"세월이 너무 많이 흘렀어요."

"그냥 포기하면 아쉬움이 남지 않을까?"

"보육원이 아직도 그 자리에 있을까요, 작가님?"

갑자기 무거운 침묵이 흘렀다. 세 사람 모두 각자의 상념에 젖어든 거였다.

차와 과일을 먹을 즈음 다시 비가 퍼붓기 시작하면서 컴컴해졌다. P가 일어나 전등을 켜자 몽상가소년도 따라 일어섰다.

"저는 이만 가 보겠습니다."

"비가 좀 잦아지면 그때 가지."

"비 그치면……."

P와 페이가 약속이나 한 것처럼 거의 동시에 말하고는 서로를 향해 웃었다. 그들의 걱정 어린 만류에 몽상가소년은 다시금 행복한 기분에 젖어 들었다. 자신을 걱정해 주는 사람이 있다는 사실에 가슴이 뻐근했다.

시간이 흘러도 빗줄기가 여전하자 갈 길이 걱정된 몽상가소년이 창가에 가 섰다. 그때 마당 쪽에서 뻐꾸기 소리가 구슬프게 들려왔다. 뻐꾹뻐꾹.

"뻐꾸기예요."

"그래, 뻐꾸기구나."

페이가 맞장구쳤다.

"뻐꾸기는 다른 새의 둥지에 알을 낳는다죠? 가정이 해체돼 부모가 아닌 다른 가정이나 시설 등에서 양육되는 아이들을 뻐꾸기 가족의 아이라고 한대요."

자신의 처지를 빗대어 말하고 있는 몽상가소년이 페이는 안쓰러
웠다. 다가가 포근히 안아 주고 싶은 마음을 지그시 누르고 있는데
소년이 창가에서 몸을 돌렸다. 그러고는 제 키의 절반은 됨 직한 커
다란 배낭을 어깨에 멨다.

"이제 정말 가야겠어요."

"어디로 가는 거지?"

"집으로 갈 거예요."

몽상가소년에게 쉴 집이 있을 거라곤 예상치 못했기에 페이는 내
심 놀랐다. 의심할 여지 없이 떠돌이로 여겼던 것이다. 몽상가소년
이 들려준 얘기만으로는 그렇게 추정할 수밖에 없었다. 이 아인 일
정한 거처가 없는 게 틀림없어, 라고.

"데려다줄까? 배낭도 무거워 보이고."

"아니요!"

몽상가소년은 불에 덴 것처럼 펄쩍 뛰었다. 페이와 P는 더 이상
종용하지 않았다. 자존심을 지켜 주고 싶었다.

"그럼 대중교통이 다니는 곳까지만이라도 데려다줄게."

페이가 자동차 열쇠를 챙기자 P도 함께 따라나섰고, 핸들은 P가
잡았다.

두 사람은 몽상가소년을 버스 정류장에 내려 줄 수밖에 없었다.
얼마간 돈을 건네려 했지만 그마저 거절하는 바람에 포기해야 했다.

몽상가소년은 버스 정류장에 섰다. 그는 페이에게서 얻은 검정 우산을 두 손으로 꼭 받쳐 든 채 깊은 상념 속에 빠져들었다. 페이 집의 푸른 잔디와 연못, 붉은 벽돌로 견고하게 쌓아 올린 벽난로. 그 공간 안에 자신을 끼워 넣어 봤다. 창밖에선 새가 지저귀고 벽난로 앞 흔들의자에는 엄마가 앉아 있어. 엄마는 내 털스웨터를 짜고 있는 중이지. 이따금 내 등판에 그것을 대 보기도 하면서 나지막이 노래해. 타닥타닥 경쾌한 소리를 내면서 참나무 땔감이 빛깔 좋게 활활 타오르고, 나는 엄마 옆에 드러누워 더할 수 없이 편안한 표정으로 책을 읽지. 내 이마는 불빛을 받아 붉게 빛나고 새하얀 털이 사랑스러운 사모예드 한 마리가 벽난로 옆에 길게 누워 세상모르고 잠들어 있고.

몽상가소년이 사라진 차 안이 어쩐지 적막한 거 같아 페이는 라디오를 켰다. 쇼팽의 '즉흥 환상곡'이 흘러나오고 있었다. 감미롭고 유연한 선율이지만 페이는 어쩐지 마음이 아프고 애잔했다. 운전대를 잡고 있는 P나 조수석에 앉아 있는 페이나 둘 다 말이 없었다.

"저 아이, 안 되겠다!"

P가 갑자기 좌측 깜박이 등을 켜더니 1차선으로 진입해 들어갔다.

"어쩌려고?"

"집으로 데려가자. 하룻밤 재우는 게 좋겠어."

페이가 말없이 P의 손등에 자신의 손을 포갰다. 그 어느 때보다 따스하게 느껴지는 P의 마음이 페이를 뭉클하게 만들었다. 유턴해서 잠시 달리다 다시 유턴하니 다행히 조금 전 내려 준 그 자리에 몽상가소년이 서 있었다.

"다행이다."

페이는 가슴을 쓸어내렸다. 자동차 앞 유리를 통해 보이는 그는 버스 따윈 안중에도 없이 혼자 생각에 골몰해 있는 듯했다. 커다란 우산 아래여서인지 한층 더 왜소해 보이고 껍데기만 저 홀로 서 있는 것 같았다. 넋을 놓은 몽상가소년은 자동차가 자기 앞에 정차한 사실도 모른 채 정신을 쏙 빼놓고 있었다. 페이가 차창을 열어 손을 흔들어 대도 알아차리지 못했다. 열린 차창으로 비가 마구 쏟아져 들어와 페이는 하는 수 없이 창을 닫았다. 대신 P가 클랙슨을 두 번 짧게 눌렀다. 그제야 비로소 자동차를 향해 시선을 던지는 몽상가소년의 눈빛은 마치 다른 세계로 떠나 있는 듯, 암흑으로 가득한 심연에 갇혀 있는 듯, 아득하면서도 기이한 눈이었다. 미지의 세계를 헤매는 듯, 공허한 듯, 신비와 무無로 채워져 있는……. 대체 누구인가, 이 소년은? 페이에게 그는 너무도 불가해한 존재로 비쳤다. 애, 네가 누구인지 내게 말하렴.

페이가 얼른 차 문을 열고 나가 우산 아래 함께 서자 그제야 몽상가소년이 그녀를 봤다. 현실 세계로 돌아온 그의 눈빛은 구슬프다 못해 처연했다. 눈에는 오랜 피로감 같은 것이 깃들어 있었다. 열여덟이라곤 도저히 믿어지지 않을 만큼, 아주 많은 세월을 살아온 흔적 같은 게 그 얼굴에 깃들어 있었다.

여분의 방이 없어 미안하다는 말과 함께 몽상가소년은 페이의 작업실로 인도되었다. 페이는 몽상가소년이 사용할 모포와 베개, P의 것임에 분명한 남성용 파자마 등을 가슴에 그러안고 있었다. 작업실도 거실이나 주방만큼 멋지고 아늑했다. 풍요와 안정, 따스함, 인정, 이런 어휘에 냄새가 있다면 몽상가소년은 그 향기를 지금 맡고 있는 거였다.

페이와 P는 자신들의 작업실을 따로 하나씩 갖고 있었고, 각각의 작업실엔 1인용 침대가 놓여 있어 지금처럼 갑작스러운 손님이 자고 갈 때 유용하게 사용되곤 했다. 또 늦은 밤까지 일할 때에는 각자의 작업실이 요긴한 잠자리가 되었다. 침실에서 곤히 자고 있는 상대방을 방해하지 않기 위한 두 사람의 약속이었다. 페이의 조력자라고 할 수 있는 P는 글로벌 비즈니스로 성공한 사업가였다.

사위는 이미 오래전 어둠에 잠겼으나 몽상가소년은 좀체 잠을 이룰 수 없었다. 낯선 곳이어서인지 양부의 참혹한 시신이 자꾸만 떠올라 진저리가 쳐졌다. 정지했던 시간이 다시 흐르기 시작했을 땐 이미 일이 벌어진 뒤였다. 처음엔 끔찍한 꿈을 꾸고 있는 걸로 여겼다. 지극히도 현실감이 결여된 일이었으니까. 그것이 꿈이 아니란 걸 깨달았을 때에도, 제발 악몽이기를 간구했다. 나를 이상한 시간 속으로 종종 데려가는 것의 정체가 무엇일까. 아무려나 내게 무서운 일이 벌어지고 있는 것만큼은 확실해. 유년 시절 야생화 밭을 짓이 겨 놓은 것도 이런 맥락에서 설명돼야 할 것이다.

몽상가소년은 자기 자신을 신뢰할 수 없었다. 자신을 믿을 수 없다는 건 불행한 일이었다.

이리저리 몸을 뒤척이던 몽상가소년은 부스스 일어나 침대 모서리에 걸터앉았다. 컴컴했지만 어슴푸레하나마 사물이 식별되고 있었다. 빗물로 얼룩진 창 너머로 키 큰 나무가 어두운 그림자처럼 음험하게 서 있었다. 몽상가소년은 침대에서 내려와 느린 걸음으로 창가까이 다가갔다. 창문 표면으로 빗물이 구불구불한 선을 그리며 흘러내리고 있었다. 빗줄기가 아까보다 다소 약해지긴 했다. 페이와 P는 자신에겐 결코 오지 않을 행운을 획득한 사람들처럼 여겨졌다. 사랑, 경제적인 안락과 풍요, 전문가로서의 일. 반면 그들에 비해 절반 정도밖에 살지 않았음에도 자신의 인생은 이미 어그러지고 말았다. 돌이켜 생각해도 어이가 없을 지경이다. 신은 주사위를 던지지 않는다고 했다. 대안 학교에 다닐 때 교사가 해 줬던 말이다. 교사는 그 말을, 세상에 이유 없이 임의로 되는 일은 없다는 뜻으로 풀이해 줬다. 그 말이 틀리지 않다면, 불운이 몽상가소년을 따라다니는 건 스스로 불행을 생산해 내고 있기 때문이란 얘길까. 도망치지도 못할 운명이라면, 한평생 불행의 손아귀에서 벗어나지 못하고 살아가야 할 운명이라면, 그럼에도, 그래도 사는 게 나을까. 그는 노인 같은 한숨을 길게 토해 냈다.

몸을 돌려 실내를 훑어보던 몽상가소년의 눈길이 단단하고 각진 물체에 멎었다. 페이의 책상이었다. 책상 뒤편 서가엔 책이 가득 꽂혀 있었다. 양쪽 벽면도 책들로 메워져 있었는데 미처 자리를 차지하지 못한 것들은 불규칙한 형태로 포개져 있었다. 책상, 의자 모두 가죽이었다. 역시 풍요의 상징이랄 수 있는 그것들을 몽상가소년은 조심스럽게 쓸어 보았다. 책상 위에 노트북과 태블릿이 있고 그 언저리로는 잡다한 물건들이 어지럽게 널려 있었다. 마우스라든가 태블릿용 펜, 신문, 안경, 필기도구, 재떨이, 휴대용 라이터, 공책 같은 것들. 주름 갓을 씌운 전기스탠드도 있었다.

몽상가소년은 짐짓 의자에 앉았다가 일어서길 두어 차례 반복했다. 가죽 의자의 감촉이 생각보다 부드러워 내심 놀라기도 하고, 책꽂이에 꽂혀 있는 책들이 주는 느낌을 손끝의 감각을 통해 느껴 보기도 했다. 모서리가 보이도록 가지런히 꽂혀 있는 책들은 그저 바라만 봐도 아름다웠다. 몽상가소년이 살았던 그 어떤 집에서도 이처럼 지적이고 안온한 느낌을 가져 본 적이 없었다. 보육원과 양부모의 집, 그리고 아빠네 집이 몽상가소년이 알고 있는 모든 곳이라 해도 과언이 아니지만, 그 셋 가운데 어디에서도 이런 감정을 느껴 본 적이 없었다. 책꽂이는 방 크기에 맞게 짜 맞춘 듯 벽 끝과 천장 끝까지 맞닿아 있었다. 여러 빛깔의 책들이 참 고왔다. 붉고 푸르고 노랗고 하얗고 또는 밤색이거나 자줏빛, 남색을 띠었다. 이들이 발산하는 특유의 기운은 몽상가소년을 충분히 매료시켰다. 가슴이 뛰었다. 구경하는 것만으로도 황홀했다. 물론 책을 보고 흥분한 것이 처음 있는 일은 아니다. 집을 떠나 살던 1년간 그러니까 열일곱에서 열여덟로 넘어가는 기간 동안 숱하게 들락거린 장소가 도서관이었다. 그곳에 가면 갈수록, 그리고 책을 빌려 읽으면 읽을수록 더욱 목이 말랐다. 책만 읽고 살았으면 싶었다. 평생 드나든다 해도 다 읽지 못할 책들이 도서관에는 가득 쌓여 있었다. 도서관을 잊힌 책들의 무덤이라고도 한다지만, 사람들이 꺼내 읽어 주면 더 이상 책의 무덤이 아닐 것이다. 서가에 꽂혀만 있으니까 무덤이라고 표현하지 않았을까.

자애보육원엔 책이 별로 없었다. 그나마 수많은 아이들이 읽고 또 읽은 것이라 몹시 낡았고 낙서도 많았다. 재미나게 읽는 도중에 책장이 찢어져 있는 걸 발견할 때면 한숨이 절로 나왔다. 그럴 때면 사라진 부분을 상상하며 이야기를 이어 가곤 했다. 비가 와서 놀이터에서 놀지 못할 때, 찢어진 부분에 대한 이야기 이어 가기는 보육원 시절 몽상가소년의 특별한 놀이였다. 그렇긴 해도 어린 나이에 지어낸 이야기란 게 천편일률적일 수밖에 없었다. 험난한 모험과 고생스러운 여정 끝에 결국 행복을 찾게 되는 그런……. 양부모 집에 있던 별로 많지 않은 책들도 자애보육원에서 읽은 것과 거의 대동소이한데다 책마다 친아들의 흔적이 남아 있어 들춰 보기 싫었다. 두 번째 아빠네엔 조류 전문 서적밖에 없어서 몽상가소년이 읽을 만한 게 없었다.

이 집에 있는 걸 다 읽을 수 있다면, 이 책들을 모두 독파할 때까지만이라도 여기서 살 수 있다면……. 몽상가소년은 애틋한 마음으로 책들을 쓸어 보고 빼내서 펼쳐 보기도 했다. 그때 몽상가소년의 눈에 다른 책에 비해 삐죽이 밖으로 튀어나와 있는 것이 포착되었다. 사방 크기가 보통의 책 사이즈보다 커서 책꽂이에 온전히 들어가지 못한 것이었다. 몽상가소년은 그것을 꺼내 책상 위에 놓고 가죽 의자에 앉은 다음 전기스탠드를 켰다. 신문 기사나 잡지 같은 것들을 오려서 모아 놓은 스크랩북이었다. 몽상가소년은 스크랩북을 하나하나 넘기면서 더러는 읽어 보고 혹은 그냥 지나치기도 했다. 옛날 연예인 기사나 시사 만화, 성적표, 미술 대회 상장, 엽서 등 여러 가지 것들이 있었지만 제일 많은 것은 어린 시절의 페이가 그렸을 법한 만화였다. 대부분 미소년이나 미소녀 그림이었다. 페이의 어린 시절을 상상하노라니 절로 웃음이 나왔다. 페이는 예전부터 만화를 즐겨 그렸던 모양이다. 함부로 찢은 연습장의 낱장에 그려진 풍경화나 인물화 같은 것도 몇 장 있었다. 붉은색 하트가 그려진 생일 카드도 있었다.

사랑하는 내 딸들아.
너희들의 생일을 진심으로 축하한다.
엄마 아빠가

페이에게 여동생 혹은 언니가 있는 것일까? 그런데 특이하게도 그네들의 생일 날짜가 같은 모양이다. 자매의 생일이 같을 수 있다니 신기한 일이군. 스푸트니크 1호가 발사된 바로 그날, 10월 4일이 생일이랬지.

몽상가소년은 스크랩북을 계속하여 한 장 한 장 넘겼다. 건성이던 몽상가소년의 손길이 어느 한 부분에서 멈칫했는데, 가위로 오린 신문 기사였다.

광장 쓰레기통에서 신생아 발견

어제 정오 무렵 서울 시내 한복판 광장의 쓰레기통에서 신생아가 발견됐다. 최초 발견자는 인근의 상인으로, 아기는 블라우스에 싸인 채 백화점 쇼핑백에 넣어져 있었다. 다행히 생명엔 지장이 없는 것으로 보이지만 건강 상태 검진을 위해 인근 병원으로 속히 후송되었다. 산모가 아기를 유기할 목적으로 쓰레기통에 넣은 것으로 경찰은 추정하고 있으며, 수사가 진행되는 대로 사건 전모를 밝힐 예정이다. 신생아는 남아로 확인됐다.

페이는 특별히 이 아기에 관심이 많았는지 동일한 내용임에도 신문사별로 모아 놓고 있었다. 한 가정에서 대여섯 종의 신문을 구독하는 일은 드무니까 일부러 신문을 구입하지 않는 이상 있을 수 없는 일이었다. 몽상가소년의 호기심이 맹렬히 끓어오르기 시작했다.

그는 날짜가 다른 또 다른 기사도 읽어 봤다.

광장 쓰레기통에서 발견된 신생아, 돌연 실종

지난주 서울 시내의 광장 쓰레기통에서 발견되어 온 국민을 경악시켰던 신생아가 이번엔 감쪽같이 사라져 경찰이 수사에 착수했다. 또한 같은 신생아실에 있던 다른 아기 하나도 이날 함께 실종된 것으로 알려졌다. 동일한 병원에서 동시에 신생아 둘이 실종된 일은 여태까지 유례가 없던 일이다. 경찰은 해당 산부인과 전문병원 관계자 및 입원 산모들을 상대로 탐문 수사에 들어갔다.

쓰레기통에서 발견된 아기가 사라졌다고? 게다가 같은 병원에서 아기 둘이 동시에 실종됐다고? 스크랩북을 넘기는 몽상가소년의 손길이 빨라졌다. 신생아 실종 사건 기사도 쓰레기통에서 발견된 아기 기사와 마찬가지로 신문사별로 모아 놓았는데, 내용은 모두 대동소이했다.

실종 사건 기사 이후로는 더 이상 그와 관련된 스크랩이 없었다. 몽상가소년은 기사가 게재된 날짜를 확인한 뒤 올해 연도에서 빼 봤다. 17년 전 일이었다. 페이의 나이 현재 서른여덟이니 서른여덟에서 열일곱을 빼면 스물하나. 즉 페이가 스물한 살 때 스크랩해 놓은 기사였다. 스물한 살 때부터 작가가 되기로 작정하고, 언젠가는 이걸 소재로 작품을 만들기 위해 모아 뒀을까? 동일한 내용의 기사를

이렇게나 많이? 기발한 소재라고도 할 수 없는 이런 내용을? 몽상가
소년은 고개를 흔들었다. 새삼 페이가 알 수 없는 인물처럼 여겨졌
다. 유기된 쓰레기통의 아기와 페이 사이에 어떤 관계가 있는 것일
까. 과거 어느 한 시절의 실수로 아기를 낳았지만 사정이 여의치 않
아 유기했을까. 그래서 이렇게 기사를 모아 놓은 걸까. 불가능한 일
은 아니었다.

열일곱 해 전이면 현재 우리 나이로는 열여덟. 내 나이와 같구나.
페이가 버린 아이가 나라면……. 그랬으면 좋겠어. 하지만 난 숲에
서 발견되었으니 그럴 가능성이 없지. 몽상가소년은 뭔가 대단한 행
운을 놓쳐 버린 것 같아 낭패감이 밀려들었다. 그때 밖에서 인기척
같은 게 느껴져 몽상가소년은 얼른 전기스탠드의 조도를 내렸다.

이튿날 아침, 하늘은 더없이 활짝 개어 있었다. 잠에서 깨어난 페
이는 상쾌한 기분으로 침실 창문을 활짝 열었다. 가벼운 바람이 뺨
을 간질였다. 커피 잔을 손에 들고 잔디밭에 서 있던 P가 페이를 발
견하고 손을 흔들었다. 그는 아침이면 으레 맨발로 풀을 밟곤 했다.
살랑대는 커튼까지 사랑스럽게 느껴지는 아침이었다.

페이가 머리 위로 팔을 길게 뻗어 기지개를 켜는데 지척에서 커피
향이 콧속을 파고들었다. 어느 틈에 P가 페이 옆에 서 있었다.

"기분이 좋아 보이는군."

P가 페이의 이마에 가볍게 입술을 댔다가 뗐다.

"그 아인?"

페이의 물음에 P가 어깨를 으쓱하더니 고개를 가로저었다.

"인사도 없이? 설마?"

"어쨌든 안 보여."

왜 말도 없이 가 버린 걸까.

작업실 간이침대에는 모포와 베개, 파자마가 고즈넉하게 놓여 있었다. 그것들만이 누군가가 자고 갔다는 흔적을 보여 줄 뿐, 소년 하나가 이 집에 와서 밥 먹고 잠도 자고 갔다는 사실에 현실감이 부여되지 않았다. 이상한 일이었다. 왜 몽상가소년에게선 이처럼 낯선 감정이 생겨나는 것일까.

페이가 침구를 챙기고 있을 때 낯선 물건 하나가 눈에 들어왔다. 침대 뒤쪽에 있어서 P가 미처 발견하지 못한 모양인데, 몽상가소년의 배낭이었다. 그가 아직 부근에 있다고 생각하니 페이의 기분이 상승하기 시작했다.

침구를 옆구리에 끼고 창밖을 내다보니 P가 전지가위를 들고 나무들을 손보고 있었다. P는 페이에게 소중한 사람이다. 그 사실만큼은 틀림없지만 그를 선뜻 법적인 남편으로 받아들이지 못하는 것은 타인의 삶에 깊숙이 개입하는 것에 대한 강박증 때문이었다. 항상 여기까지만, 이라고 금을 긋고는 그 선에 서서 서성일 뿐 그 너머로는 선뜻 들어가지 못했다. 그래서 더러 차갑다거나 깍쟁이라는 오해를 받기도 하지만, 실은 세상이 두려운 것이었다. 과거의 상처가 페이를 그런 사람으로 만들어 버렸다. P 역시 첫 결혼 생활의 상흔 때문에 머뭇대고 있는 중이었다. 두 사람이 어정쩡하게 동거하는 이유가 거기 있었다.

페이가 아침 식사를 준비할 요량으로 돌아서는데 P의 목소리가 들렸다.

"어이, 몽상가소년. 어디 갔다 오나?"

내다보니 몽상가소년이 가벼운 걸음으로 마당에 들어서고 있었다.

P가 면장갑을 허벅지에 대고 탈탈 털어 나뭇가지에 걸쳐 놓고는 몽상가소년을 에스코트하듯 데리고 들어왔다. 페이를 발견하자 몽상가소년이 수줍게 변명했다.

"산책하고 왔어요. 주무시는 거 같아 살짝 나갔다 왔어요."

페이는, 언질이나 주고 나갔으면 좋았을 거라느니 하는 말은 생략하기로 했다. 사라진 게 아니라면 그걸로 되었다.

"둘러보니 어때?"

"아! 너무 좋아요. 작가님 댁은 물론이고 다른 집들도 모두 멋져요. 새하얀 털을 가진 집채만 한 개도 봤어요."

"김 교수네 피레니즈를 본 모양이네."

페이의 말에 P도 거들었다.

"그 녀석 관절염으로 고생하고 있어. 사람이나 짐승이나 나이 앞엔 장사 없지. 안됐어. 그런데 우린 자네가 말도 없이 가 버린 줄 알고 무척 섭섭했었지."

아침 식사는 페이와 P, 두 사람의 합작품이었다. 준비하는 데 오래 걸려 배에서 꼬르륵 소리가 날 지경이었지만 훌륭한 식단이었다. 몽상가소년이 먹어 본 그 어떤 음식에 비할 바 아니었다. 메뉴에 대한 평가가 아니다. 몽상가소년은 음식 하나하나에서 깊은 사랑의 손길을 느꼈던 것이다. 깨가 솔솔 뿌려진 멸치볶음, 노란 참기름이 감도는 명란젓에다 짭짤하고 달콤한 무장아찌, 초록빛 쑥갓이 살짝 얹힌 큼직한 크기의 두부부침, 들기름 냄새가 고소한 취나물에다 시금치나물과 무나물, 단정한 달걀말이, 두께가 일정한 호박전, 노릇노릇 예쁘게 구워진 조기구이, 뽀얀 국물이 우러난 북엇국에다 현미밥에 이르기까지 어느 것 하나 허투루 만든 것이 없었다. 아빠와 함께했던 식사 시간도 좋았지만 남자들끼리 하는 식사라는 게 대개 그렇듯 대충 해 먹거나 배달 음식으로 때웠지 이처럼 제대로 된 음식을 먹어 본 적은 없었다. 아빠 사후 1년은 더 말할 필요도 없었다.

"입맛에 맞아?"

페이가 물었다.

"이거 모두 두 분이서 직접 만드신 거예요?"

"그럼."

두 사람의 대화에 P가 끼어들며 말한다.

"난 보조 역할만 했어. 이 사람은 한식, 난 서양 음식 전문이지."

"저번 식사도 좋았어요, P 선생님. 하지만 이 음식들이야말로 제

생애에서 잊지 못할 거예요."

"생애?"

페이가 폭소를 터뜨리자 P도 이를 드러내며 호탕하게 웃었다.

"아, 미안. 어린 사람이 쓰기엔 표현이 좀 그렇잖아. 책을 많이 읽는 모양이지? 말하는 투가 어쩐지 남달라서."

"원래는 거의 읽지 않았어요. 하지만 최근 1년간 얼마나 많은 책을 읽었는지 헤아릴 수도 없어요. 책은, 표지를 보는 것만으로도 설레요."

"주로 어떤 책을 읽었니?"

"닥치는 대로 모두요. 작가님 댁엔 책이 참 많아요."

"읽고 싶으면 언제든 와. 빌려 가도 돼."

"정말 그래도 될까요? 그럴 수 있다면 행복할 거 같아요. 저는 다시 그 숲에 갈 건데요, 거기서도 얼마든지 독서는 할 수 있으니까요. 읽을거리를 갖고 가면 지루하지 않을 것 같아요. 어쩌면 한 달이라도 머물 수 있지 않을까요. 오래 지체할수록 제가 원하는 걸 얻을 확률도 더 높아지겠죠."

몽상가소년의 눈이 금세 꿈을 꾸듯 아득해지면서 깊은 심연으로 빠져 들어갔다.

"그 길에 대해 뭔가, 확신이 있나 봐?"

저 홀로 미궁 속을 헤매던 몽상가소년의 눈빛이 페이의 말에 퍼뜩 깨어났다. 조금은 흥분한 듯 몽상가소년의 목소리 톤이 올라갔다.

"바람이오! 저를 발견했을 때 갑자기 바람이 불어왔다고 했어요. 보육원 선생님이 그랬어요. 그럴 만한 날이 아니었는데, 느닷없는 바람이었다고 했죠. 제가 처음 그 길을 발견했을 때도 그랬어요. 제가 거기 서 있을 때 갑자기 바람이 불었다는 건, 저를 환영한다는 의미였죠. 다시 태어난다면 저는 바람이 되고 싶어요. 그러니 작가님, 언제 어디서든 바람이 불면 작가님도 절 생각해 주실래요?"

"그래, 바람이 불면 나는 너를 생각할 거야."

페이는 에스프레소 머신의 물탱크에 생수를 부으면서도 몽상가소년의 말을 건성으로 흘려듣지 않았다. 이유 없이 잘해 주고 싶은 소년이었다. P가 커다란 손으로 커피 원두를 한 움큼 집어 분쇄기에 넣었다. 드르륵 드르륵, 원두 갈리는 소리가 몽상가소년의 귀에 음악처럼 들렸다. P가 미세한 입자로 변한 커피를 홀더에 담아 템퍼로 살짝 누른 후 페이에게 건네자 그녀는 스테인리스 스틸 홀더를 보일러 추출구 홈에 끼워 넣고 전원 버튼을 눌렀다. 그들의 손동작, 행동 하나하나를 유심히 관찰하던 몽상가소년이 신기하다는 표정을 지어 보였다.

"커피 한 잔을 마시는 것도 예삿일이 아닌 것처럼 보여요. 복잡하고 세심한 과정을 거쳐야 맛있는 커피가 태어나는 거군요. 훌륭한 열매를 맺기 위해서 우리 인간이 성실하게 살아야 하는 것과 같은 이치겠죠?"

페이가 수긍의 뜻으로 미소를 지으며 몽상가소년을 봤을 때, 그의 표정이 왠지 복잡해 보여 그녀는 가슴이 저렸다.

잠시 후 작동 버튼에 푸른 불이 들어오자 페이는 데미타스 잔을 컵 받침대에 올려놓고 버튼을 꾹 눌렀다. 진한 갈색의 커피가 똑똑 떨어져 내리기 시작했다. 고소하고 향기로운 커피 향이 번졌다.

"아! 커피 향이 이렇게 좋은 걸 저는 왜 미처 몰랐을까요."

P가 몽상가소년을 바라보더니 씩 웃었다.

"이 커피는 특히나 더 그럴걸? 이건 보통 커피가 아니거든. 천연 발효된 원두커피야."

"커피도 발효시키나요?"

이번엔 페이가 대답했다.

"P의 커피 취향이 조금 까다로운 편이거든. 발효 커피를 한번 맛본 이후론 다른 커피는 만족하지 않더라고. 72시간 이상 숙성시킨 다음 볶은 거야."

P가 페이의 말을 이어받았다.

"그런 과정을 거쳐 만들면 원두커피 본연의 감칠맛과 발효의 깊은 바디감을 입안에서 느낄 수 있지."

몽상가소년이 맛을 음미하려는 듯 커피 한 모금을 입안에 머금고 삼키지 않자 두 사람이 웃음을 터뜨렸다.

"저는, 감칠맛이 나는지 어떤지 잘 모르겠어요."

두 사람은 빙글빙글 웃기만 했다. 기분이 무척 좋아 보였다.

"진할거야. 여기 뜨거운 물이 있으니 타서 마셔도 좋아."

커피 잔을 사이에 두고 담소하는 이들의 모습을 누군가가 봤다면 부모와 아들처럼 여겼을 정도로 자연스러운 모습이었다. 그들 모두 까닭을 알 수 없는 충만함을 맛보았다.

"오늘 하루 더 머물다 가면 어떨까? 나는 자네하고 많은 얘기를 나누고 싶은데."

사람 좋은 P가 권유했지만 몽상가소년은 고개를 저었다.

"너무 신세를 지면 절 미워하게 될지도 몰라요. 그런 존재는 되고 싶지 않아요. 새들이 절 좋아하지 않는 것만으로도 충분히 마음이 안 좋거든요."

"새들이 왜 너를 좋아하지 않을까?"

"저도 궁금해요."

페이와 P는 다시 한 번 마주 보며 웃다가 몽상가소년을 보고는 또 미소 지었다.

몽상가소년을 보내면서 페이는 자신이 조바심치고 있다는 걸 깨달았다. 어쩌면 소년을 다시 보지 못할 수도 있다는 생각에서였다. 어디에 사는지도 모를뿐더러 전화조차 없다고 하니 그가 연락해 오지 않는다면 다시는 볼 수 없었다. 이번처럼 숲에서 만날 확률이 어디 그리 흔한 일인가.

집에 도착한 몽상가소년은 맹렬한 속도로 책을 읽어 내려갔다. 머릿속이 정화되는 느낌이었고 이상하리만큼 잡생각이 들지 않았다. 아빠의 죽음도, 양부의 무서운 얼굴도 떠오르지 않았다. 아침 먹고 읽고, 점심 먹고 읽고, 잠자리에 들었다 자는 것도 아까워 다시 일어나 읽었다. 그것은 엄청난 허기와도 같아서 얼른 다 읽고 또 다른 책을 빌려 올 생각 외엔 다른 어떤 것도 머릿속에 들어오지 않았다. 책을 사 주는 부모, 책을 권하는 그런 부모가 내게 있었다면, 그랬다면 난 좀 더 나은 사람이 될 수도 있지 않았을까. 몽상가소년은 한숨을 내쉬며 읽고 있던 책에 책갈피를 꽂고는 책을 덮었다. 마당에 나가 볼 요량이었다.

몽상가소년의 시선은 어쩔 수 없이 사체가 묻혀 있는 장소를 향했다. 어느 누가 마당 아래 두 구의 시체가 있다는 걸 알까. 몽상가소년이 이 집의 주인으로 있는 한 아무도 여기 들이지 않을 것이고, 또 그가 입을 열지 않는 이상 영원한 비밀로 남을 수도 있다. 이는 몽상가소년이 바라는 바이기도 했다. 몽상가소년이 상념에 사로잡혀 있을 때 치즈 고양이가 제 몸을 납작하게 만들어 대문 아래 틈새로 소리 없이 기어 들어왔다. 뒤이어 한 마리가 더 들어왔다. 두 놈은 약속이나 한 듯 거의 동시에 몸을 길게 늘이더니 입이 찢어져라 하품을 했다. 저번에 본 것이 틀림없는 치즈 고양이와 낯선 고양이. 낯선 고양이는 샴고양이로 짐작되었다. 두 고양이는 각각 녹색과 노란 눈을 가느스름하게 뜨고 몽상가소년을 응시했다. 꼬리를 살랑살랑 흔들고 있는 걸로 봐선 기분이 안 좋은 모양이었다. 몽상가소년은 이번에도 그것들과 눈을 맞추지 않았다. 두 마리가 동시에 꼬리를 흔들어 아주 잠깐 두려웠다. 그런데 몽상가소년이 쭈그려 앉아 아빠가 묻힌 땅을 물끄러미 보고 있을 때 두 녀석이 앞서거니 뒤서거니 슬금슬금 접근해 왔다. 그가 쳐다보자 걸음을 멈추고 특유의 소리를 냈다. 갸르릉갸르릉. 그 소리의 의미를 몽상가소년은 잘 알고 있다. 더 이상 상대방을 적대적 관계로 여기지 않겠다는 표시였다. 짧은 시간에 두 녀석이 의견을 교환한 모양이었다. 우리가 경계할 대상은 아닌 것 같아, 아마 이런 식이 아니었을까. 앞으론 두 놈과 잘 지낼 수 있을 것 같은 예감이 들었다. 아빠가 새와 맺었던 관계처럼.

그날 밤 몽상가소년은 오랜만에 귀부인을 만났다. 여전히 귀부인 주위로는 하얀 홀씨들이 날렸고 소풍 바구니를 들고 있었다. 몽상가소년과 눈이 마주친 귀부인이 다정한 윙크를 보냈다. 그러나 몽상가소년이 팔을 뻗자 귀부인은 홀씨와 함께 사라져 버렸다. 얼핏 본 귀부인의 소풍 바구니는 텅 비어 있었다.

탐정 B_2

대부분의 사람은
자기가 보고 싶어 하는 현실밖에는 보지 않는다.
_가이우스 율리우스 카이사르

탐정 B의 방바닥은 온통 노랬다. 한가득 널려 있는 노란색 메모지는 노란 카펫 같았다. 물방울이 전하는 모스 신호를 해독하느라 소비한 종이들이었다. 그러나 사실 그것이 모스 신호란 건 탐정 B 스스로 그렇게 여기는 것일 뿐 단정 지을 만한 근거는 어디에도 없었다. 혹여 그것이 사실이라 해도 어이없는 일임에 틀림없었다. 처음엔 자신을 의심했다. 그러나 이제는 점차 확신하는 쪽으로 기울고 있었다. 단단히 홀렸지 싶은 두려운 마음도 없지 않았다. 마침 계약 만료 기간도 임박했으니 이참에 방을 빼야겠다고 작정한 적도 있었다. 그러나 솔직히 고백하자면, 그에게 내재해 있는 탐정으로서의 본능은 오히려 흥미로운 사건과 마주하게 된 것에 대해 기뻐 날뛰고 있었다. 마침내 탐정 B는 자신이 무언가에 미혹되었건 현혹되었건 매혹되었건 개의치 않기로 했다. 이 일에 이미 뛰어들었고, 해결해야겠다는 의지가 충만하다는 사실 자체가 탐정 B로선 소중한 감정이었다. 제대로 된 탐정 일을 해 볼 수 있는 절호의 기회인 동시에 낙이라곤 조금도 없는 무료한 일상에서 건져 올린 귀한 행운이었다.

일터에서도 마음의 방향은 물소리 언저리에 향해 있었다. 끈질기게 관찰하다 보니 새로운 사실도 알게 되었다. 수도꼭지에서 물이 새기 시작한 처음 보름간은 누수 현상이 지속적이었지만, 그것이 모종의 신호일지도 모른다는 사실을 알아차린 후부터는 상황이 다소간 변하기 시작했다는 것이다. 물을 흘려보낼 때도 있지만 잠잠할 때도 있었다. 이에 대해 탐정 B는 구조를 요청하는 자가 탐정 B의 심경 변화를 감지하고 여유를 부리는 거라 짐짓 추측하기도 했다. 물론 말도 안 되는 생각이었다.

물이 보내는 신호는 Hello와 Help me 딱 두 가지뿐이었다. 방바닥이 노래지도록 받아 적은 결과였다. 수없이 종이에 옮겨 적어 봐도 막상 해독해 보면 Hello와 Help me 외에 다른 단어는 없었다. 단지 이 신호뿐이라면 메시지를 보내는 거라고 단정 짓기 힘들었다. 탐정 B의 집 주방 수도꼭지에서 흘러내리는 물이 우연히 그와 같은 양상을 띠고 있는 거라고밖엔 설명할 길이 없었다. 그렇다면 다른 집은 또 다른 신호, 즉 SOS라거나 Hi 같은 게 반복적으로 나올 수도 있지 않을까?

공원이나 식당, 마트 등 어느 곳에나 화장실은 존재하고 화장실엔 세면대가 구비되어 있으니 실험이 어려운 일은 아니라고 여겼다. 하지만 막상 다녀 보니 생각처럼 쉬운 일이 아니었다. 누수 현상이 있는 세면대가 의외로 많지 않았다. 탐정 B는 일이 끝나기 무섭게 화장실을 뒤지고 다녔다. 집 짓는 일이라는 게 항용 그러하듯 날 저물기 전에 끝나므로 시간은 남아돌았다. 집에서 기다리는 아내가 있는 것도 아닌 데다 데리고 놀아 줄 자식도 없는 몸이니 하루 종일 쏘다닌들 누가 뭐랄 것인가. 뭘 하든 괜찮을 자유, 돈을 많이 벌 필요 없는 자유, 자기 한 몸 먹고살기만 하면 되는 그런 자유.

독신으로 살게 된 것이 잘된 일인가?

의외로 인내심이 필요한 일이었다. 널리고 널린 수도꼭지들은 거개가 나무랄 데 없었다. 잘 열리고 잘 잠기고 누수 현상도 없었다.

그러던 어느 날 누수 현상이 있는 수도꼭지를 발견했다. 지하철역 안에 있는 공중화장실 세면대 수도꼭지였다. 탐정 B는 가방에서 수첩과 필기도구를 꺼냈다.

똑똑똑똑똑똑똑똑똑똑

****

흐르는 물은 형태가 일정했다. 한자리에 서서 20여 분 관찰했는데도 똑같은 패턴으로 떨어져 내렸다.

****

이에 해당하는 모스 신호는 존재하지 않았다. 잠갔다가 다시 틀면 변화가 있을까 하는 생각에 잠가 보려 했지만 고장 난 수도꼭지는 꼼짝도 하지 않았고, 여전히 같은 속도로 물을 떨어뜨릴 뿐이었다. 똑똑똑똑똑똑똑똑. 탐정 B는 작업을 포기하고 대신 역 사무실을 방문하여, 오지랖 넓게 고장 신고를 하고 돌아왔다.

며칠 뒤 탐정 B는 불량한 수도꼭지를 또 발견했다. 분식집 화장실에 있는 세면기였다. 눈이 번쩍 뜨인 탐정 B가 볼펜을 재게 놀렸다.

또옥또옥또옥또옥또옥또옥

ㅡㅡㅡㅡㅡㅡ

이런 식의 모스 신호도 없었다. 탐정 B는 이번에도 시험 삼아 수도꼭지를 힘껏 비틀어 잠가 보았다. 물소리가 살짝 변했다. 똑똑똑똑. 하지만 이후 아주 잠깐 멈칫하더니 좀 전의 패턴으로 회귀했다.

똑똑똑똑 또옥또옥또옥또옥또옥또옥

**** ㅡㅡㅡㅡㅡㅡ

역시 의미 없는 물소리였다. 이후에도 탐정 B는 틈나는 대로 관찰하러 다녔지만 시간만 낭비했을 뿐이다.

"그렇다면 어째서 내 집 수돗물 소리만 모스 신호와 일치하는가. 대체 왜!"

탐정 B의 수도꼭지는 여전히 그 상태였고 그의 마음 역시 답답한 상태로 무심한 시간만 흘러갔다. 일이란 게 노력을 들인 만큼 진전이 있어야 흥미가 생길 것 아닌가. 탐정 B는 이 일이 점차 귀찮아졌다. 노동일에 지친 육체를 끌고 귀가하는 탐정 B로선, 그가 아무리 탐정 일에 미련을 못 버리는 사람이라 하더라도 어떤 측면으론 신체가 정신을 지배하기도 해서, 드디어 신체가 보내는 신호에 항복하겠노라 자신의 정신에게 공식적으로 고하기에 이르렀다. 한데 그 와중에 설상가상으로 벽돌을 져 나르다 그만 어깨가 삐끗하는 불상사까지 겹쳤다. 하루 이틀 그러다 말겠지 대수롭잖게 여기다가 통증이 점점 강도를 더해 가자 탐정 B는 한의원을 찾았다.

"뼈나 신경 조직에 이상 징후는 없어 보입니다. 근육이 놀라서 경직된 것뿐입니다. 당분간 침 맞으시고 물리 치료도 받으세요. 힘든 일은 하지 마십시오."

탐정 B는 간이 커튼으로 칸막이한 치료실 침대에 엎드렸다. 한의사가 여러 대의 침을 꽂아 놓고 갔다. 얼마간의 시간이 흐르자 간호사가 와서 침을 하나하나 빼냈다.

"물리 치료 할게요."

간호사가 탐정 B의 어깨 근육에 저주파 패드를 붙였다. 전류가 통하자 찌릿찌릿해져 왔다.

탐정 B는 저주파 자극기로 물리 치료를 받는 동안 웃음이 터져 나오는 걸 참느라 애를 먹었다. 몸에 감지되는 자극을 자신도 모르게 모스 부호로 바꾸고 있었기 때문이다. 물리 치료를 받는 내내 그랬다. 그때 탐정 B는 깨달았다.

피할 수 없는 일이다!

모스 신호가 탐정 B의 마음 안에서 함께 살아가고 싶어 한다면 받아들일 수밖에 없었다. 탐정 B는 그만두려는 노력까지도 포기해야 하는 얄궂은 운명에 놓인 거였다. 치료를 마친 탐정 B는 순전히 개인적인 견해로 한방 파스도 한 통 샀다.

집에 돌아온 탐정 B는 방바닥에 벌렁 드러누웠다. 침술 덕인지 물리 치료 덕인지 신기하게도 통증이 완화됐다. 탐정 B는 얼마간 느긋해진 심정으로 눈을 감았다. 그러자 물소리가 다시 귀를 파고들었다. 의식과는 무관하게 신경 조직이 자동적으로 작동하니 그야말로 큰 병을 얻은 셈이었다.

탐정 B는 주방 수도꼭지에서 흘려보내는 물소리의 양상을 외우고 있었다. 오로지 두 패턴 가운데 하나였다. 수없이 듣고 그렇게나 여러 차례 기록했는데 어찌 외우지 않고 배길 수 있었을까. 그 때문에 낭비한 시간만 해도 대단할 것이었다. 가만히 누워 생각하니 신경질이 들불처럼 일어났다. 정말 이사를 심각하게 고려해야 하는 것 아닐까? 머리칼을 쥐어뜯던 탐정 B가 무슨 일인지 갑자기 눈을 번쩍 뜨고는 부리나케 일어나 앉았다.

"아니야. 우연히 Hello나 Help me와 같은 신호가 만들어질 수는 없어. 아무래도 그냥 넘길 일이 아니다. 누군가가 나, 탐정 B의 도움을 애타게 기다리고 있다? 그렇다면 내가 할 일은 뭔가. 그래. 난 탐정 B다. 해결하고야 말겠어. 반드시 수돗물의 비밀을 캐내고야 말겠다!"

탐정 B의 손에는 어느새 메모 노트와 볼펜이 들려 있었다. 부릅뜬 두 눈으로 수도꼭지를 뚫어져라 쳐다봤다.

하지만 시간이 흘러도 물방울의 패턴이 변하지 않자 탐정 정신이고 뭐고 또다시 슬그머니 분통이 치밀어 올랐다. 자기 꼴이 한심했다. 초조해진 마음은 애꿎게 메모 노트를 뜯어내는 걸로 표출되었다. 뭔가에 분풀이하지 않고서는 견딜 수가 없었다. 노란 종이들이 발밑에 쌓였다. 더 이상 뜯어낼 게 없자 이번엔 쭈그리고 앉아 널려 있는 종잇조각을 갈가리 찢었다. 그래도 성이 차지 않아 가위로 일삼아 오려 내기까지 했다. 더러는 서너 장씩 포개서 한꺼번에 자르기도 했다.

"뭐야. 오히려 내가 SOS를 타전해야 할 판이군."

물 한 잔 마시면서 잠시 마음을 추스른 탐정 B는 바닥에 널려 있는 종잇조각들을 내려다봤다. 아무리 생각해도 어이없는 일이라 너털웃음을 허공 중에 날렸다. 가위질 탓에 우선하던 어깨 통증이 도지는 것 같아 어깻죽지를 주물러 보기도 했다. 그런 와중에도 탐정 B의 탐정 정신은 식을 줄을 몰라 Hello와 Help me가 여전히 환영처럼 눈앞에 어른댔다. 아무짝에도 쓸모없이 그저 충만하기만 한 자신의 탐정 정신이 실로 한심했다. 바로 그때였다. 생경한 물소리가 탐정 B의 청신경을 파고들었다. 탐정 B는 숨소리조차 아끼며 손바닥을 오목하게 말아 귓바퀴 쪽에 갖다 대고, 조용히 집중했다.

"분명히 다른 소리야."

탐정 B는 그 소리가 사라질까 봐 얼른 기록했다.

또옥똑똑 또옥또옥또옥

—** ———

D O

"Do!"

흥분한 탐정 B는 엄지와 검지 사이에 볼펜을 끼우고 빙글빙글 돌려 댔다. 흥신소 일을 할 때 한창 재미 들려서 하던 펜 돌리기였다. 탐정으로서의 직감이 미친 듯 요동쳤다. 탐정 B는 또 다른 신호를 기다리며 엄지와 검지, 중지 세 손가락을 사용해 볼펜을 뱅글뱅글 돌렸다. 볼펜이 두어 차례 떨어지자 그는 책상 서랍을 열어 유난히 기다랗게 생긴 볼펜을 꺼내 들었다. 이름하여 펜 돌리기 전용 볼펜이었다. 이걸로 펜 스피닝을 하면 훨씬 수월하다. 탐정 B의 볼펜은 이제 엄지를 제외한 나머지 네 손가락 사이를 왔다 갔다 하면서 곡예하듯 빙빙 돌았다. 볼펜이 새끼손가락과 약지 사이를 막 지날 때였다. 바로 그 순간 다시 물방울이 떨어졌다. 탐정 B는 몸서리를 치면서 펜 돌리기를 멈추고, 대신 그 볼펜으로 기록했다.

또옥똑또옥또옥 또옥또옥또옥 똑똑또옥

—*—— ——— **—

YOU

작정한 듯 수도꼭지는 연이어 신호를 방출했다.

똑똑똑똑 똑 똑또옥 똑또옥똑

**** * *— *—*

HEAR

또옥또옥 똑 똑똑또옥또옥똑똑

—— * **——**

ME?

Do you hear me?

내 말 들려요?

엄청난 전율이 탐정 B의 세포 구석구석으로 번져 나갔다. 저주파 자극과는 비교도 되지 않을 만큼의 저릿함! 탐정 B는 몸을 부르르 떨었다. 희열과 환희! 탐정 B는 마침내 괴성까지 내지르며 경중경중 뛰었다. 덤벙대다 발치께에 있던 물컵이 나동그라져서 방바닥이 질 펀해져도 개의치 않았다. 그게 대수인가? 탐정 B는 어깨까지 들썩이며 오른손 엄지와 중지를 이용해 핑거스냅을 하면서 미친 사람처럼 춤을 추기 시작했다. 흥분은 점점 더 거세져서 왼손 엄지와 중지, 오른손 엄지와 중지를 번갈아 마찰시켜 가며 경쾌한 리듬을 만들어 냈다. 딱 딱 딱 딱 따닥 따닥 딱 딱. 탐정 B는 어깨와 머리, 몸통을 손가락 장단에 맞춰 흔들면서 소리를 내질렀다.

"들리느냐고? 암 들리지, 들리고말고. 내게 말해. 전부 다 말하라고! 나는 명탐정으로서 전설로 남으리."

탐정 B가 경박하게 기분을 내고 있을 때 물 떨어지는 소리가 다시 귀를 파고들었다. 두 팔에 소름이 와르르 돋아났다. 소름은 환희에 찬 정신이 육체에게 보내는 신호였다. 탐정 B는 볼펜을 빙글빙글 돌리면서 개수대 가까이로 갔다. 그러고는 눈 하나 깜빡이지 않고 물 떨어지는 패턴을 잰 솜씨로 기록했다.

똑또옥또옥 똑또옥 또옥똑 또옥똑 똑또옥

*—— *— —* —* *—

WANNA

또옥또옥똑 또옥또옥또옥

——* ———

GO

똑똑똑똑 또옥또옥또옥 또옥또옥 똑

**** ——— —— *

HOME

Wanna go home.

집에 가고 싶어요.

여보세요. 도와주세요. 내 말 들려요? 집에 가고 싶어요.

당신 누구야? 왜 내게 신호를 보내는거야. 왜 나인가? 이것은 우연인가? 필연인가? 세상에 맙소사. 무슨 일이 일어나고 있는 거야, 대체.

더 이상의 신호는 들을 수 없었지만 또다시 메시지를 보낼 것임을 탐정 B는 믿어 의심치 않았다. 그 바람에 완전히 잠을 설쳤다. 구조 신호를 보낸 그 누군가가 걱정되어서는 아니었다. 물론 염려되지 않은 바 아니나 그보다는 하필이면 자신에게 그런 신호가 도착했다는 것에 대한 엄청난 흥분 때문이었다. 누구인지는 몰라도 곤경에 처한 그 사람은 탐정 B를 탐정으로 인정했음에 틀림없다. 태어나 처음 있는 일이었다. 누군가로부터 자신의 자질을 인정받았다는 사실, 그것이 기쁘고 감사했다. 탐정 B는 행복했다.

일이고 뭐고 모두 뒷전으로 미루고 싶었다. 한시도 집을 떠나 있기 싫었다. 탐정 B는 하루만 더 일을 쉬기로 작정했다. 그러고는 진종일 수도꼭지만 바라보면서 그 주위를 서성였다. 밥도 대충 국에 말아 개수대 앞에 서서 먹을 정도였으나 별다른 신호가 답지하지 않은 채 날이 저물고 말았다.

탐정 B는 이튿날은 일터로 나갔다. 일터에서도 아무나 붙잡고 이렇게 말하고 싶어 온몸이 근질근질했다.

"수돗물이 내게 신호를 보내고 있답니다. 모스 신호를요. 이런 일이 일어날 수 있는 겁니까? 정말 놀라운 일 아닙니까?"

그러나 자신을 향해 엄중한 경고를 보내는 것도 잊지 않았다. 조심해. 이 일자리마저 잃고 싶지 않으면 입 꾹 다물어.

동료들이야말로 일찌감치 탐정 B를 이상한 사람으로 간주해 버린 지 오래고, 등 뒤에서 자신을 조롱거리로 삼고 있기 때문이다. 언젠가 막간을 이용해 막걸리를 나눠 마시던 중 탐정 B가 그만 말실수를 했기 때문이다. 사람들이 몰라줘서 그렇지, 실은 자신이 유능한 사립 탐정이라고 밝힌 것이다. 그때 참았어야 했다고 탐정 B는 얼마나 후회했는지 모른다.

탐정 B는 입단속을 하지 않으면 안 되었다. 그러자니 엄청난 인내심이 필요했다. 하지만 함바집에 가서 점심밥을 먹을 즈음 그 인내가 한계에 도달하고 말았다. 임금님 귀는 당나귀 귀를 외쳤던 이발사의 심정이 된 탐정 B가 맞은편에서 밥을 먹고 있는 미장이 노인을 힐끗댔다. 국 한 수저 뜨고 바라보고 반찬을 집어 먹으면서 또 건너다봤다. 결국 미장이 노인이 수저를 뜨다 말고 물었다.

"할 말 있소?"

"아저씨, 제 말 좀 들어 보세요. '여보세요, 도와주세요, 내 말 들려요? 집에 가고 싶어요.' 이런 메시지가 저한테 오고 있어요."

"응?"

"수돗물이 저한테 그렇게 말한다고요."

미장이 노인이 눈을 둥그렇게 뜨고 탐정 B를 봤다.

"누군가가 아저씨에게 그런 신호를 보냈다면 그 사람은 어떤 경우에 처해 있는 걸까요?"

미장이 노인은 밥알을 입에 문 채 입술을 헤벌렸다. 순간 탐정 B는 또다시 자신이 실수했음을 인정해야 했다.

나나 역의 엔젤

그대가 어디에 있든 두려워하지 마라.

오직 한 가지만 버려라. 두려움.

_오쇼 라즈니시

바람이 불고 있었다. 느티나무 가지가 이리저리 흔들리고 무성한 이파리들도 함께 출렁였다. 통유리를 통해 창밖을 내다보던 페이는 반바지와 민소매 티를 벗어 던지고 청바지와 남방으로 갈아입었다. 그럴 만한 날도 아닌데, 갑자기, 정말이지 느닷없이 바람이 불어왔기 때문이고, 그 바람은 몽상가소년을 떠올리게 했다.

"언제 어디서든 바람이 불면 작가님도 절 생각해 주실래요?"

바로 어제 들은 듯 생생하게 들려오는 몽상가소년의 목소리. 소풍 바구니에 담긴 채 버려졌다는 아이. 슬프지만 아름다운 동화 같은 이야기의 주인공.

페이는 대바구니에 빵과 우유, 치즈, 과일 등을 담고 집을 나섰다.

그러니까 그녀가 길을 나선 건 순전히 바람 때문이었다. 사실 무모했다. 바람에 이끌려 무작정 나섰으니.

페이는 그 길에 도착해서야 괜한 감정에 치우쳤다고 반성했지만 기분만큼은 꽤 괜찮았다. 내가 이게 무슨 일이지? 엉뚱한 상상력의 소유자를 닮아 가고 있잖아?

몽상가소년은 이상스러운 면은 있으나 심성이 나빠 보이진 않았다. 엉뚱한 상상력을 사실처럼 늘어놓을 땐 당황스러웠지만 그것이 남을 해치는 일은 아니지 않은가. 상처 입은 어린 새처럼 애처로워 보여서 돌봐 주고 싶은 소년이었다.

몽상가소년은 길에도 숲에도 없었다. 어쩌다 한 번쯤은 우연한 만남이 가능했지만 두 번의 행운까진 안겨 주지 않았다.

페이가 우편함에 들어 있는 엽서 한 통을 발견한 것은 소년을 만나지 못하고 집에 막 당도했을 때였다. 집 안에 틀어박혀 나오지 않았다면 여러 날 후에야 발견했을 엽서였다. 페이는 마감 날짜 때문에 외출을 삼가던 터였고, P도 장기 외유 중이었다.

나나 역의 엔젤

엽서에 적힌 거라곤 달랑 그것뿐이었고, 영어였다. 메이의 나라 소인이 찍혀 있지만 그녀일 리 없었다. 메이는 엽서 같은 걸 보내는 성격이 아니었다. 용건이 있으면 전화를 하거나 이메일을 사용하는 친구였다. 무엇보다 대체 엽서가 뭘 뜻하고 있는 건지 알 수 없었다. 페이는 엽서를 보낸 사람이 동생일 수 있다고 유추해 봤다. 그 추측이 맞는다고 가정하면 동생은 페이의 근황을 파악하고 있다는 의미가 된다. 그렇지 않고서야 어찌 주소를 알고 있겠는가.

몇 날을 고민하던 페이는 마침내 결심하기에 이르렀다.

다시 한 번 가 보자.

항공권을 예매하고 로열파크뷰의 객실도 예약했다. 메이에겐 도착 날짜와 시간만 간단히 이메일로 통보했다.

페이가 여행 가방을 꾸리고 있을 때 휴대 전화가 울렸다. 몽상가 소년이었다. 페이는 자신도 모르게 창밖을 봤다.

"요즘 부쩍 바람이 많이 부네."

"뵙고 싶어요."

"내일 어딜 좀 가야 해서 경황이 없긴 한데."

"아!"

"혹시 용건 있어?"

"나가고 싶은데 마땅히 갈 데는 없고요, 책도 돌려 드리고 작가님도 뵙고, 또 다른 책도 빌릴 겸해서요."

용기를 내어 전화했을 것이다. 이런 아이의 경우, 한 번 거절당하면 다시 연락해 오지 않을 우려가 있다.

"음, 그럼 잠깐만 볼까?"

전화를 끝내고 서너 시간 지났을까. 얼굴이 발그레하게 상기된 몽상가소년이 도착했다. 페이는 몽상가소년을 곧장 식탁으로 이끌었다. 그가 도착하면 먹이려고 몇 가지 음식을 준비해 둔 터였다. 새콤달콤한 오징어무침과 시금치나물에다 달걀찜과 된장찌개 등에 밑반찬 몇 가지를 더 합해서 상을 차렸다.

"P 선생님은요?"

"그 사람은 뉴욕 갔어."

"사업차 가신 거예요?"

"그쪽에서 학교를 다녔고 직장 생활도 거기서 한 사람이라 근거지는 뉴욕이라 보는 게 맞아. 평균 잡아 1년 중 반은 여기 살고 반은 뉴욕에 살아."

식사 후 몽상가소년은 몇 권의 책을 새로 빌려 배낭에 집어넣었다.

"지난번 책 가운데는 어떤 게 제일 맘에 들었지?"

"『데미안』이오. 신비로움으로 가득한 책이었어요."

"그랬어?"

"지금 많이 바쁘신가요?"

"좀 더 있다 가도 괜찮아."

"작가님과 나누고 싶은 얘기가 있어서요."

"그래? 뭘까?"

두 사람은 거실 소파에 나란히 앉았다. 거실은 그때처럼 안온했다. 몽상가소년은 평화가 넘치는 그 장소에서 평온을 느낌과 동시에 슬픔도 함께 맛봐야 했다. 몽상가소년은 자신에게 질문했다. 모든 아름다운 것에는 슬픔이 함께 들어 있어. 왜 그런 것일까?

"내게 하고 싶은 얘기가 뭘까?"

"싱클레어는 신앙이 돈독한 훌륭한 부모 아래서 성장하잖아요. 그곳은 밝고, 분명 선이라고 불러 마땅한 세계죠. 그런데 싱클레어는 바깥세상에서 크로머라는 인물을 통해 악의 세계와 만나게 되잖아요. 그로 인해 고민하는 와중에 데미안을 만나고요. 세상은 선과 악, 두 개의 세계로 되어 있다는 걸 말하는 거죠?"

"그렇지."

"전 크로머와 유사한 인물을 알고 있어요. 그 사람도 크로머처럼 저를 괴롭혔어요. 죽이고 싶을 만큼 싫었어요."

"저런 힘들었겠구나."

"네, 그랬어요. 그런데 작가님. 데미안은 싱클레어의 인생에서 중요한 역할을 담당하는 인물이잖아요? 제가 궁금한 건 데미안이란 이름이에요. 데미안이란 단어는 데몬에서 온 것이겠죠? 그런데 데몬은 악령이잖아요? 싱클레어를 도와주는 그의 이름이 왜 하필이면 데미안일까요?"

페이가 흥미로운 표정으로 몽상가소년을 바라보더니 교사가 학생에게 하듯 차근차근 설명했다.

"데몬은 그리스어 다이몬daimon이 어원이라고 들었어. 고대 그리스에서 다이몬은 신에 가까운 존재 또는 신과 인간의 중간적 존재를 의미했는데, 그것이 나중에는 인간의 수호령으로서의 능력이나 신들린 상태의 인간을 나타내는 데 사용하게 되었다고 하지."

"영화 〈엑소시스트〉를 보면 악령을 퇴치하는 신부 이름도 데미안
이잖아요. 작가님 말씀 들으니까 이제야 왜 그런 이름을 가졌는지
이해돼요."

"기독교에서 데몬demon은 악령이나 악마 또는 이교의 신을 가리
키지."

"〈엑소시스트〉와는 달리 〈오멘〉에서는 데미안이 악마의 아들로
등장하잖아요. 그 이유도 이제야 알겠어요."

"〈오멘〉은 요한계시록을 바탕으로 적그리스도의 탄생을 예고하
고 있지. 묵시록적 상상력이 전편을 암울하게 만들잖아."

"그렇다면 헤세의 『데미안』에 등장하는 데미안은 작가님께서 처음
말씀하신 그 신과 인간의 중간적 존재라는 의미로 지은 걸까요?"

"글쎄다. 그건 헤세한테 물어봐야겠는걸?"

두 사람이 동시에 마주 보고 웃었다. 그래도 궁금증이 풀리지 않
는지 몽상가소년이 다시 물었다.

"데미안이란 이름은 참 여기저기 많이도 인용되고 있어요, 그렇
죠?"

"그런 셈이지?"

"〈엑소시스트〉나 〈오멘〉 같은 영화를 보면서도 주인공 이름에 들
어 있는 의미 같은 건 생각해 본 적이 없었거든요. 『데미안』을 읽기 전
에는요. 작가님이 책을 빌려 줘서 정말 많은 걸 생각하게 되었어요."

"다행이네."

"성경을 읽어 봐야겠어요."

"그것도 빌려 줄게. 잠깐만 기다려. 갖고 내려올게."

잠시 후 몽상가소년은 페이로부터 성경을 받았다.

"감사합니다. 저는 카인과 아벨 부분을 제일 먼저 읽어 볼 생각이에요."

"『데미안』이 꽤 인상 깊었던 모양이구나."

"신의 사랑을 더 받고 싶은 욕망이 카인과 아벨 형제의 비극을 낳은 거잖아요? 그런데 저는 이런 생각도 해 봤어요. 신은 아벨의 제물만 받아 줬잖아요? 그건 신이 잘못한 거 아닌가요? 그런 신이 카인을 비난할 수 있을까요?"

페이가 말없이 웃었다.

"혹시 크리스천이세요?"

"난 특정 종교는 갖고 있지 않아. 이따금 가는 절이 있긴 하지만."

"제가 자란 보육원은 기독교 단체의 후원으로 운영되는 곳이었어요. 그곳은 예배 시간도 있었고 식사 때마다 기도했어요. 하지만 저는 당시 너무 어려서 아무것도 몰랐어요. 지금도 그 방면에 제가 많이 무지해요. 이젠 알고 싶어요, 그 세계를요."

"그랬구나. 그럼 곁에 두고 열심히 읽어 봐. 성경은 그냥 가져."

"감사합니다."

"영화 얘기를 많이 하네? 오래된 영화도 꽤 본 모양이고?"

"아빠 덕이죠. 예전에 아빠랑 함께 DVD로 본 것들이에요."

"하나 물어봐도 될까?"

"네. 뭐든지요."

"집이 어디에 있지?"

몽상가소년의 낯빛이 순식간에 파리해졌다. 절대 말할 수 없다는 듯 고집스러운 표정으로 입술도 굳게 다물었다. 페이는 깜짝 놀랐다. 자신이 뭔가 대단한 실수를 저지른 것처럼 여겨져 민망했다. 페이가 당황스러운 표정으로 황망해하고 있는데, 몽상가소년이 부스스 일어났다.

"가려고?"

몽상가소년은 무엇인가에 사로잡힌 듯 아무 대답이 없었다. 다만 이렇게 말할 뿐이었다.

"책만 읽으면서 살고 싶어요. 세상에 속해 있기 싫어요."

"그럴 순 없어. 독서는 분명 우리 마음의 양식이긴 하지만, 사람은 일을 해야 하고 서로 어울려 살아야 하는 거야. 책이 좋다고 책에만 빠져 산다면 사회적으로 고립되고 말아. 그렇게 되면 정상적인 인간의 삶을 영위할 수 없지 않겠어? 현실과 이상은 달라도 너무 다르니까. 사람은 현실에 발을 딛고 있어야 해."

몽상에 빠져 사는 듯한 아이에게 언젠가는 꼭 하고 싶던 말이었다. 특히나 '사람이란 현실에 발을 딛고 있어야 해'라는 마지막 말은 페이가 몽상가소년에게 진정으로 해 주고 싶은 충고였다. 한편 몽상가소년의 책에 대한 허기가 대단하다 싶어 페이의 가슴이 싸해 왔다.

"왜 정식으로 결혼 안 하세요?"

"궁금해?"

"네."

"P는 결혼 경험이 있어. 1년도 채 못 살고 헤어졌지만 이혼이 법적
으로 성립되기까지는 오랜 세월이 걸렸다나 봐. 전 부인 쪽에서 이
혼을 안 해 줘서 그렇게 됐다고 들었어."

"P 선생님의 과거사가 두 분 결혼에 장애가 되나요?"

꼬치꼬치 캐묻는 몽상가소년이 페이는 우스꽝스러워 보였다.

"내 과거를 전부 털어놓을 순 없지만 나는 가족 관계가 좀 복잡하
단다. 새로이 연분을 맺는다는 게 짐스러워."

몽상가소년은 자연스레 스크랩북에서 본 기사를 떠올렸다. 광장
의 쓰레기통에서 발견된 아기. 페이의 아기일까? 그런 의미일까?

"P 선생님도 그런 면이 있겠어요. 이혼하셨으니."

페이가 고개를 끄덕였다.

"그럴수록 결혼해서 행복하게 잘 살면 되잖아요."

"지금 상태로도 충분해."

"행복하세요?"

"세상에 행복이란 게 있다고 생각하니?"

페이가 하얀 치아를 드러내며 웃자 몽상가소년이 심각한 표정으
로 물었다.

"그럴까요? 없을까요?"

페이는 이번엔 웃기만 했다.

잠시 말이 끊기자 몽상가소년이 마른 손가락으로 자신의 머리칼을 쓸어 올렸다.

"머리가 헝클어졌구나. 바람이 아직도 많이 불지?"

"가늘어서 잘 엉키는 머리칼이죠. 누군지 알 수는 없지만 제 부모님도 그렇겠죠?"

"그럴 수 있지."

"이혼하셨다면서, P 선생님은 아이가 없으신가요?"

"이런, 궁금한 게 오늘은 너무 많네."

"죄송합니다."

"아들이 있어. 전 부인하고 함께 살아."

"1년도 안 되어 이혼하셨다면, 그 아들은 아빠 없이 자랐겠네요?"

순간 몽상가소년의 얼굴이 아주 잠깐 흐려지긴 했지만 금세 맑은 얼굴로 되돌아왔다.

"아들이 대학생이 되기 전까진 서로 만나지 못했다나 봐. 요즘은 이따금 아들과 식사도 하고 그러는 모양이야."

"그럴 때 작가님 기분은 어떠세요?"

"상관없어. 아들과 아빠가 만나는 건 당연한 일이잖아. 전 부인과 아들은 지금도 미국에 살고 있어."

"작가님은 자녀를 갖고 싶은 생각이 없으세요?"

"없어."

페이의 대답은 지나치다 싶을 정도로 단호하고 간단했다.

"아기를 갖기엔 너무 늦기도 했고."

"서른여덟인데 뭐가 늦어요?"

"어른 같은 소릴 하네. P 나이가 쉰이야. 지금 낳아서 어쩌려고."

"작가님은 한 번도 결혼 안 하신 거네요, 그럼."

"법적으론 그렇다고 할 수 있지."

몽상가소년으로선 페이의 사생활을 좀 더 깊이 알고자 하는 의도로 시작한 대화였다. 혹시나 스크랩 기사에 등장한 아기 얘기가 나올까 기대했던 거였다. 그러나 아기를 버렸다고, 그것도 쓰레기통에 버렸다고 쉽게 고백할 사람이 어디 있을까. 몽상가소년은 페이에게 무슨 일이 일어났건 간에 다 이해할 수 있었고, 그녀처럼 좋은 사람이 그랬을 때엔 절박한 사정이 있었으리라 생각하고 있었다. 만약 이런 사실이 세상에 알려지고 페이가 욕을 먹는 상황이 벌어진다면 그때는 자신이 페이의 흑기사가 되어 주리라, 엉뚱한 결심도 서슴지 않았다.

공항, 여행을 앞둔 승객들의 얼굴은 대부분 밝고 즐거워 보였다. 일찌감치 출국 수속을 마친 페이는 연거푸 두 개비의 담배를 피우고 들어왔다.

나나 역의 엔젤이라니. 페이는 자신이 스파이 게임의 주인공이 된 것 같은 심정으로 보안 검색을 받았다. 휴대 전화와 숄더백을 넣은 플라스틱 바구니를 검색대 위에 놓았다. 그것들이 컨베이어 벨트를 타고 엑스레이 검사를 받는 동안 페이도 두 팔을 활짝 펴고 검색대를 통과했다. 출입국 사무소를 지나 안으로 들어가니 광활한 면세점이 눈앞에 펼쳐졌다.

여행자들은 카트를 밀면서 이 상점 저 상점 드나들고 있었다. 페이는 국산 담배 한 보루를 산 후 화장품 코너로 들어가 목욕 오일과 오데코롱을 구매했다. 메이가 좋아할 만한 선물이었다. 다른 곳도 기웃대다가 시계를 팔고 있는 멀티숍이 눈에 띄자 자신도 모르게 몽상가소년을 떠올리며 그 안으로 들어갔다. 소년에게 어울릴 만한 시계 하나를 골라 선물 포장을 부탁했다. 그 나이 또래에겐 과할 수도 있단 생각을 잠깐 했지만 시계를 받아 드는 손끝에 가벼운 즐거움이 실렸다. P의 것으로는 그가 좋아하는 브랜드의 선글라스를 샀다. 모두 부피가 크지 않아 숄더백에 쏙 들어갔다.

기내 좌석이 창가 쪽이 아니어서 짧은 순간 실망했지만 크게 개의할 만한 사항은 아니었다. 페이는 좌석에 앉자마자 눈을 감고 생각에 잠겼다.

나나 역의 엔젤. 엔젤은 동생의 또 다른 이름일까? 과연 추측대로 동생이 보낸 엽서가 맞는 것일까. 본인이 보내지 않았다 해도 누군가에게 페이의 정보를 주지 않는 한 불가능한 일이다. 그 나라에서 페이를 알고 있는 이가 동생과 메이 말고 또 누가 있단 말인가. 주소를 캐낼 정도라면 전화번호도 알고 있기 십상인데 왜 쉬운 방법을 쓰지 않고 굳이 엽서의 형식을 빌린 것일까.

내내 잠만 잤고, 그사이 목적지에 다다랐다. 사실 거리상 그리 먼 나라는 아니었다.

트랩을 내려서자마자 후텁지근한 기운을 느꼈다. 인근 섬에 가서 바캉스를 즐기면 딱 알맞을 날씨였다. 페이는 셔츠를 벗어 숄더백에 묶은 뒤 머리칼도 고무줄로 질끈 동여매고 선글라스를 착용했다. 2층 입국장을 통과해 공항 바깥으로 나오자마자 담배를 입에 물고 천천히 공항버스 정류장으로 향했다. 정류장 표지판에 의하면, 공항버스는 네 개의 노선으로 운행되고 있었다. 페이가 노선을 선택하느라 서성일 때 안내원처럼 보이는 구릿빛 피부의 남자가 다가오더니 표를 구입하라는 몸짓을 해 보였다. 페이는 그에 아랑곳하지 않고 캐리어 바깥 지퍼를 열어 이 나라 시내 지도를 꺼냈다. 저번에 왔을 때 손에 넣었던 지하철 노선도였다. 로열파크뷰를 가자면 아쏙이나 프롬퐁 역에서 내려야 하지만 공항에서 그곳까지 직접 가는 노선은 없는 듯했다. 대신 AE3 라인에 있는 쑤쿰윗이 눈에 띄었다. 페이는 지도와 공항버스 노선을 꼼꼼하게 비교해 보고 AE3 라인을 선택하기로 했다. 그때까지도 남자는 페이의 곁을 떠나지 않고 있었다. 페이는 그의 도움을 받는 게 낫지 싶어 남자가 이끄는 대로 표 파는 곳으로 따라갔다. 남자가 굵은 매직으로 쓰여 있는 요금표를 가리켰다. 매표구에 200바트를 집어넣으니 50바트를 거슬러 줬다. 아쏙이나 프롬퐁이 지상철인 데 반해 쑤쿰윗은 지하철이지만 아쏙과 지척이므로 쑤쿰윗에서 내려 택시를 타면 될 것 같았다. 페이가 티켓을 구입하자 남자는 캐리어를 솔선하여 끌고 가더니 공항버스 짐칸에 집어넣었다. 그러고는 손을 탁탁 털면서 자신의 일이 끝났음을 알렸다. 페이는 알아서 팁을 챙겨 줬다.

출발까진 여유가 있는 것 같아 담배 한 개비를 입에 물었다. 연기를 내뿜으며 하늘을 올려다보니 더없이 푸르고 아름다웠다.

운전기사로 짐작되는 남성이 버스에 오르는 걸 보고 페이도 탑승했다. 버스에 오르면서, 쑤쿰윗에 내려 달라고 부탁하자 운전기사가 고개를 끄덕이며 웃어 주었다. 이 나라 사람들은 대체적으로 잘 웃고 친절한 편이라 할 만했다. 여행객으로선 기분 좋은 일이었다.

대부분 그렇긴 하지만 이 나라 하이웨이도 재미는 없었다. 천편일률적인 풍경이었다. 푸른 숲이나 소 떼를 볼 수 있는 나라도 있지만 여긴 메마른 들판의 연속이었다. 한 40여 분 달렸을까 커다란 마켓의 등장을 신호로 마을 하나가 나타났다. 시내 가까이 왔다는 신호일 것이었다. 이 나라는 언제 봐도 역동적이어서 마음에 들었다. 성문화도 동양치고는 개방적인 나라였다. 이런저런 생각에 잠겨 있는 페이를 향해 운전기사가 내리라는 신호를 해 보였다.

버스에서 내린 페이는 휴대 전화를 꺼내 메이의 번호를 눌렀다. 메이가 호들갑스러운 목소리로 반겼다.

"쑤쿰윗이면 여기서 멀진 않지만 네가 길을 모르니, 음, 쌈러를 타고 오면 어떨까?"

"그럴까? 사방 천지에 쌈러가 돌아다니네. 시끄러워 고막 터지겠
는걸."

"호텔까지 한 20바트면 올 수 있을 거야. 가까운 거리니까 미터 택
시보다는 그게 더 저렴해. 영락없이 여행자로 보일 테니 값을 더 부
를지도 몰라. 무조건 깎아야 해."

"벌써 내 옆에 와서 기다리고 있네요."

"그럼 전화 끊지 말고 타. 비싸게 부르면 날 바꿔."

"좀 더 주면 되지 뭐. 그렇게까지 야박할 거 뭐 있나."

"그럼 더 좋고. 내 나라 사람들이니까,"

쌈러라는 이름의 꼬마 자동차는 덩치가 작아서 요리조리 자동차
사이를 잘도 뚫고 질주했다. 러시아워에 이용하면 안성맞춤이지 싶
었다. 바퀴가 세 개라 그런지 소란스러운 데다 안정감도 없어 보여,
트럭 같은 게 건드리기라도 하면 그대로 나동그라질 정도로 위태로
웠다. 게다가 쌈러가 뿜어내는 검은 매연은 가히 살인적이었다.

쌈러를 탄 지 채 10분도 걸리지 않아 페이는 로열파크뷰에 도착했
고, 유니폼 차림의 메이는 프런트 데스크에서 손님과 상담 중이었
다. 잠시 후 손님이 떠나자 페이가 작은 소리로 속삭였다.

"근무 끝나면 내 방으로 올라올 수 있어? 의논할 일이 있어."

"알았어. 쉬고 있어. 9층에 가서 마사지 받으며 한숨 자든가."

호텔 방에서 메이와 마주 앉은 페이는 자신이 이곳에 다시 온 이유를 간단히 설명하면서 엽서를 내밀었다.

“그래서 엔젤을 한번 만나 볼까 하고.”

“엔젤은 사람 이름이 아니야.”

“그럼 뭐지?”

“건물 이름이자 상호야. 꽤 유명한 곳이지.”

“그래? 의외네. 아무튼 여기 살고 있는 사람 중에 나와 관련된 사람은 너와 동생밖에 없어. 네가 보낸 게 아니니까 동생이 보냈다고 봐야겠지?”

“나나는 쑤쿰윗 초입에 있는 역이야. 환락가로 명성이 자자해. 네가 공항버스에서 내린 곳이 쑤쿰윗이잖아. 대낮이라 몰랐겠지만 밤이 되면 굉장해. 엔젤은 나나에서도 유명한 장소고.”

“뭘로 유명한데?”

“뭘로 유명하겠어?”

페이의 얼굴색이 하얗게 변했다.

“설마!”

“그 지역은 홍등가야. 나체 쇼나 봉 쇼 같은 것도 흔히 볼 수 있는 곳이지. 돈 때문에 그곳에서 매춘하는 주부들도 있다고 들었어.”

“그거야 뭐 세계 어느 나라든…….”

“잘 알겠지만 우리 나라는 밤 문화가 발달돼 있는 편이지. 외화벌이에 한몫하기 때문에 단속도 느슨하고.”

"엔젤에 있다고 반드시 내 동생이 윤락녀가 됐다고 단정하긴 좀."

"지금 문득 든 생각인데, 혹시 억류돼 있는 거 아닐까. 아무 설명 없이 엽서 한 장 달랑 보냈다는 건, 구조 요청 메시지 같지 않아?"

그건 전혀 예상치 못한 상황이었다. 순간 페이는 누군가가 자신의 가슴을 후벼파는 것 같은 고통을 느꼈다. 그녀는 벌떡 일어서면서 신음을 내뱉었다.

"아!"

두 사람은 어두워진 거리를 느릿느릿 나란히 걸었다. 서늘한 게 걷기 딱 좋은 밤이었다. 그러나 밤의 풍경이란 늘 수상하기 짝이 없다. 더럽고 지저분한 얼굴 대신 아름다운 모습만 보여 주기 때문이다. 네온사인이라는 조명의 마술 덕이다. 화장 두껍게 한 늙은 창녀의 얼굴 안에 감춰진 주름살도 숨길 수 있는 게 밤 문화의 또 다른 매직이다. 그러나 이 순간에도 웃음을 팔고 있을 동생을 생각하니 페이는 기가 막혔다. 좁은 보도블록 한쪽을 차지하고 있는 거리 음식점 밀집 지역에 다다르자 페이는 문득 시장기를 느꼈다.

"그러고 보니 여태 아무것도 먹지 못했네."

"우리 뭐 좀 먹을까?"

"여긴 거리 장사 단속이 없나 봐."

"뭐, 피차 공생하는 거지. 저기 앉을까?"

메이가 늘어서 있는 포장마차 가운데 하나를 가리켰다. 기껏해야 일고여덟 좌석밖에 되지 않을 기다란 나무 의자에 두 사람이 끼여 앉자 만석이 되었다.

"해물 좋아하면 팟타이, 고기류 좋아하면 꾸웨이띠여우 먹으면 돼."

"옛날 생각난다. 나는 꾸웨이띠여우 먹어 볼까?"

"나는 팟타이."

메이가 음식을 주문하자 포장마차 여인이 메이에게 뭐라고 말을 건넸다.

"가는 면, 중간 면, 굵은 면 세 가지 중에 뭘 먹을 거냐고 묻는데?"

"가는 면으로 부탁해줘."

음식은 주문하자마자 금세 나왔다. 두 그릇이 동시에 놓였다.

팟타이 국물을 한 수저 떠먹고는 메이가 의미심장한 표정으로 페이를 봤다.

"어렸을 때 생각난다. 너희들이 쌍둥이라 사람들은 잘 구분하지 못했지만 난 그렇지 않았어. 왠지 알아? 어렸던 내가 어떻게 그런 감각이 있었는지 모르지만, 네 동생은 뭐랄까, 눈빛이 거슬렸다고나 할까. 내 기억에, 넌 언제나 양보하는 쪽이었고 네 동생은 네 걸 탐냈어. 지우개나 연필 같은 것도 네 것이 더 예쁘다면서 바꿨지."

"그랬나? 난 기억에 없는걸."

"난 그런 너희 둘을 유심히 보곤 했지."

"넌 그때부터 성숙했구나?"

두 사람은 잠시 대화를 끊고 먹는 데 열중했다. 짧은 시간에 식사를 마칠 수 있는 메뉴 위주로 팔기 때문에 좌석 회전율이 높을 것이다. 그렇지 않다면 자릿세니 뭐니 감안할 때 이 가격으론 어림도 없었다. 면발을 다 건져 먹은 메이가 스푼으로 국물을 뜨면서 물었다.

"엔젤에 직접 가 보려고?"

"그래야겠지? 그러면 안 되나?"

"남성 전용 업소거든. 내가 알아볼게."

맛나게 끼니를 해결한 두 사람은 인근에 있는 저먼 브로이하우스로 들어갔다. 실내의 커다란 스크린에서는 맥주 양조 과정을 보여 주는 다큐멘터리를 상영하고 있었다.

메이는 통가지 요리와 함께 맥주를 주문했다. 재미난 것은 맥주가 얼음과 함께 테이블에 놓였다는 점이다.

"우리 나라 맥주 클러스트야. 알코올 도수가 5.5도라 일반 맥주보다는 좀 높은 편이야. 우린 이렇게 위스키처럼 온더록스로 마시지."

메이가 잔에 얼음 몇 개를 넣은 다음 맥주를 따랐다.

"희석하는 효과구나."

통가지 요리는 커다란 접시에 그득 담겨 나왔다. 먹음직스러웠다.

"이 집의 주특기 요리야. 각종 채소를 가지 안에 넣고 통째로 익힌 거지."

"프랑스에서 이 비슷한 걸 먹어 본 기억이 난다."

"오늘은 다 잊고 맛있는 거 먹는 걸로 풀자. 네 동생 문제는 내가 방법을 한번 강구해 볼게."

"고맙다. 네 도움이 절실해. 막상 오긴 했지만 나 혼자 뭘 할 수 있 겠니."

두 사람은 밤이 깊도록 맥주를 마셨다.

햄 샌드위치와 삶은 달걀, 커피를 앞에 놓고 아침 식사 중인 페이 의 맞은편 의자에 메이가 다가와 말없이 앉았다.

"먹을 만해?"

"응, 괜찮아."

"알아보니 엔젤은 여성 출입 금지 업소 맞아. 다행히 우리 직원 하 나가 줄을 댈 수 있대. 투숙객 중엔 윤락 여성 알선을 호텔 측에 부 탁하는 일도 종종 있거든. 때문에 어쩔 수 없이 그들과 우린 긴밀한 관계를 맺고 있지. 우리 직원하고 함께 가 볼래?"

"그 방법밖에 없다면 그래야지."

"나도 시간 내 볼게."

호텔 직원 티앙은 10대 후반이나 20대 초반으로 보이는 말끔한 외 모의 청년이었다. 페이는 어쩔 수 없이 다시 몽상가소년을 떠올렸다.

호텔 앞에는 윗부분이 노랗고 아랫부분은 녹색인, 우스꽝스러운 조합으로 도색된 자동차가 서 있었다. 메이와 페이, 티앙이 회전문 을 밀고 나가자 자동차에 기대서서 통화 중이던 운전기사가 황급히 전화기를 닫더니 허리를 깍듯이 굽혔다.

"콜택시야. 내가 불렀어."

티앙은 앞좌석에, 두 사람은 뒷자리에 앉았다. 입을 여는 사람은 아무도 없었다. 페이의 심정은 전쟁터에 나가는 전사와도 같았다. 택시가 휘황찬란한 불빛이 번쩍이는 거리에 들어섰을 때 페이는 이곳이 나나 역 부근이란 걸 직감적으로 알아차렸다.

"여기구나."

"세상에서 가장 유명한 환락가 중 하나야."

잠시 후 택시가 한 건물 앞에 멈췄다. 상호 외엔 아무 말 하지 않았는데도 운전기사가 알아서 데려다줄 정도로 엔젤은 유명한 모양이었다. 예상보다 훨씬 허름한 4층 건물이 페이의 눈앞에 있었다. 상호를 새긴 작은 놋쇠 문패가 출입문 상단에 붙어 있을 뿐 특이한 구석은 눈을 씻고 봐도 찾을 수 없었다. 다만 흐릿한 불빛 아래 날렵한 외모의 중년 사내 하나가 무전기를 들고 서 있는 게 평범한 곳이 아니란 걸 보여 줄 뿐이었다. 안보 책임자임에 틀림없을 그 사내와 익숙한 사이인 듯 티앙이 다가갔다. 페이가 엔젤의 외관을 유심히 살피고 서 있는데 티앙이 메이에게 다가와 무슨 말인가 속삭였다.

"얼마 전까지만 해도 외국인 종업원이 하나 있었는데, 그 여성이 한국인인지 아닌지는 저 사람도 알 수 없대."

"어디로 갔는지 알아보라고 해 봐."

사내가 이쪽을 힐끗대면서 경계 태세를 갖추자 메이가 페이의 팔을 잡아끌었다.

"우린 여길 뜨는 게 좋겠다."

두 사람이 그곳을 떠나 한동안 걷다가 접어든 거리엔 아랍어 간판이 즐비했다. 케밥을 팔고 있는 노점에는 아랍인으로 보이는 남녀 몇이 뒷모습을 보인 채 서 있고 쿠웨이트 항공이나 아랍에미리트 항공사 간판도 눈에 띄었다. 좀 더 걸으니 소소한 물건들을 늘어놓고 파는 잡화상들이 늘어서 있는데, 뽀얀 먼지로 뒤덮여 있었다. 노점에 섞여 간이 의자에 앉아 환전을 권하는 여인들도 드문드문 눈에 들어왔다. 여기저기 기웃대고 있을 때 메이의 휴대 전화가 울렸다. 티앙이었다.

"그 여성이 옮겨 간 업소가 쑤쿰윗 역 부근의 라차다 지역이라고 하네."

"라차다?"

"라차다는 사창가로 유명해."

페이는 저도 모르게 긴 한숨을 내쉬었다.

"그 여성이 네 동생이라는 확증은 아직 없잖아. 벌써부터 그럴 거 없어."

"가슴이 두근거려."

"쑤쿰윗 역에서 티앙과 만나기로 했으니까 얼른 가자."

밤의 라차다 거리는 페이로선 생전 처음 보는 낯선 풍경이었다. 유리로 만들어진 쇼케이스 안에 짙은 화장을 한 여자들이 들어 있었다. 화장 덕인지 모두 예뻤다. 그녀들은 앉거나 서 있었는데, 도무지 살아 숨 쉬는 사람 같아 보이지 않았다. 인형 같았다. 이 거리는 매춘 산업으로 융성하고 있는 듯했다. 거리에도 노골적인 추파로 남성을 유혹하는 여자들이 넘쳐 났다. 같은 여자로서 차마 보기 민망했다. 젊디젊은 청년 티앙은 절절매면서 어디다 눈을 둘지 몰라 하며 전전긍긍했다.

"나나와 비교하면 같은 매춘가라도 이쪽이 좀 더 수준이 위라고나 할까. 뭐 그래 봤자 고만고만하지만 어쨌든 그렇다고 들었어. 술값도 나나보다 비싸서 적어도 4000바트는 있어야 이 거리 여자와 즐길 수 있다고 해. 섹스 관광을 목적으로 오는 외국인들이 즐겨 찾는 매춘 거리야."

"4000바트라면 한국 돈으로 13만 원 정도 되겠네. 물가대비 비싼 편이구나."

그때 티앙이 나타나 그녀들을 5층짜리 건물 앞으로 데리고 갔다.

"엔젤에 있던 그 여성이 일하는 걸로 짐작되는 건물이란다."

평범한 오피스텔처럼 보이는 말쑥한 빌딩이었다.

"이 건물 안에서 봤다는 사람이 있다는 정도지, 그녀가 어디에서 일하는지는 모른대."

건물 전체를 죄다 뒤져야 할 판이었다.

티앙이 앞장서서 건물 안으로 성큼 발을 들여놓았다. 엔젤과는 달리 입구를 지키는 경비원 같은 이는 없었다. 출입구 정면으로 묵직해

뵈는 방음문이 눈에 띄자 티앙이 호기롭게 열어젖혔다. 이들 셋은 들어가지는 않고 고개만 디밀어 내부를 구경했다. 입구부터 자리가 꽉 차 있고 다양한 인종들이 옹기종기 모여 있었다. 컴컴한 실내는 담배 연기 때문인지 희뿌옇고, 로맨틱한 재즈 선율이 흐르고 있었지만 누구도 음악엔 관심 없어 보였다. 하등 특별한 것 없는 재즈 클럽이었다. 곧바로 문을 닫고 복도를 걷자니 마사지 숍이나 환전 가게, 슈퍼마켓, 미용실, 옷 가게, 커피숍 등이 차례로 나타났다.

"뭐야? 여느 건물과 다를 게 없잖아?"

메이가 실망 어린 투로 말했다.

좀 더 걷자 복도 끝에 엘리베이터가 있었다. 아무리 둘러봐도 안내원 하나 없고 인포메이션 사인도 보이지 않았다. 엘리베이터 앞에서 서성대고 있을 때 불붙이지 않은 시가를 입에 문 서양 남자 하나가 엘리베이터에 올랐다. 엉겁결에 세 사람도 얼른 함께 탔다. 남자는 4층 버튼을 길게 누른 다음 입에 물려 있던 시가를 엄지와 검지 사이로 옮겼다. 페이 일행은 그의 다음 행동을 주시했으나 그가 시가에 불을 붙인다거나 하는 일은 일어나지 않았다. 그는 꼿꼿이 선 자세로 엘리베이터 버튼만 뚫어져라 봤다. 엘리베이터가 움직이기 시작하자 그제야 비로소 메이가 팔을 뻗어 버튼 하나를 눌렀다. 5층에 불이 들어왔다. 4층까지 지속된 어색한 침묵은 서양인이 내리고 나서야 비로소 해소되었다. 엘리베이터는 이들을 싣고 곧바로 올라갔다.

"5층은 왜?"

"그럼 어떡해. 따라서 4층에서 우르르 내릴까?"

"5층에 볼일 있는 줄 알았잖아."

"뭐 별일이야 있으려고. 여기 건장한 청년도 함께 있는데 뭘."

5층에 이르자 엘리베이터가 문을 활짝 열어젖혔다. 내릴 것인가 말 것인가 세 사람 모두 결정짓지 못하고 있는 사이 문이 스스로 닫혔다. 메이가 얼른 열림 버튼을 눌렀다. 세 사람은 5층에 내렸고 엘리베이터는 다시 아래로 내려갔다. 이들은 자신들이 발 딛고 있는 층을 눈으로 훑었다. 복도 양편으로 줄지어 서 있는 업소들은 문패와 같은 작은 간판을 달고 있었다. 그 가운데 메이가 즉흥적으로 고른 것은 브라운 슈거라는 영어 간판을 달고 있는 업소였다.

"갈색 설탕! 이름이 좋잖아? 들어가 보자."

겉보기와는 달리 막상 들어가니 라운지풍의 널찍한 실내가 눈앞에 펼쳐졌다. 무대에서는 삼인조 밴드의 연주가 한창이었다. 흐느적거리는 라운지 음악이 실내를 몽환적으로 만들고 있었고 접대 여성임에 분명한 란제리 룩 차림의 젊은 여성들이 옹기종기 앉아 있었다. 머리에 공작 깃털을 꽂고 있는가 하면 팔뚝까지 오는 하얀 그물 장갑을 착용하고 있기도 했지만 가릴 데만 간신히 가린 형국이었다. 손님으로 짐작되는 사람은 보이지 않는 걸로 봐서 영업이 본격적으로 재개될 시간이 아닌 듯했다. 그냥 나가기도 민망해서 세 사람은 한 자리 차지하고 앉았다. 그때 트랜스젠더로 보이는 가수 하나가 무대에 올랐다. 놀라울 정도로 아름다운 그녀의 입술에서 마돈나의 '라이크 어 버진'이 흘러나왔다.

"선곡이 아이러니하군."

메이가 좌중을 둘러보며 이렇게 말하고 있을때 가수 못지않게 예쁘장한 생긴 남자가 다가왔다. 보타이에 검정 슈트 차림의 젊은 사내였다.

"어떻게 오셨나요?"

말투에 의식적인 교양이 배어 있었다.

"올드파 12년산 있죠? 작은 걸로……."

메이의 말이 채 끝나지도 않았는데, 보타이가 미소를 지으며 속삭였다.

"여긴 멤버십으로 운영합니다. 죄송하지만 혹시 회원이신가요?"

"아닌데요."

"그렇다면 곤란합니다."

보타이가 출입문 쪽을 가리키며 덧붙였다.

"죄송합니다만……."

세 사람은 '라이크 어 버진'도 다 듣지 못하고 나와야 했고 나오자마자 약속이나 한 듯 폭소를 터뜨렸다.

"잘났다. 멤버십으로 운영한다고? 여자를 돈으로 사시는 남자 손님만 받는다, 이 뜻이겠지."

슬퍼하지 말 것

슬퍼하지 마라. 곧 밤이 오고
밤이 오면 우리는 창백한 들판 위에
차가운 달이 남몰래 웃는 것을 바라보며
서로의 손을 잡고 쉬게 되겠지.
_헤르만 헤세

몽상가소년은 마지막 책의 책장을 덮었다. 이로써 빌려 온 책들을
모두 읽어 버렸다. 다시 가서 빌려야겠다고 생각했다. 남이 쓴 책을
읽노라니 자신도 글을 써 보고 싶은 욕망이 솟구쳤다. 생각만으로도
가슴이 뛰었다.

작가가 된다고? 내가? 몽상가소년은 자기 책을 읽는 독자들을 머
릿속으로 그려 보며, 노트를 앞에 놓고 한참 앉아 있었다. 그는 생
각해 봤다. 나도 작가가 될 수 있을까? 열 개의 손가락을 펴고 내려
다봤다. 이 손, 이 손으로 글을 쓸 수 있을까. 야만의, 더럽혀진 손
이었다. 잘라 냄으로써 깨끗해진다면 없애 버리고 싶은, 죄지은 손
이었다. 가슴을 내리누르는 압박감이 몽상가소년을 괴롭혔다.

새삼 양부에 대한 적개심이 활활 타올랐다. 모든 게 틀어졌다. 미래는 꿈도 꿀 수 없게 돼 버렸다. 작가라니, 얼마나 어이없는 상상인가. 작가는커녕 아무것도 될 수 없는 몸이 되고 말았다. 영원히 자신을 따라다닐 단어, 살인자. 양부에 대한 적개심이 부글부글 괴어올랐다. 증오심이 불타올랐다. 깜냥도 되지 않는 사람이 어찌하여 아이를 입양할 생각을 했단 말인가. 한 인간의 인생을 이렇게도 무참히 망가뜨리다니!

몽상가소년은 자신의 생 자체를 부정하고 싶었다. 양부를 비롯하여 갓 낳은 아기를 보육원에 버린 친부모, 하필이면 형편없는 가정으로 입양 보낸 보육원 원장, 이들 모두에 대한 적개심이 불같이 타올랐다. 끔찍한 분노가 당장이라도 몽상가소년을 태워 버릴 기세로 덤벼들었다. 몸이 부들부들 떨렸다. 몽상가소년은 두 팔을 엑스 자로 만들어 제 몸뚱이를 감싸 안았다. 두려웠다. 자신이 두려웠다. 또다시 기억할 수 없는 나쁜 짓을 저지를지 몰라서 두 팔을 꽁꽁 묶었다. 이마와 콧등에 땀방울이 맺히고 등줄기로 식은땀이 흘러내렸다. 아뜩해지려는 정신을 온 힘을 다해 붙들었다.

엄청난 자제력으로 마침내 분노에서 풀려난 몽상가소년이 아빠의 방으로 들어간 것은, 아빠에게 위안받고 싶은 간절한 마음에서였다.

몽상가소년은 아빠의 서류 가방을 들고 침대 위로 올라갔다. 배를 깔고 누워 오랜만에 아빠가 찍은 새 사진을 하나하나 들춰 봤다.

"부리 모양이 저마다 다른 이유는 먹잇감 때문이지. 독수리처럼 육식을 하는 경우엔 고기를 찢어 먹기 쉽게 날카로운 데다 아래로 휘어져 있단다. 그리고 오리처럼 물속에 부리를 집어넣어 물풀이나 곤충을 먹는 것들은 넓적하지."

"오리의 부리가 주걱처럼 생겼어요."

"주걱이라? 허허, 잘 봤구나. 참새나 되새의 부리가 짧고 튼튼한 이유는 곡물이나 풀씨를 먹기 위해서지."

"그럼 아빠가 이번에 찍은 왜가리의 부리는 왜 그렇게 길어요?"

"얼굴을 물에 적시지 않고 물고기를 잡아먹기 위한 거지."

"신기해요, 아빠."

"그렇지? 세상의 모든 생물들은 다 환경에 적응하도록 만들어졌단다. 인간도 마찬가지야. 손을 안 쓰고 모든 걸 로봇에만 의존하는 미래가 도래한다면 손이 퇴화하거나 그에 맞게 변형될 수도 있지."

"그럼 외계인이 그렇게 생긴 이유는 뭘까요?"

"흠, 외계인이 어떻게 생겼는데?"

"왜 영화 같은 걸 보면⋯⋯."

"사람들이 만들어 낸 상상력의 산물이긴 하지만, 만일 외계인이 정말 그렇게 생겼다면, 그건 그곳 환경에는 그 모습이 적당하기 때문이겠지."

아빠, 그렇다면 제 손은 나쁜 짓에 적당하도록 만들어진 것일까요? 저는 제 팔이, 제 손이 너무 두려워요.

몽상가소년은 어느덧 스르르 잠이 들었다. 꿈인지 생시인지 흐릿한 의식 가운데서도 몽상가소년은 아빠와의 대화를 이어 갔다.

"파랑새는 정말 색깔이 파래요?"

"도감에서 봤을 때 예쁜 청록색을 띠고 있더구나. 그래서 청새라고도 한다는데, 직접 보진 못했다. 파랑새는 이야기 속에 많이 등장하는데, 행복을 뜻하기도 하지. 파랑새를 찾아 떠난 남매가 끝내 찾지 못하고 돌아와 보니 집에서 기르던 새가 바로 파랑새란 사실을 알게 된다는 희곡도 있지 않니. 행복은 멀리 있는 것이 아니라 가까이 있다는 얘기란다. 얘야, 나는 네가 행복했으면 좋겠구나."

생생한 아빠의 말에 몽상가소년은 눈물을 흘렸다. 그는 젖은 얼굴로 아빠 품에 안겨 눈을 감았다. 아빠의 넓은 가슴이 더없이 편했다. 몽상가소년은 푸근한 잠 속으로 자신을 밀어 넣으며 애원했다. 아빠, 저도 데려가 주세요. 그곳은 평화로운 곳이죠? 여긴 너무 쓸쓸하고 슬퍼요.

"슬퍼하지 마라. 네가 사는 데가 가장 좋은 곳이란다."

아빠는 귀부인과 똑같은 말을 했다.

"정말요? 여기가 거기보다 더 좋은 곳일까요? 저는 모르겠어요."

마리의 방

페이와 메이, 티앙의 노력은 헛수고로 끝나고 말았다. 사실 처음부터 무모한 일이었다. 분명 가명을 사용할 테니 이름으로도 찾을수 없었다. 불법 체류일 가능성이 있기 때문에 섣불리 경찰에 의뢰할 수도 없었다. 사립 탐정을 고용할까 궁리해 보기도 했다. 그러다가 페이는 자신들이 일란성 쌍둥이라는 사실을 새삼스럽게 떠올렸다. 그 엄연한 사실을 놓치다니!

"내 사진을 찍어서 전단지를 만드는 거야. 어때?"

메이가 고개를 저었다.

"도움 안 될 거야. 성형했거든. 못 알아볼 정도로."

페이는 기운이 빠졌다. 의욕이 점차 사라지고 있었다. 게다가 언제까지 객지에 머물 수도 없는 노릇이었다. 하릴없이 앉아 있으니 관광이라도 하자는 생각에 페이는 짜오프라야 강 디너 크루즈에 몸을 실었다. 메이는 일 때문에 함께 갈 수 없었지만 적당한 크루즈를 족집게처럼 집어 줬다.

"대부분의 크루즈가 짜오프라야 강 남쪽 리워씨띠 선착장에서 출발하니까 거기로 가 봐."

메이는 자신의 단골 콜택시를 불러 목적지까지 데려다줄 것을 부탁했다.

메이가 추천해 준 로이나바 디너 크루즈는 페이가 선착장에 도착하고 10여 분도 안 돼 출발했다. 운이 좋았다. 티크목으로 만들어진 목조 선박은 이 나라의 전통이 강하게 느껴져서 그 점도 흡족했다. 훑어보니 어림잡아 70석 규모로, 크루즈치곤 작았지만 대신 운치가 있었다. 메이는 센스 있는 친구였다. 규모가 큰 크루즈엔 단체 관광객이 북적댈 게 분명하니 페이로 하여금 차분한 분위기에서 강 풍경을 즐기도록 해 준 것이다.

저녁 식사로는 세트 메뉴가 제공됐다. 이 나라 전통 요리와 해산물 요리, 채식 요리 중에서 고르게 되어 있기에 페이는 전통 요리를 주문했다. 다행히 식성에 맞았다. 선상에서 식사하는 내내 전통 악기 연주를 들을 수 있다는 점도 좋았다. 유람선을 타고 시원한 강바람을 맞으니 문득 이 나라에 정착해도 나쁘지 않을 거란 생각이 들었다.

두 시간여의 유람을 끝내고 호텔에 돌아오자 티앙과 메이가 머리를 맞댄 채 얘기를 나누고 있었다.

"재미있었어?"

"덕분에 아주 상쾌한 시간을 보냈어. 고마워 메이."

"동생을 찾은 거 같다는데?"

"정말이야?"

"엔젤에 있다고 하네."

"라차다로 옮겼다고 하지 않았어?"

"돈 찔러 넣으니까 그제야 제대로 알려 준 거지. 경비원 왈, 자기가 잠시 착각한 것 같다고 변명했다는데, 빤한 거짓말이야."

"지금 당장 가 봐야겠다."

"괜찮겠어? 조심해야 해."

"내 나이 낼모레 마흔이다. 누가 날……."

"넌 아직도 아름다워, 페이."

"고마워."

"티앙과 함께 가. 이 아이가 손을 써 줄 거야. 돈이면 안 되는 일이 없거든."

401, 402, 403, 404…….

숫자가 각인된 타원형 금속판이 붙어 있을 뿐 그 어느 출입문에도 상호는 적혀 있지 않았다. 문들은 모두 무겁게 닫힌 채 침묵하고 있었고, 길고 긴 복도는 고요 그 자체였다. 걸을 때마다 또각또각, 어둠침침한 복도에 페이의 힐 소리만 울렸다. 두려웠다. 오금이 저렸다. 이 안에서 무슨 일이 벌어지고 있는 걸까. 온갖 나쁜 상상에 사로잡혀 걷던 페이는 동생이 있다는 408호에 다다르자 걸음을 멈췄다. 날숨과 들숨을 반복했다. 출입문 손잡이를 거머쥐는 페이의 손끝이 파르르 떨렸다.

한 차례 심호흡을 길게 한 다음 안으로 들어갔다. 페이를 처음 맞이한 것은 벽처럼 막아선 커다란 유리였다. 유리는 출입문과 마주보는 장소에 위치해 있었다. 창인지 거울인지 단순한 유리벽인지 알 수 없는 그것은 방의 분위기를 묘하게 만들고 있었다. 음식점의 카운터처럼 생긴 좁고 기다란 나무 테이블이 유리벽 아랫부분에 바싹 붙어 있었고 유럽식 앤티크 의자 하나가 덩그러니 놓여 있었다. 페이가 의자에 앉자 유리벽은 페이의 앉은 모습을 그대로 비췄다. 테이블 위에 마이크로폰도 놓여 있었는데 그것이 어디에 쓰이는지 페이로선 알 수 없었다. 그 외에는 아무것도 없는, 조도가 극히 낮은 매우 작은 방이었다. 여기서 고객들은 뭘 하는 걸까. 윤락 여성이 이리로 들어오는 것일까? 그렇다면 이곳으로 동생이 들어올까? 아무리 살펴도 윤락 행위에 필요한 것들이라곤 하나도 없는 이상한 방이었다. 매음을 하려면 최소한 간이침대라도 있어야 하는 것 아닌가. 순간 유리벽이 갑자기 밝아지는 바람에 페이는 더 이상 생각을 이어갈 수 없었다.

환한 빛에 눈을 가느스름하게 뜨고 앞을 보니 언제부터 그러고 있었는지 유리벽 저쪽에 한 여성이 서 있었다. 이제 유리벽에 페이의 모습은 사라지고 그 여성만 오롯이 보였다. 유리벽 저 편을 밝히고 있는 밝은 조명 때문이었다. 그러나 잠시 후엔 페이 자신도 그녀의 모습과 겹쳐서 비치고 있다는 걸 알게 되었다. 눈조리개가 그새 적응한 모양이었다. 정말 이상한 유리벽이었다.

여성은 과도한 성형과 진한 화장으로 진짜 모습을 숨기고 있었다. 하지만 아무리 뜯어봐도 동생은 아닌 듯했다. 두 눈에 붙은 두꺼운 인조 속눈썹은 보고 있는 것만으로도 무거웠다. 화장 때문인지 조명 때문인지 나이를 가늠할 수 없는 얼굴이었다. 페이의 손바닥에 진득한 땀이 배어났다. 가방에서 손수건을 꺼내 손바닥을 힘줘 닦았다. 두 손이 바들바들 떨고 있었다.

여성은 가슴골이 훤히 드러나 보이는 타이트한 붉은 원피스에 금발을 길게 늘어뜨린 채 유리벽 저편에 마련된 동그란 의자 뒤에 서서 이쪽을 보고 있었다. 그쪽에도 똑같은 마이크로폰이 놓여 있는 게 눈에 띄었다. 서로의 모습만 볼 수 있을 뿐 육체적인 행위는 전혀 할 수 없게 만들어진 장소, 여긴 대체 뭐하는 곳일까.

얼마간 침묵이 흘렀다. 여전히 정면에 시선을 고정한 여성이 손빗을 만들어 머리를 가다듬더니 금발을 귓바퀴 뒤로 넘겼다. 모근 쪽으로 여성의 진짜 머리칼인 검은 머리가 돋아나 있었다. 양쪽 귓불과 귓바퀴의 피어싱이 유독 도드라져 보였다. 여성의 시선은 분명 페이 쪽을 향해 있지만 정확히 시선을 맞추고 있지는 않았다. 혹시 저편에서는 이쪽이 안 보이는 걸까. 거리의 쇼윈도처럼?

여성이 상반신을 깊이 숙이자 뽀얀 유방이 통째로 들여다보였다. 그녀가 마이크로폰 가까이 입술을 갖다 댔다.

"안녕하세요. 나는 마리입니다."

순간 페이의 표정에 희망과 절망이 동시에 교차했다.

동생이다!

모습은 변했어도 분명 동생의 목소리였다.

"앉겠습니다."

페이의 두 눈에서 눈물이 흘러내렸다. 금세 눈앞이 어리어리해져 왔다. 동생의 모습이 두 겹 세 겹으로 겹쳐 보였다. 몇 차례나 눈을 끔벅이기도 했다.

"말씀이 없으시네요."

"……."

영어로 말하는 걸 보면 이곳에 오는 손님들이 국제적이란 의미일 것이다. 여행자들은 이런 곳을 즐겨 찾는가? 어째서? 시내 관광을 하기만도 빠듯할 시간에 이런 데를 찾아다니다니. 더욱이 신체 접촉도 불가능하다면 무얼 하러 오는 것일까.

"처음 오셨나요? 마이크의 스위치를 올리세요."

그녀의 지시에 따라 스위치를 올리자 삐이 하울링 현상이 일어났다. 그녀는 마이크로폰이 조용해지길 기다리는 듯 잠시 서 있었다.

이윽고 실내가 조용해지자 그녀가 두 손을 등 뒤로 가져갔다. 여성의 원피스가 툭 발아래로 떨어져 내렸다. 순식간에 브래지어와 티팬티 바람이 돼 버리자 페이는 소스라쳤다. 혹여 비명이 터져 나올까 봐 손바닥으로 입을 꼭 막았다. 여성이 두어 걸음 발을 옮겼다. 복부 부근의 배꼽찌가 별처럼 반짝였다. 그녀가 페이 쪽을 향해 미소를 날렸다. 동시에 섹시한 포즈를 이리저리 취하더니 천천히 몸을 돌렸다. 이제 그녀는 뒤태를 보여 주고 있었다. 군살은 없어 보였다. 아니, 앙상하다는 표현이 더 맞을 듯싶었다. 페이는 자신의 몸을 내려다봤다. 나잇살이 제법 있었다. 저쪽의 그녀가 이제는 두 팔을 등 뒤로 돌렸다. 새끼손가락과 중지에서 반지 하나가 반짝 빛을 발했다. 그녀의 손이 브래지어 호크를 풀고 어깨끈을 밑으로 내렸다. 그러자 브래지어마저 스르륵 떨어져 내렸다.

"음악을 틀겠습니다."

남녀의 가쁜 호흡이 뒤엉킨 음악이 흘러나오자 팬티만 걸친 그녀가 커다란 엉덩이를 빙글빙글 돌렸다. 두 손을 엉덩이에 대기도 하고 머리 위로 두 팔을 올려 몸을 꼬기도 했다. 소위 섹시 댄스라는 걸 보여 주고 있었다. 몇 분인가 같은 동작을 반복하던 그녀가 다시 뒤로 돌아 제 앞모습을 보였다. 엄청나게 풍만한 가슴이 출렁 몇 차례 흔들리다 정지했다. 놀라 자빠질 만큼이나 거대한 유방이 탄탄하게 올라붙어 있었다. 손가락으로 찌르면 바로 튕겨 나올 만큼 팽팽한 느낌이었다. 저건 동생의 가슴이 아니다! 가슴 안에는 실리콘 젤이나 식염수 보형물이 들어 있을 게 분명했다. 저리 흉물스럽게 만들어 놓다니!

남녀의 숨소리는 점점 더 음탕해지고 그녀는 이제 팬티까지 벗으려는 듯 손을 아랫쪽으로 가져갔다. 페이는 자신도 모르게 벌떡 일어났다. 그 사실을 모르는지 그녀는 아무런 동요 없이 가느다란 손가락으로 팬티를 돌돌 말아서 밀어 내렸다.

더 이상 지켜볼 수 없어 페이는 문을 열고 나갔다.

쾅!

문 닫히는 소리가 복도로 나간 페이의 귀에 천둥처럼 들렸다.

고맙게도 티앙이 그때까지 건물 앞에서 기다리고 있었다. 티앙이 없었다면 그 충격을 안고 어떻게 호텔로 돌아갈 수 있었을까.

밤새 뒤척이느라 한순간도 눈을 붙이지 못했다.

이튿날, 페이는 날이 저물기를 기다려 티앙을 대동하고 엔젤을 다시 찾아갔다.

페이는 두 번째로 그녀와 마주하게 되었다.

"안녕하세요. 나는 마리입니다."

그녀는 태엽 감아 놓은 인형처럼 어제와 똑같이 말하고 똑같이 행동했다. 몇 번이나 중간에 저지하고 싶었지만 차마 용기가 나지 않았다. 페이가 동생의 목소리를 기억하는 것과 마찬가지로 그녀 또한 페이의 음성을 이내 알아차릴 것이다. 이후에 전개될 사태를 가늠할 수 없었기에 용기를 내기 힘들었다. 그러다 그녀가 또다시 팬티를 벗으려는 순간이 되었을 때, 페이는 이번에도 견딜 수 없어 다시 방을 뛰쳐나오고 말았다. 어제와 마찬가지로 여전히 두 다리가 떨렸고 눈물이 흘러내렸다. 동생 앞에 선뜻 나설 수가 없었다. 페이가 그 모든 걸 다 봤다는 사실을 알면 얼마나 창피하고 수치스러울까.

동생의 남산만 한 배와 그 위로 봉긋 솟아 있던 배꼽, 처절했던 동생의 울음소리가 바로 어제 일인 양 떠올랐다. 해서는 안 될 연애 한 번 했다고 네가 이런 벌을 받다니. 그게 그렇게까지 큰 죄였을까.

페이는 이튿날도 엔젤을 찾았다. 이번엔 용기를 내어 동생을 불러보리라 결심하고 온 터였다. 그런데 다른 여자가 들어왔다. 가슴이 철렁 내려앉은 페이가 마이크로폰을 켰다.

"마리는요?"

"마리는 오늘 안 나왔어요."

"혹시 무슨 일이 있나요?"

"잘 모르겠습니다."

"혹시 연락처를 알 수 있을까요?"

"우리는 서로의 연락처를 알고 있지 않습니다."

여자의 말투는 상당히 단호했다.

"저는 마리의 언니예요. 멀리서 왔어요."

여자가 흠칫하는 듯하더니 눈길을 슬쩍 천장 쪽으로 주었다. 자연히 페이도 같은 곳을 보게 되었다. 폐쇄 회로 텔레비전이 설치되어 있었다.

페이는 마른침을 삼키며 조용히 여자를 주시했다.

"우리에겐 몇 가지 규칙이 있어요. 철저한 비밀 유지는 우리뿐만 아니라 손님들도 보호하죠. 그래서 연락처를 묻거나 가르쳐 주는 것은 금기 사항에 속합니다. 그건 가족이라도 마찬가지입니다. 본인이 원치 않는 경우가 많거든요. 저희가 손님들 얼굴을 볼 수 없는 것도 같은 이유에서 입니다."

여자의 말투는 여전히 사무적이었지만 손바닥에 뭔가를 적어 재빨리 페이에게 보여 줬다. 거기엔 전화번호로 짐작되는 숫자가 적혀 있었다. 사태를 파악한 페이는 얼른 휴대 전화에 그 번호를 저장했다.

여자는 천연덕스럽게 음악을 틀었다. 어제 들은 것과 유사한 것이었다. 남녀의 가쁜 호흡이 깔려 있는 음란한 음악이었다. 여자가 블라우스 단추를 풀려고 할 때 페이가 재빨리 저지했다.

"저는 급한 일이 생겨서 이만 가 봐야 합니다. 미안합니다."

페이는 건물을 나오자마자 저장된 번호로 통화를 시도했다.

송수화기를 통해 동생의 목소리가 흘러나왔다.

"나야."

"언니……."

영원과 지금

"미안해."

호텔 룸에서 만난 동생의 첫마디였다.

"나도 미안하다."

동생을 만나면 맨 먼저 하고 싶은 말이었다. 미안해. 너를 외롭게 만들어서 미안해. 너를 보듬어 주지 못해서 미안해.

"네가 사라지지 않았으면 좋았을 것을. 시간이야 걸렸겠지만 우린 어떻게든 화해할 수 있지 않았을까."

"미안해."

"세월을 되돌릴 수 없으니 안타깝다."

"정말 미안해."

동생은 열일곱 해 전 그랬던 것처럼 미안하다는 말을 되풀이했다.

"W 말이야, 네가 그토록 오랜 세월 고통받을 만큼이나 가치 있는 인물이었을까. 이따금 그것에 대해 생각하곤 했어. 우리가 어리석었던 거야."

"내가 세상을 너무 몰랐던 거지."

"너와 나 그리고 W까지 우리 모두 슬기롭지 못했어."

페이의 말에 동생이 고개를 떨궜다. 굵은 눈물이 떨어졌다.

"엽서, 네가 보낸 거니?"

동생은 고개를 가로저었다.

"그럼 누가?"

"다라."

"다라?"

"아까 언니한테 전화번호 가르쳐 준 여자. 내 허락도 없이 멋대로 엽서를 보냈더라고. 내가 얼마나 야단쳤는지 몰라."

"다라는 날 어떻게 알고?"

"다라에게 언니 얘길 많이 했거든. 내가 망설이기만 하고 용기를 내지 못하니까 제 딴엔 안타까웠나 봐."

다라는 동생보다 두 살 아래로, 이 나라 사람이라고 했다.

"산업 연수생 신분으로 우리나라에 갔었는데 비자가 만료되었을 때 귀국하지 않아 불법 체류자 신세가 되고 말았대."

불법 체류자가 되어 손발이 묶여 있을 때 브로커가 다라에게 접근했다. 비자 없이도 좋은 조건에서 일할 수 있는 직장을 알선해 주겠다고 했다. 하지만 그는 인신매매범이었다. 그 사실을 다라가 알게 되었을 때엔 이미 소개비를 챙겨 사라진 뒤였다. 소개비는 다라가 고용주에게 갚아야 할 빚으로 떠넘겨졌다. 그것이 다라의 최초의 빚이었다.

다라는 집장촌에서 강제 매춘을 하게 되었다. 고용주는 다라에게 개인 방 하나와 생필품, 화장품, 의상 등 당장 필요한 일체를 제공했는데 물론 공짜가 아니었다. 그것도 빚이었다. 이상한 것은 아무리 일을 해도 빚이 차감되기는커녕 악화되어 갔다는 것이다. 고용주는 그 빚을 고리로 하루에도 몇 차례나 부당한 성매매를 강요했다. 다라는 어디에도 하소연할 길을 찾지 못한 채 여권까지 빼앗긴 상태로 이동이 제한된 장소에서 성 노예로 살았다. 그러던 중 뜻하지 않게 집장촌에 화재가 발생하면서 그곳에 있던 윤락녀 대부분이 사망했다.

"모두 잠들어 있었고 다라와 또 하나의 여자만 깨어 있었다나 봐. 이런저런 신세타령 하느라 잠을 못 이루고 있던 차에 화재가 발생한 거지. 간신히 지갑만 챙겨 도망쳤대. 자기들 탈출하는 데에만 급급해서 동료를 구하고 말고 할 정신도 없었대."

다라는 얼결에 자유의 몸이 되었지만 이번엔 세끼 밥을 걱정해야 할 신세가 되었다. 차라리 집장촌이 그리워질 지경에 이르렀을 때 정부의 불법 체류자 일제 단속에 걸려 본국으로 강제 추방되었다.

"다라로선 끔찍한 기억이지만, 그래도 우리나라에 몇 년 살았다고 나한테는 참 잘해 줘."

"네가 일하는 엔젤도 자유가 없는 건 마찬가지잖아. 감시당하는 거 같던데?"

"일할 때만 엄격해. 나름대로 질서를 지키기 위한 방편이지. 그래 보여도 엔젤은 매출 면에서 웬만한 기업체 못지않아."

"나, 두 달 전에도 널 찾으러 여기 왔었어. 메이한테 연락이 왔었 거든."

"아, 그랬구나? 우연히 메이를 보게 되었는데 어찌나 다그치던지 당황했지 뭐야. 거짓말해서 미안해."

동생이 부른 배를 안고 집에 돌아온 건 페이의 예상대로 W와의 관계가 끝났기 때문이었다. 엄청난 희생을 치르고 택한 관계였지만 허무하게 무너졌다. W는 동생을 보면서 그녀와 똑같이 생긴 페이 를 떠올리지 않을 수 없었고 동생 또한 W를 볼 때마다 언니의 남자 였다는 사실 때문에 괴로웠다. 두 사람은 은연중에 자기들이 영원할 수 없으리란 걸 예감하고 있었는지도 모른다. 좋은 사이를 유지하려 고 애는 썼겠지만 자신들이 패륜을 저질렀다는 생각을 끝내 지울 수 없었을 것이다. 수시로 애증이 교차하면서 괴로움에 시달렸을 테고, 그러다 동생이 덜컥 임신을 하게 되었다. 임신을 받아들이기 싫은 W 는 모든 책임을 동생에게 떠넘겼다. 사랑했던 만큼이나 열렬히 그녀 를 미워하기 시작했다.

"언니는 몰랐겠지만, 나는 W를 처음 본 바로 그 순간부터 사랑하게 되었어."

동생이 어떤 마음을 품고 있었는지 알지 못한 채 페이는 데이트 자리에 자주 그녀를 데리고 나갔다. 동생은 마음을 접기 위해 부단히 애썼으나 뜻대로 되지 않았다.

"W는 세상에서 가장 탐나는 존재가 되어 버렸지. 그를 취하지 않으면 살아갈 수 없을 것 같았어."

"난 정말 몰랐다."

"마침내 W를 유혹했어."

"그렇게 시작된 거였구나."

"난 나쁜 여자야."

"난 감각이 무딘가 보다. 어쩌면 그렇게 감쪽같이 몰랐을까."

"언닌 정말 눈치 못 채더라."

"내가 조금만 일찍 알았더라면 좋았을걸."

"그러면 결과가 달라졌을까? W는 공식적으로 언니 애인이었잖아. 엄마도 아빠도 그렇게 생각했고. 그러니 언니가 미리 알았더라도 결과는 바뀌지 않았을 거 같아."

"그럴까?"

W가 소식을 끊자 동생은 무서웠다. 혼자 아기를 낳아도 되는 건지, 아기는 또 어떻게 길러야 하는 건지. 쉬운 결정은 아니었겠지만 결국 동생은 부른 배를 안고 귀가했다. 생존 본능이 수치심보다 더

강했던 모양이다. 하지만 엄마의 쇼크사에다 아버지와 페이의 철저한 냉대에 다시 집을 나갈 수밖에 없었다. 어떻게 처신해야 할지 몰라 전전긍긍하는 사이 산달이 다가왔다. 이때쯤엔 그녀의 내부에서 가족에 대한 증오심이 자라고 있었다. 몸이 무거워질수록 적대감은 점점 더 커져 갔다. 종래엔 W보다 가족이 훨씬 더 원망스러운 존재가 되어 버렸다. 딸을, 동생을 냉대한 대가를 혹독히 치르게 하고 싶었다. 완벽하게 종적을 감춰 버리면 그들이 죄책감을 가질 것이고, 그로 인해 평생 괴로움에 시달릴 거라 판단했다.

남자 아기였다. 아기는 보기만 해도 좋았다. 무던히도 마음고생을 시킨 아기지만 잘 키우고 싶었다. 그러나 퇴원 날짜는 다가오는데 돈이 없었다. 그녀는 입원비를 벌어 돌아올 요량으로 몰래 병원을 빠져나왔다. 아기를 버릴 생각은 추호도 없었다. 막상 병원을 나오자 막막했다. 하는 수 없이 또 한 번 자존심을 꺾었다. 사정 얘기를 하고 돈을 융통해 볼 요량으로 집에 전화했을 때 아버지가 받았다. 아버지는 딸의 목소리를 듣자마자 전후 사정은 듣지도 않고 매정하게 끊어 버렸다.

"전화했었다고?"

"아버지가 말씀 안 하셨겠지. 날 수치스럽게 여겼으니까."

"네가 전화한 줄은, 전혀 몰랐어."

"참 아버진 어떻게 지내셔?"

"연락하지 않은 지 오래됐어."

자기 탓이라 여긴 동생이 한숨을 길게 내쉬었다.

어찌어찌 돈을 구해 동생이 병원에 도착했을 땐 수납 창구가 문을 닫은 시각이었다. 아기 얼굴이라도 볼 심사로 신생아실에 갔는데, 간호사가 보이질 않았다. 복도에서 서성이다 안으로 들어갔다. 신생아실에 들어서니 그제야 간호사가 눈에 띄었는데 구석 자리에 앉아 졸고 있었다. 어쩌자는 목적이 있었던 건 아니었다. 그저 아기가 보고 싶었을 뿐이었다. 처음엔 그 아기가 그 아기 같아서 자기 아기를 무슨 수로 찾아야 할지 몰라 어리둥절했다. 그런데 예감이라고 해야 할지, 천륜이 당긴다고 해야 할지 어느 순간 동생의 눈길이 한 아기에게 절로 향했다. 침대 머리맡에 붙어 있는 산모 이름표를 보니 과연 자기 아기였다. 아기를 품에 안았다. 순간 강한 유혹이 덮쳐 왔다. 병원비를 정산하지 않아도 된다면 얼마나 큰 행운일까 하는. 동생은 가여운 자신에게 하늘이 기회를 주는 것이라 믿고 그대로 신생아실을 빠져나왔다.

"혹시 광장 쓰레기통에서 발견된 아기가 있던 병원 아니니?"

"어떻게 그걸 알고 있지? 하필이면 같은 곳에서 아기 둘이 한꺼번에 없어지는 바람에 난리가 났었지. 그 오래된 일을 여태 기억하다니 신기하네."

"기억하고말고. 나는 쓰레기통에 아기를 버린 사람이 너라고 생각했거든."

"내가 왜 그런 짓을 하겠어?"

"쓰레기통에서 발견한 아기가 네 애가 아니었다니 다행이다."

"절대 아니야. 어떻게 아기를 쓰레기통에 버릴 수가 있겠어."

"아무튼 그때 사라진 두 아기 가운데 하나가 네 아기란 사실은 맞는 거네."

"그래, 내 아기였어."

"그래서, 지금 네 아기는?"

"아기는……."

동생의 두 눈에 눈물이 고였다. 그 모습을 보면서 페이는 아기가 잘못된 게 틀림없다고 지레짐작했다.

"기저귀에 아기 옷, 젖병, 분유에다 예방 접종에 이르기까지 모두 돈이더라. 갓난아기를 데리곤 일자리도 구할 수 없었지. 게다가 아기는 툭하면 아팠어. 다른 아기들은 무럭무럭 잘도 자란다는데 왜 내 아기만 그럴까 싶어 성가시고 미운 마음도 생기더라고. 내가 벌 받는구나 싶기도 했고."

아기를 돌보기는커녕 제 한 몸도 건사하기 힘들었던 동생은 W의 엄마에게 연락했다.

"W의 엄마는 내가 임신했다는 사실조차 모르고 있더라고."

"맙소사. 그럼 W는 자기 집에 아무 말도 안 했던 거였어? 나쁜 놈이구나."

"그분이 내 말을 믿고 받아들이기까지는 많은 일들이 있었지만 다 생략할게. W의 부모가 아기와 나를 받아들여 줘서 결국 그 집으로 들어갔어. 그런데 도저히 못 살겠더라. 참 이상하지? W의 살갗만 스쳐도 진저리가 쳐지는 거야."

"그래서 결국 헤어진 거야?"

"헤어지고 말고도 없었어. 그냥 편지 한 장 써 놓고 나왔으니까."

동생의 두 눈에 다시 눈물이 차올랐다.

"왜 그랬니? 아기를 위해서라도 참고 살아 보지."

"이후에 여러 번 생각한 건데, 난 어쩌면 W를 사랑한 게 아니었을 수도 있어. 어릴 때부터 그랬던 거 같아. 언니 물건이 언제나 좋아 보이고 탐났거든."

"메이도 그 비슷한 얘기를 하던데, 난 통 기억에 없다."

"언니 것이라고 생각하니 욕심이 났나 봐. 그걸 사랑이라고 착각 했던 것 같아."

"그런데 얼굴 성형은 왜?"

"거울을 볼 때마다 자꾸 언니 얼굴이 겹치는데 내가 어떻게 제정 신으로 살아갈 수 있었겠어."

페이는 W의 말을 기억해 냈다. 함께 있으면 언제든 그와 유사한 불행이 생길 거라던 저주와도 같았던 말을. 동생은 W를 취한 대신 가혹한 대가를 치른 것이었다.

"이후로 아기를 본 적 없어?"

동생은 고개를 끄덕이며 슬프게 웃었다.

"엔젤에선 언제부터 일했니?"

"오래됐어. 언니 보기엔 우리가 한심해 보일지 몰라도 그렇게 생각하지 말았으면 해. 물론 버젓한 직업을 가졌으면 좋았겠지만 말이야. 이 나라에 왔을 때부터 그쪽 일을 했기 때문에 다른 직업은 생각할 수 없어."

"나랑 함께 돌아가는 것에 대해 한번 생각해 봐."

동생이 고개를 끄덕였다.

"참, 언니 결혼했어?"

"아니."

"나도 안 했어."

"남자 친구는 있어."

"우린 어쩔 수 없이 쌍둥이네. 나도 그렇거든."

"어떤 사람인데?"

"엔젤을 지키는 가드 중 하나야."

"가드?"

"경비나 시큐리티라고 하면 언니가 이해하기 쉽겠다. 연고도 없는 이 나라에서 내가 자리 잡을 수 있었던 건 그 사람 덕분이었어. 그 사람, 나를 굉장히 챙겨 줘."

"어렵게 만났으니 우리 이젠 헤어지지 말자. 귀국하면 어떻겠니?"

"나도 그러고 싶지만."

"내가 자리 잡을 수 있게 도와줄게. 응? 이젠 지척에서 얼굴 보며 살자."

"남자 친구하고 얘기해 볼게."

자매는 밤을 꼬박 새워 가며 회포를 풀었다. 이튿날엔 메이와도 간간이 어울리며 행복한 하루를 보냈다. 언제 헤어져 살았나 싶을 정도로 세 사람은 예전으로 돌아가 있었다.

인생은 걸어 다니는 그림자

운명은 순응하는 자는 태우고 가고
거부하는 자는 끌고 간다
_루이스 아네오스 세네카

수신:

제목:

본적:

주소:

성명: ○○○(본명 모름. 보육원에서 작명)

연령: 신생아

발견된 장소:

발견자:

성별: 남

연고자:

입원 날짜: ○○○○년 ○월 ○일

기타: ○○○○년 ○월 ○일 입양

"대체 무슨 서류가 이렇죠?"

"뭐가 잘못됐나요?"

"보세요. 들어오게 된 이력도 없고…….."

"알 수 없으니까 그랬겠죠?"

"어디서 발견됐는지, 누가 발견했는지, 그걸 어떻게 모를 수 있다는 거죠? 이해가 안 돼요."

"여기 출신이라니까 잘 아시겠지만 그땐 다른 사람이 운영했습니다. 그러니 그 시기의 사항들은 우리가 알 방법이 없지요. 현재의 법인이 인수한 것은 5년 전이니까요."

몽상가소년은 서류철을 제 앞으로 바싹 잡아당겼다. 한 장 한 장 천천히 서류를 넘겼다. 오래된 것이라 이따금 먼지다듬이 같은 미세 곤충들이 발견되기도 했다. 그런데 이상한 것은 다른 원생들 신상 서류엔 제법 많은 내용이 적혀 있고, 발견되었을 당시 사진까지도 대부분 부착돼 있었지만 유독 몽상가소년의 서류만 그렇지 않았다. 특히 발견된 장소조차 기재되어 있지 않다는 건 누가 봐도 의심할 수밖에 없었다.

"여기 근무했던 직원의 연락처를 알 수 있을까요?"

서류철을 회수하던 직원이 고개를 저었다.

"그건 제가 결정할 사항이 아닙니다."

"저에 대해 잘 알고 있는 사람이 있었습니다."

"연락처를 남겨 주시면 원장님이나 다른 선생님과 의논해 본 후에 전화드리겠습니다."

몽상가소년은 별 소득 없이 보육원을 나서야 했다.

기운이 빠진 몽상가소년이 무심코 하늘을 올려다봤을 때, 보육원 정문 앞쪽에 위치한 건물 하나가 눈에 들어왔다. 1층에는 꽃 가게와 슈퍼마켓이 나란히 붙어 있고, 2층엔 커피숍이, 3층엔 직업소개소 간판이 붙어 있는 작고 낡은 건물이었다.

몽상가소년은 삐걱대는 나무 계단을 딛고 2층으로 올라갔다. 건물 상태로 봐선 20년도 넘었지 싶게 낡았지만 몽상가소년의 기억에는 들어 있지 않았다. 워낙 어린 시절이었으니 건물 같은 게 생각날 턱이 없었다.

커피숍에 들어간 몽상가소년은 창가 자리에 가 앉았다. 자애보육원 마당이 훤히 들여다보였다. 마당 한쪽에서 아이들이 축구를 하고 있었다. 정글짐이나 미끄럼틀, 시소 같은 놀이 기구들도 한눈에 들어왔다. 혼자 미끄럼틀을 타는 아이를 보자 몽상가소년은 그 아이가 안쓰러워 보였다. 마치 예전의 자기를 보는 것 같았다. 난 그 시절, 왜 그렇게 아이들과 어울리지 못했을까. 보육원 시절을 떠올릴 때면 몽상가소년은 항상 홀로 정글짐을 기어오르는 자신의 모습이 제일 먼저 기억났다. 실내에 있는 걸 끔찍이 싫어했던 기억도 났다. 그런

아이를 집 안에만 가둬 두고 기르려 했으니 어떻게 탈이 나지 않을
수 있었을까.

아이들이 저녁 식사를 마치고 텔레비전을 시청하거나, 각자 놀거
나 할 시간이 되었다. 예전의 원장은 저녁 식사 자리까지 점검한 다
음 퇴근했다. 자기 역할만큼은 성실히 수행하던 사람이었다. 원장
이 사회적 책임감에 충만했는가의 여부까지야 알 수 없지만 고아들
을 거둔다는 게 쉬운 일은 아닐 것이다. 단순히 영리를 목적으로 한
다 해도 말이다. 돈 버는 걸로만 따지자면 세상엔 수많은 일들이 널
려 있지 않은가. 몽상가소년은 원장에게 품고 있던 일말의 좋지 않
은 감정이 이젠 거의 사라졌음을 알게 되었다. 어쩌면 그녀를 향한
적개심은 자신을 향한 분노의 또 다른 형태였을지도 모른다. 몽상가
소년 자신도 보육원에서 자라지 않았는가. 먹여 주고 입혀 주고 재
워 줬다. 아무도 책임지지 않겠다고 하면 세상에서 버림받은 아이들
은 모두 어떻게 될까.

시장기가 몰려오자 몽상가소년은 커피숍을 나섰다. 분식집에서
라면으로 요기한 다음 건물 1층 슈퍼마켓에서 휴대용 손전등을 구입
했다. 그러고는 다시 커피숍으로 올라갔다. 한 잔의 차를 더 마시면
서 거리를 내려다보기도 하고 보육원을 살피기도 했다.

9시가 되자 하나둘 불이 꺼지더니 보육원은 마침내 어둠에 잠겼
다. 몽상가소년이 자리를 털고 일어난 시각은 그로부터 한 시간쯤
후였다.

자애보육원 문은 굳게 잠겨 있었다. 당연한 일이었다. 그러나 몽상가소년은 뒤쪽에 허술한 출입문 하나가 더 있다는 걸 알고 있었다. 아직도 그대로 있기를 바라며 그곳을 향했다. 다행히도 폐쇄되지 않았다. 부서진 문짝이나 박스, 쓰레기 더미가 가로막고 있어 어지간해선 눈에 띄지 않지만 예전 그대로 철문이 있었다. 벌겋게 녹슬어 있는 걸로 미루어 지금의 원생들은 뒷문의 존재를 모르는 듯했다. 그 시절, 원장 몰래 나갈 일이 있을 때 보육원 형들이 애용하던 통로였다. 뻑뻑한 문을 간신히 열고 들어가니 고양이 몇 마리가 부리나케 달아나는 게 보였다. 뭘 먹고 그렇게 살이 쪘는지 모두 엄청 크고 튼실한 꼬리를 가졌다. 몽상가소년은 아빠의 집에 터 잡고 있는 고양이를 떠올렸다. 이번에 들어가면 먹이를 줘 봐야겠다고 잠깐 작정해 보지만 그 일은 심각하게 고려하지 않으면 안 될 문제란 걸 몽상가소년은 잘 알고 있었다. 고양이는 사람이 주는 먹이에 길들여지면 더 이상 쓰레기통 뒤질 생각을 하지 않는다. 그 말은 먹이 공급이 중단되면 굶어 죽는다는 걸 의미한다. 그러니 한순간의 동정심으로 길고양이를 길들이는 것은 위험한 일이며, 한번 책임을 지면 끝까지 보살펴야 한다. 몽상가소년은 문득 길고양이와 고아원에서 자라는 아이들을 비교해 봤다. 더불어 자신이 과연 길고양이를 거두는 역할을 자처해도 되는 걸까에 대해서도 잠시 생각해 봤다. 책임져야 하는 일, 이제껏 그런 것을 몽상가소년은 해 본 적이 없었다. 고양이는 고양이대로 그것들만의 삶의 방식이 있을 것이다. 몽상가소년 또

한 마찬가지다. 남이야 어찌 생각하든 자신만의 삶이 있었고, 그 삶에 크게 저항하지 않고 여태껏 살아왔다. 버려진 아이로, 부모를 모르는 채로, 입양아로, 그렇게 살았다. 용케 L의 연락처를 알아내 해후한다 해도 특별한 정보를 기대할 순 없을 것이다. 하지만 작은 정보라 할지라도 좀 더 알고 싶었다. 당시엔 너무 어려서 그녀의 말 가운데 놓친 부분도 분명 있을 것이다. 그렇다면 지금이라도 알고 싶었다. 야밤을 틈타 보육원에 들어가기 위해 용을 쓴 것은 바로 그 때문이었다. L의 연락처를 알아내는 것. 그러기 위해서는 원장실에 들어가야 한다는 것.

당시 원장실은 자애보육원 시설 가운데 가장 번듯한 장소였다. 턱없이 거대해 보이던 책상과 커다란 회전의자, 열 명 정도는 너끈히 함께할 수 있는 기다란 탁자와 그것을 둘러싸고 있던 많은 의자들, 묵직한 전집류나 그 외 도서들을 비롯하여 자애보육원의 모든 서류가 꽂혀 있던 서가 등이 얼른 떠오르는 원장실 풍경이었다. 특히 서가를 빈틈없이 채우고 있던 도서들에 대한 기억이 있다. 원장이 과연 읽어 볼 목적으로 그 책들을 구매했을까. 서가를 메우고 있던 책들은 아이들이 읽을 수 있는 종류는 아니었을 것이다. 자애보육원에는 아이들을 위한 도서실 같은 것이 존재하지 않았다. 복도 벽면에 바투 붙여 놓은 책꽂이가 있긴 했다. 하지만 그건 체면치레용도 되지 못하는 보잘것없는 것이었다. 그나마 너무 많은 아이들의 손을 거치다 보니 온전한 것이 없을 지경이었다. 세월이 많이 흐른 지금

돌이켜 보니 몽상가소년은 자신이 어려서부터 책을 읽고 싶어 했을 거라는 생각이 들었다. 만일 원장이 어린이용 책들을 충분히 구비해 놓았다면, 그랬더라면 몽상가소년의 보육원 시절은 좀 더 살 만했을지 모른다.

목적지에 다다르자 몽상가소년의 손에 땀이 배어났다. 엄연한 불법 침입이었다. 출입문은 잠겨 있었지만 잠금장치가 고장 난 창문 덕에 쉽게 들어갈 수 있었다. 몽상가소년은 원장 자리에 앉아 봤다. 어린 시절, 그토록 위압적이기만 하던 등받이가 높은 자리. 그러나 지금 보니 그렇지도 않았다. 손전등 불빛에 드러난 의자나 책상 등도 초라하기 그지없었다. 흔적이 남지 않게 조심하면서 여기저기 뒤지기 시작했다. 드디어 딱딱한 검정 표지의 직원 주소록을 발견했을 때 몽상가소년은 잠시 호흡을 멈췄다. 가슴이 두근댔다. 손전등을 켜서 주소록을 비췄다. 서류철은 손대지 않은 지 오래된 듯해 보였다. 시간이 걸리긴 했으나 L의 신상 명세가 적힌 서류를 발견할 수 있었다. 전화번호와 주소 모두 기재돼 있었고, 비고란에는 퇴직이라고 쓰여 있었다. 사진은 없었다.

전화번호가 결번이었으므로 주소지로 직접 찾아갈 수밖에 없었다. 여태 같은 집에 산다는 보장은 없었으나 다른 도리가 없었다. 그런데 기적처럼 L을 만날 수 있었다. 일이 너무 수월하게 해결되어 오히려 깜짝 놀랄 지경이었다. 이렇게 쉬운 걸, 왜 진작 생각하지 못했을까. L은 몽상가소년이 상상으로 그리던 모습과는 많이 달랐지만 그녀의 집 앞에서 마주했을 때 당사자임을 직감으로 알아차렸다.

"L 선생님이시죠?"

몽상가소년은 너무 기쁜 나머지 하마터면 그녀를 와락 껴안을 뻔
했다.

"선생님!"

"……?"

"저예요. 자애보육원에 있던 아이."

L은 몽상가소년을 알아보지 못했다.

"선생님이 야생화 밭에 데리고 다니던 다섯 살짜리."

"혹시?"

"기억나시나요?"

L은 뜨악한 표정을 지었지만 다행히 내치진 않았다. 그녀는 몽상
가소년을 가까운 빵집으로 데려갔다.

"많이 컸구나."

L의 표정에 회한이 어렸다.

"저를 기억하고 계셔서 다행이에요."

"어떻게 너를 잊을 수 있겠니? 넌 참 예쁜 아이였어."

L의 목소리가 촉촉이 젖어 들었다. L의 반응에 몽상가소년은 안
도하면서도 마음 한구석에선 정체를 알 수 없는 두려움이 고개를 치
켜들었다.

이 두려움의 정체가 무얼까. 잠시 생각에 잠기는 사이 탁자 위에

빵과 우유와 주스가 놓였다.

"어떻게 날 찾아올 생각을 다 했지?"

"선생님께서 저를 발견하셨다고 했잖아요. 전 그날 들은 얘기를 모두 다 기억하고 있어요."

"그날이라니?"

"선생님이 보육원 그만두시던 날 제게 하셨던 얘기 말예요."

L은 전혀 말귀를 알아듣지 못했다.

"내가 그날 무슨 말을 했었지?"

"정말 생각 안 나세요?"

L이 미소 지었다.

"얘야, 자애보육원에 너만 있던 건 아니었잖아. 내가 돌봐야 할 아이들이 얼마나 많았는데."

"제게, 꼭 기억하라고 하셨잖아요."

"뭘?"

"잘 새겨 두라고도 하셨어요."

"그러니까 내가 뭘 그랬다는 거니?"

"저를 숲에서 발견했다고 하셨잖아요. 소풍 바구니에 들어 있었다면서요?"

"아, 그 얘기?"

L의 표정이 미세하게 흔들렸다.

"자애보육원 서류를 봤어요. 거기엔 아무것도 기재돼 있지 않았던

걸요. 발견 장소에 '숲'이란 걸 밝혔어야 마땅한 거 아닐까요?"

"보육원 서류를 봤다고?"

"네, 선생님. 저를 어느 숲에서 발견하셨나요?"

"갑자기 이제 와서 그게 왜 궁금해졌니?"

"갑자기가 아니에요. 그때 말씀해 주신 이야기는 제게 커다란 희망과 용기를 줬어요. 아름다운 숲, 소풍 바구니, 귀부인이 틀림없을 거라던 제 엄마 이야기요. 전 이날까지 그 이야기를 마음에 품고 살아왔어요. 그런데 선생님께선 제가 발견된 장소도 알려 주지 않은 채 퇴직하셨어요. 저는 그게 알고 싶은 거예요."

"그건 알아서 뭐하게? 소용없는 일이란다."

"제겐 소중해요. 그 길을 찾아 헤맸어요. 1년 동안이나요!"

"뭐라고? 찾아다녔다고?"

"네. 저 자신에 대해 확실한 건 그것밖에 없으니까요."

L이 주스 한 잔을 단숨에 들이켜더니 길게 한숨을 내쉬었다.

"얘, 잘 들어. 그때 네게 해 준 얘긴 사실이 아니란다. 내가 지어낸 거야. 네가 그걸 진짜로 믿을 줄은 몰랐다. 어쩌면 좋으니. 넌, 넌 말이다, 자애보육원 문 앞에 놓여 있었어. 편지 한 장도 없이, 강보에 싸인 채."

"무슨…… 말씀이세요?"

"내가 만들어 낸 동화 같은 얘기라니까. 네가 하도 졸라서 말이지. 넌 매일 나를 졸졸 따라다니며 물었잖아."

"……."

"뭐라고 하면서 쫓아다녔는지 기억하니?"

"……."

"선생님, 선생님, 저는 어디서 왔나요? 이렇게 물었단다."

"……."

"매일매일 지치지도 않고 어디서 왔냐며 물었단다. 그래서 만들어 낸 얘기였어. 퇴직하던 날, 나는 네게 좋은 선물 하나 해 주고 싶었 단다."

몽상가소년은 눈앞이 아뜩해 왔다. 다섯 살 이후의 삶이 뿌리째 뽑혀 나가는 순간이었다. 노랗고 붉고 푸르고 검은 알갱이들이 제멋 대로 엉키며 눈앞에서 빙글빙글 돌았다. 어지러웠다. 미지근하기도 하고 축축하기도 한 무엇이 꿈틀대면서 온몸을 기어 다녔다. 구역질 이 밀려 올라오기 시작했다. 몽상가소년은 안간힘을 다해 인내하며 재차 확인했다.

"숲 속에서 발견됐다는 것도, 소풍 바구니도 모두 사실이 아니란 말인가요?"

그녀도 몽상가소년만큼이나 놀랐다. 몽상가소년의 맹목적인 믿음 이 너무나 뜻밖이어서 소스라쳤다.

"애, 얘야. 난 그저 너를."

"저는, 그 말씀 때문에, 그것 때문에……."

L은 너무 놀란 나머지 어쩔 줄 몰라 하며 절절맸다. 미안했다. 아

이가 졸졸 따라다니며 하도 졸라 대는 바람에 위로하는 마음에서 지어낸 얘기에 불과했다. 그것도 그날 그 시간에 즉흥적으로 되는대로 만들어서, 옛날이야기를 들려주듯이. 그 밤이면 보육원을 그만둬야 해서 급조한 얘기였다. 그 하찮은 이야기가 한 아이의 인생에 이토록 지대한 영향을 끼칠 줄은 꿈에도 예상하지 못한 일이었다. 어린아이라 듣고는 금세 잊어버릴 것으로 생각했던 것이다. 아! 내가 얘한테 무슨 짓을 한 거지!

"다섯 살 이후의 내 삶이 모두 헛된 것이었다고요?"

몽상가소년의 목덜미가 뻣뻣해졌다.

"어떻게 그런 일이! 왜 그랬어요. 제게 왜 그랬나요!"

"미안하다. 나로선 네게 호의를 베푼 거였어. 오! 맙소사! 틈만 나면 너는 네가 발견될 당시의 상황을 물었잖아. 네가 안쓰러워서 그랬어. 네게 아름다운 꿈을 심어 주려고 그랬단다. 정말이다. 나를 믿어 줘. 내가 네게 해코지하려고 그랬겠니. 내가 널 다른 아이들보다 더 많이 사랑했단 걸 잘 알잖니."

L은 무언가 자꾸만 말했지만 더 이상 몽상가소년에겐 들리지 않았다. 그녀의 입술 움직임만 눈앞에서 어른거렸다. 불꽃과도 같은 뜨거운 것이 몽상가소년을 태웠다. 몽상가소년은 탁자 아래, 자신의 무릎 위에 가지런히 놓인 두 손이 부르르 떠는 걸 불안 속에 느껴야 했다. 안간힘을 써서 자신을 제어하고자 했다. 그러느라 손등의 핏줄이 도드라졌다. 터져 버릴 것 같았다. 고통스러웠다.

붉은 야생화 꽃잎이 공중에서 흩날리더니 강렬한 빛과 함께 펑, 폭발했다. 아득히 먼 곳에서 들려오는 사이렌 소리, 탁자 엎어지는 소리, 날카로운 비명.

몽상가소년이 눈을 떴을 때 그는 병원 응급실에 누워 있었다. 골이 빠개지듯 아팠다. 내가 왜 여기 있지? 몽상가소년이 일어나 앉으며 두리번거리자 간호사가 다가왔다.

"좀 괜찮아요?"

"제가 어떻게?"

"구급차에 실려 오셨어요."

몽상가소년은 자신이 두려웠다. 또 무슨 일인가 일어났다!

병원을 나온 몽상가소년은 곧장 L의 집으로 달려갔다. 초인종을 눌러도 응답이 없었다. 부재중이거나 일부러 없는 척하는 것이거나 둘 중 하나라고 짐작했다. 몽상가소년은 대문 앞에서 오래오래 서성였다.

커튼 자락을 비집고 조심스레 바깥 동정을 살피던 L이 어딘가로 전화를 걸었다.

"이모, 걔가 아직도 근처에 있어요. 어떻게 해요? 저는 그 애에게 죄책감을 느껴요."

L은 꽤 장시간 통화한 후 수화기를 내려놓았다. 그녀는 무릎을 꿇

고 두 손을 맞잡았다. 17년 전의 그 일이 어제 일어난 것처럼 생생하게 다가왔다.

L은 그즈음 결혼한 지 8년 만에 어렵게 가진 아기를 유산하고 시름에 잠겨 있었다. 어디선가 아기 울음소리만 들려도 안타까움에 가슴이 메었고, 아기를 안고 가는 여성만 봐도 부러웠다. L은 당시 산부인과 전문병원인 K여성병원의 간호사로 근무하고 있었다. 그곳에선 매일 아기들이 태어났다. 견디기 힘들었다. 의사는 임신 가능성이 충분하니 초조하게 생각하지 말라고 했지만 그녀는 조금씩 자신감을 잃어 갔다.

당시 신생아실에는 연고 없는 아기가 둘 있었다. 하나는 쓰레기통에서 발견된 아기였고, 다른 하나는 산모가 병원에서 해산한 다음 도망가서 버려진 아기였다. 사라진 산모는 부득이하게 제왕 절개를 통해 아기를 낳았는데, 입원해 있던 일주일간 유별날 정도로 신생아실에 자주 왔었다. 아기를 무척 사랑하는구나 생각했었다. 그런데 어느 날 그 산모가 아기를 버려둔 채 행방을 감췄다.

당직 날이었다. 계속된 격무에 파김치가 된 L은 자신도 모르게 꾸벅꾸벅 졸고 있었다. 그러다 어느 순간 인기척이 느껴져 눈을 반짝 떴는데 어떤 여자가 신생아실을 황급히 빠져나가고 있었다. 깜짝 놀란 L이 벌떡 일어섰다. 여자는 아기를 안고 있었다. L은 그 여자가 누군지 알았다. 도망쳤던 산모였다. 마음을 고쳐먹고 제 아기를 찾으러 온 게 틀림없었다. 기특했다. 병원비가 없어 몰래 아기를 빼 가는 거라 지레짐작한 L은 그녀를 동정했다. 그리하여 못 본 척해 주기로 결심했지만 당직인 자기한테 책임이 돌아올 게 뻔했기에 가슴이 두근거렸다. 그때 아기 하나가 울기 시작했다. 그러자 다른 아기가 따라 울었고 나중엔 아기들의 울음소리가 합창이 되어 신생아실을 가득 메웠다. 얼굴이 벌게져서 우는 아기, 통통한 두 다리를 버둥대며 우는 아기, 두 주먹을 꽉 쥐고 바득바득 소리치는 아기 등 각양각색이었다. 그녀는 당황했다. 이를 어쩌지? 이렇게 한꺼번에 울면 어쩌라고! 혼이 다 빠질 지경이었다. 한데 그 와중에도 혼자 쌔근쌔근 고른 숨을 내쉬며 자는 아기가 있었다. 바로 쓰레기통에서 발견된 아기였다. 그녀는 그윽한 시선으로 그 아기를 내려다봤다. 숨을 쉴 때마다 작은 가슴이 오르락내리락했다. 그 순간부터 아기들의 울음소리는 들려오지 않았다. L의 귀에만큼은 들리지 않았다.

L이 아기를 향해 두 팔을 뻗었다. 부지불식간에 일어난 일이었다. 자신도 모르게 아기를 품에 안았고, 얼른 코트를 몸에 걸치며 그 안으로 아기를 숨겼다. 아기는 여전히 깊은 잠에 빠져 있었다. 그녀는 바람처럼 병원을 빠져나왔다. 정신을 차렸을 땐 말할 수 없는 공포가 엄습했다.

"용서해 주세요, 용서해 주세요."

같은 말을 중얼대면서 떨리는 손으로 운전을 했다. 제정신이 아니었던 거다. 가슴이 벌렁벌렁 요동치고 있었다.

얼마 후 L은 자신의 이모가 운영하는 자애보육원 마당에 서 있었다. 이모가 해외 체류 중이란 사실을 알고 있던 L은 이모가 가끔 그곳에서 잘 때 이용하는 방에다 갓난아기를 뉘어 놓고는 병원으로 돌아갔다. 아기는 기특하게 그때까지도 단잠에서 헤어날 줄 몰랐다. 컴컴한 밤에 은밀하게 벌어진 일이었다. 개인 병원이라 야간엔 당직 말고는 아무도 근무하지 않았다. 따라서 L이 저지른 일은 감쪽같았다.

L은 이튿날에라도 아기를 돌려줬어야 했다. 그러나 용기를 낼 수 없었다.

일이 그렇게 되려고 그랬는지 L은 특별한 의심을 사지 않았다. 유행처럼 신생아 실종 사건이 빈번하던 때였다. 따라서 조직화된 아기 전문 인신매매단의 소행으로 결론이 내려졌다. 경찰 조직 내에 아기 인신매매단 검거 전담반까지 꾸려져 있을 정도로 유사한 사건이 하루가 멀다 하고 일어나던 때였다. 신생아 둘이 동시에 없어졌으므로 오히려 그 때문에 경찰은 더더욱 L을 의심하지 않았다. 당시엔 CCTV가 널리 보급되기 전이었다.

병원 측은 근무 태만의 책임을 물어 L을 해고했다. 이때 L은 차라리 잘된 일이라고 생각했다. L은 아기 기르는 일에 전념할 수 있었다. 아기를 키워 보고 싶어 했던 소원을 이룰 수 있게 되었다. 눈도 제대로 뜨지 못하는 갓난아기는 배냇짓을 수시로 해서 L을 달뜨게 만들었다.

드디어 원장이 외유에서 돌아왔을 때, 그때엔 아기를 빼앗기고 싶지 않은 마음이 더 컸다. 욕심이 목구멍까지 꽉 차오른 그녀는 거짓말을 했다.

"보육원 앞에 버려져 있었어요."

원장은 L의 말을 믿지 않았다. 사라진 두 아기가 온 나라를 발칵 뒤집어 놓았는데, 해외 체류 중이었다고 그 소식을 모를 리 없었다. 더욱이 조카는 그 병원에 근무하던 간호사였다. 영아를 유괴한 게 틀림없다! 원장은 기가 찼다. 오죽하면 그랬을까 싶었지만 모른 척 할 일은 아니었다. 그렇다고 제 손으로 차마 신고할 수도 없는 일이 었다. 어찌해야 할지 결정짓지 못하고 망설이는 동안 시간이 다시 흘렀다. 두 사람은 점점 더 겁이 났다. 고뇌하던 원장은 어느 날 결정을 내리기에 이르렀다. 어차피 보육원에 보내질 운명을 타고난 아기니까 지옥에 떨어질 만큼의 큰 죄는 아닐 것이다 싶었다. 수용하기로 마음먹었다. 그런 사정이 있으니 보육원 입원 서류에 기입할 게 없었다. 거짓으로 칸을 메우지 않는 다음에야 그 어떤 것도 써넣을 수 없었다. 거짓말로 써넣느니 빈칸이 낫다고 원장은 생각했다.

직장을 잃은 L은 자애보육원에서 근무했다. 그녀는 그 아이를 각별히 대했다. 누가 봐도 표가 날 정도로 아껴 주고 귀여워했다. 어느 시기가 되면 자기 호적에 입적하여 훌륭히 키워 볼 생각이었다. 그러던 그녀가 갑자기 자애보육원을 그만둔 것은 뒤늦은 임신 때문이 었다.

자신이 어디서 왔는지 말해 달라며 날이면 날마다 쫓아다니던 아이였다. 떠나기 전에 작은 희망이나마 심어 주고 싶었다. 그래서 소풍 바구니 얘기를 지어내게 되었다. 소풍 바구니는 쓰레기통에서 발견된 당시 들어 있던 쇼핑백에서 착안한 것이고, 비단 포대기는 그때 아기를 싸고 있던 고가의 블라우스에서 생각해 낸 것이었다.

그런데 그 아이가 왜 그렇게 되었을까. L은 도무지 알 수 없었다. 신생아 때부터 다섯 살에 이르기까지 성장 과정을 다 지켜봤지만 한 번도 그런 사태가 발생하지 않았다. 지금 생각해도 모골이 송연했다. 순식간에 벌어진 일이었다. 자칫 불행한 상황을 맞이했을 수도 있었다. 눈자위가 거무죽죽하게 변하고 숨소리가 가빠지는가 싶더니 갑자기 달려들었다. 이후 아이는 정신을 잃고 쓰러졌다.

그 아이가 다시 찾아오리란 건 어느 정도 예상한 터였다. 아이를 생각하면 가슴 아픈 일이었다. 그러나 이제 와서 새삼 아이와 엮이고 싶지는 않았다. 그동안 까맣게 잊고 살았는데 갑자기 이게 무슨 날벼락이란 말인가.

L은 세상을 감쪽같이 속였다. 영원히 가슴에 묻어야 할 일이었다. 특히 당사자인 그 아이가 알아서는 절대 안 된다고 L은 생각했다. 자신이 쓰레기통에서 발견되었다는 사실을 알면 얼마나 절망할까. 안 그래도 불행한 아이를 더 깊은 비극으로 밀어 넣을 순 없었다. 또 한 번 거짓말을 한 것은 그 때문이었다. 차라리 다른 고아들처럼 보

육원 앞에서 발견됐다고 하는 편이 나았다. 아, 그 아이가 예전 자신이 지어낸 얘기를 끝까지 믿고 갔더라면 좋았을걸. 그러나 뭐니 뭐니 해도 L이 가장 두려운 건 이제 막 사춘기에 접어든 딸이 사건의 전모를 알게 되는 것이었다. 신생아를 훔쳐다가 몰래 길렀고, 임신하자 그 아이를 팽개쳤다는 사실을 자신의 딸이나 남편이 알게 된다면……. L은 지금 누리고 있는 금쪽같은 행복을 결코 빼앗기고 싶지 않았다.

남겨진 자의 시간

목을 놓아 운다. 살아왔기 때문에
지금도 살고 있기 때문에.
_샤를 보들레르

　귀국하자마자 페이는 정신없는 나날을 보내야 했다. 외유가 길어
진 탓에 돌아와 보니 마감이 코앞에 닥쳐 있었다. 그런데도 제대로
매진할 수 없었던 것은 이유를 알 수 없는 불안 때문이었다. 왠지 초
조했다. 눈만 감았다 하면 악몽에 시달리면서 가위에 눌렸다. P라도
곁에 있으면 도움이 될 텐데 하필이면 그도 해외 체류 중이었다. 그
런 상황이다 보니 돌아와서도 동생이나 메이에게 연락조차 하지 못
했다.
　귀국한 지 보름쯤 되던 날이었다. 먼저 전화한 사람은 메이 쪽이
었다.
　"오, 메이."

"페이."

"잘 지내지? 차일피일 미루다 안부 전화도 못했어. 미안."

"……."

"메이?"

"페이!"

"왜 그래?"

페이는 불현듯 안 좋은 예감에 휩싸였다.

"혹시 내 동생한테 무슨 일 있는 거야?"

페이의 가슴이 두근대기 시작했다.

"놀라지 마."

그때 이미 가슴 한쪽이 쿵 소리를 내며 무너졌다.

"네 동생이 잘못됐어."

"무슨 얘기야? 자세히 말해 봐!"

"네 동생 남자 친구 있다고 했었지?"

"그래."

"둘이 싸우다가, 그만."

"자세히 말해 줘, 제발."

"칼에 찔렸어."

"그래서, 어떤 상탠데?"

실은 두려워서 그다음 얘긴 듣고 싶지 않았지만 묻지 않을 수 없었다.

"네 동생은 그만……."

페이의 온몸에 소름이 와르르 돋아났다.

"네 동생이 귀국하겠다고 말하자 그 남자, 감정이 격해졌던 모양이야."

"아!"

페이의 무릎이 툭, 꺾였다. 그녀는 소파 팔걸이를 짚고서야 겨우 설 수 있었다. 그러나 이내 다리가 후들거려 소파에 털썩 주저앉았다.

"범행 직후 자수했다더라. 그 거리에선 하루가 멀다 하고 일어나는 일이야. 다라가 알려 주지 않았으면 나도 몰랐을 거야. 조금 전 여기 왔다 갔거든. 화장해서 짜오프라야 강에 뿌렸대."

직업이야 어떻든 간에 나름대로 자리 잡고 살아가던 동생이었다. 페이가 찾아가지 않았더라면, 아니 지척에서 함께 살자고 종용하지만 않았어도 일어나지 않았을 비극이었다.

페이가 받은 충격은 이루 말할 수가 없었다. 동생의 죽음에 커다란 책임을 느꼈기에 고통스러웠다. 자신이 동생의 목숨을 앗은 것이나 마찬가지라고 생각했다. 자신만 살아 있다는 게 죄악처럼 여겨졌다.

잠이 들면 동생은 이김없이 니타났다. 어서 오라는 듯 페이를 향해 손짓했다.

"언니, 이리 와. 이젠 헤어지지 말자."

동생이 손짓하면 페이는 언제나 그녀를 따라갔다. 자신도 모르게 발걸음이 그쪽으로 향했다. 어떤 망설임도 없었다. 하지만 이상하게 돌부리에 걸려 넘어진다거나 절벽 아래로 떨어지거나 해서 끝까지 동생을 따라갈 수 없는 상황이 만들어졌다. 어느 땐 엄마가 나타나 더 이상 동생을 따라가지 못하게 끌고 갔다. 하루 이틀도 아니고 잠만 자면 매번 같은 꿈을 꾸니 페이는 점차 지치고 쇠약해졌다.

모든 게 심드렁했다. 만화는 그려서 뭐하나 싶은 마음에 펑크를 내기도 했다. 억지로 마감 시간을 지킨다 해도 내용에 성의가 없으니 조회 수도 떨어졌다. 전화기가 울려도 받지 않았고, 이메일 체크도 하지 않았다.

그런 상태가 얼마나 지속되었을까, 어느 아침, 페이는 불현듯 위기의식을 느끼고 벌떡 일어나 앉았다. 동생이 자신을 데려가고 싶어하는 것 같았다. 그것은 함께 죽자는 얘기였다. 정신이 번쩍 들었다. 혼자 힘으로는 극복하기 힘들 거라고 생각되었다. 어떤 존재의 도움을 받지 않으면 안 될 것 같았다.

페이는 더운물로 샤워하고 깨끗한 옷으로 갈아입은 다음 집을 나섰다. 그리고 사찰로 향했다.

착란, 혼란

행복이란 아주 희귀한 것이다.
행복은 극히 소수의 인간에게만
베풀어진 혜택이다.
_에밀 시오랑

읽던 책에 책갈피를 끼워 놓고 깊은 생각에 잠겨 있던 몽상가소년은 잠시 후 나갈 채비를 했다. 두 개의 열쇠를 화분 안에 넣은 후 다른 하나는 손에 들고 대문을 열었다. 밖으로 나온 몽상가소년은 무슨 생각에선지 흰 돌이 촘촘히 박힌 담장을 손바닥으로 쓸었다. 동네 사람들과 말을 섞으며 살진 않았지만 그들이 이 집을 흰 돌집으로 부른다는 걸 알고 있었다. 아빠가 이 집을 구입한 이유가 바로 이 하얀색 돌담장 때문이라고 들었다. 울컥 아빠에 대한 그리움이 솟구쳤다.

몽상가소년은 대문을 걸어 잠갔다. 단단히 잠겼음을 확인하고 나서야 비로소 안심하며 발걸음을 옮겼다.

몽상가소년이 전철과 버스를 갈아타고 도착한 곳은 L의 집이었다. 문을 두드렸다. 기척이 없었다. 그녀가 집 안에 있다면 언젠가는 나올 것이고, 외출했다면 돌아올 것이다. 최악의 경우 여행을 떠났을 수도 있지만 다른 방도를 알지 못하는 몽상가소년은 모든 걸 운에 맡기고 그녀를 기다리기로 했다.

몇 시간이 흘렀을 테지만 정확한 건 가늠할 수 없었다. 지루하면 껑충껑충 뛰어도 봤다가 무릎 펴고 굽히는 운동도 했다가 뒷짐 지고 걸어 보기도 했다. 쭈그려 앉아 있다가 오금이 저리면 다시 일어나 양다리를 번갈아 툭툭 털어 내기도 했다. 점차 어둠이 만물을 조여 왔고 사위가 검게 변했다. 먼 곳에서 강아지의 날카로운 울음소리가 들려오고, 여인의 고함 소리가 귀를 때렸다. 귀뚜라미 소리가 나기도 하고 매미가 시끄럽게 울어 대기도 했다. 무심코 올려다본 하늘엔 찌그러진 달이 희미하게 떠 있었다. 몽상가소년은 달을 따기라도 하겠다는 듯 팔을 위로 뻗고 짐짓 껑충 뛰어 보기도 했다. 하도 지루해서 몇 번이나 그냥 가 버릴까 생각도 했다.

기다린 보람이 있었다. L이 10대 초반으로 보이는 소녀와 다정하게 골목 어귀로 들어서고 있었다. 몽상가소년은 그 자리에서 차분히 기다렸다. 그는 결코 서둘지 않고 다만 검은 그림자로 서 있었다.

"선생님."

몽상가소년의 갑작스러운 등장에 L은 가여울 정도로 당황했다. 그녀를 괴롭힐 의도는 없었다. 때문에 L의 소스라치는 반응에 몽상가소년은 씁쓸했다. 소녀와 몽상가소년의 눈길이 마주쳤다. 몽상가소년이 씨익 웃었다. 그러자 소녀도 웃음을 지었다.

"먼저 들어갈래? 난 이 청년하고 얘기 좀 하다 들어갈게."

소녀가 대문을 열고 들어갔다.

"선생님, 죄송해요. 저번 일은 제가……."

"그것 때문에 온 거니?"

"아닙니다. 꼭 알고 싶은 게 있어서요."

"여기서 이럴 게 아니라……."

L이 몽상가소년의 팔을 잡아끌었다. 집 근처에 있고 싶지 않았다. 남편의 눈에 띄면 뭐라고 둘러댄단 말인가.

몽상가소년이 순순히 따라가자 그제야 그녀는 꽉 잡았던 팔을 놓았다.

"어디로 갈까? 저녁은 먹었니?"

몽상가소년에게선 아무 대답도 흘러나오지 않았다. 대답을 듣고자 하지 않았던지 그녀는 내처 앞장서서 걸었다. 얼마간 걷던 L은 중식당으로 들어갔다. 끼니때가 지나 식당 안엔 손님이 없었다.

"예전에 짜장면 좋아했었지? 그거 먹을래?"

몽상가소년이 유순한 얼굴로 고개를 끄덕였다.

"그래, 애야, 뭐가 더 알고 싶니?"

L이 복잡한 심경으로 긴 한숨과 함께 입을 열었다.

"어제 선생님께선 제가 보육원 앞에 버려져 있었다고 하셨죠? 사실인가요? 이번엔 진실을 말씀해 주셔야 해요."

L은 앞에 앉아 있는 소년과 눈을 맞추지 못했다. 몽상가소년은 대번에 그 말도 거짓이란 걸 알아차렸다.

"그럴 줄 알았어요. 사실을 말씀해 주세요. 제 부모 중 한 사람이 살인자라도 되나요? 흉악한 범죄자인가요? 그래서 말씀 못하시는 건가요? 그런가요?"

L이 깊은 숨을 몰아쉬었다.

주여, 이제는 어쩔 수 없습니다. 사실대로 말해 주겠나이다. 이 아이가 벌한다면 달게 받겠습니다. L이 눈을 감고 짧게 기도한 다음 막 입술을 달싹이려는 찰나에 먹음직스러운 짜장면이 노란 단무지와 함께 탁자에 놓였다.

"우선 먹어라. 시장기를 해결해야 내가 얘길 해도 제대로 알아들을 거 아니냐. 맹세코 이번엔 사실대로 말해 주마."

몽상가소년은 L을 더 이상 채근하지 않고 그녀의 권유대로 젓가락을 집었다. 몽상가소년은 양손에 나무젓가락을 하나씩 나눠 잡고 짜장면을 고루 섞었다.

"그 습관은 그대로구나."

L의 말투에 사랑과 애틋함이 묻어났다.

"이제는 면발을 고루 잘도 섞네."

L은 다섯 살 소년이 짜장면 먹던 모습을 어제 일처럼 떠올렸다.

배가 고팠던지 마음이 급했던지 순식간에 그릇을 비운 몽상가소년이 냅킨으로 입술을 닦고는 엽차를 마셨다. 그런 다음 L을 봤다. 말없이 재촉했다. 그 눈이 말하고 있었다. 모든 걸 받아들일 자세가 돼 있어요. 어서 말씀하세요. 빠짐없이 모두 다. 사실 그대로요.

"얘야, 내가 소풍 바구니 얘기를 지어낸 건 네가 비록 고아지만 아름다운 추억을 심어 주고 싶어 그랬던 거야. 이해하지?"

몽상가소년이 고개를 끄덕였다.

"그리고 저번에 자애보육원 앞에서 발견했다고 말한 것 역시 너를 더 이상 슬프게 만들고 싶지 않았기 때문이란다."

이번에도 몽상가소년은 말이 없었다. 다만 어서 진실을 알고 싶다는 표정을 지어 보였다.

"어떻게 얘기를 꺼내야 할지 나도 참 막막하구나. 너에 대해 말하자면 내 과거사를 고백할 수 밖에 없단다."

결심한 듯 L은 품고 있던 비밀을 하나하나 꺼내 놓았다. 과거 한때 산부인과 전문병원 간호사였다는 사실에서부터 열일곱 해 전 광장의 쓰레기통에서 아기가 발견된 사건이 일어났는데 그 아기가 자신이 근무했던 병원에 인도되었다는 것, 당시 아무리 노력해도 아기가 생기지 않아 몹시 불행했다는 것, 같은 시기 어느 산모가 아기를 버리고 도망간 일도 있었다는 사실 등을 일사천리로 털어났다.

몽상가소년은 소스라치게 놀랐다. 그것은 마치, 페이의 스크랩북 기사를 다시 읽는 듯한 느낌이었기 때문이다.

"그러던 차에 하필이면 내가 당직이었을 때 아기를 버리고 도망갔던 산모가 신생아실에 몰래 들어와선 자기 아기를 안고 달아났단다. 그 모습을 보고 내가 잠시 얼이 빠져 버렸지 뭐니. 글쎄, 쓰레기통에서 발견된 아기를 나도 모르게 덥석 안고는 병원을 나왔단다. 그 아기는 순한 데다 정말 예뻤어. 하지만 세상 눈이 두려워 내가 키울 수는 없었어."

어떻게 이런 우연이 있을 수 있을까. 신문 기사에서 읽었던 열일곱 해 전 사건을 살아 있는 사람의 입에서, 그것도 다른 이가 아닌 L에게서 직접 듣게 되다니. 몽상가소년의 가슴이 두근거렸다.

"난 씻을 수 없는 큰 죄를 지은 거야. 아기를 유괴했던 거지."

L이 후회하는 낯빛으로 말을 이었다.

"아기를 이모가 운영하는 자애보육원에 맡기게 되었지. 너희는 몰랐겠지만 원장님이 내 이모란다. 난 아기에게 책임감을 느낀 나머지 이모를 설득해 보육원에 근무하게 되었고, 그 아기를 내 아기로 여기면서 지극정성으로 돌봤단다."

L은 이어 못을 박듯 재빨리 말했다.

"그 아기가 바로 너다."

몽상가소년은 펄쩍 튀어 오를 만큼 소스라치게 놀랐다. 대체 지금 무슨 일이 일어나고 있는 것인가!

"나는 언제까지나 너랑 함께하고 싶었어. 네가 어른이 될 때까지 돌보고 싶었단다. 대학은 물론이고 가능하면 외국 유학까지도 보낼 계획이었지. 하지만 네 나이 다섯 살 때 내가 그만 임신을 하게 되었지 뭐니. 그래서 보육원을 떠날 수밖에 없었어. 미안하다, 끝까지 책임지지 못해서. 날 너무 원망하지 말았으면 좋겠다."

몽상가소년은 더 이상 L의 말을 듣고 있지 않았다. 그는 환희에 차서 가슴이 터져 버릴 것만 같았다. 어떻게 이런 일이 내게 일어날 수 있는가. 불운은 이제 더 이상 나를 따라다니지 않을 것 같다. 나는, 어쩌면 페이의 아이일 것이다!

몽상가소년은 결코 속마음을 드러내지 않았다. 다만 이렇게 말했을 뿐이다.

"정말 놀라운 일이네요. 자기 자식을 그런 데다 버리는 부모가 있다니요."

"피치 못할 사정이 있었을 거야."

"제가 병원 신생아실에 그대로 있었다 해도 어차피 보육원에 맡겨질 운명 아니었나요?"

"그렇긴 하지."

"그러니까 선생님 원망 안 해요."

"정말이니? 날 용서하는 거니?"

L은 눈물을 주르륵 흘리며 탁자 위에 올려져 있는 몽상가소년의 두 손을 꼭 잡았다. 숱한 세월 동안 겪어야 했던 마음고생이 주마등처럼 L의 뇌리를 스쳐 지나갔다.

"고맙다, 정말 고마워."

몽상가소년은 오히려 L이 고마웠다. 페이가 엄마라면, 그렇다면 이제야 자기 앞에 희망의 촛불이 켜지는 것이기 때문이다.

"울지 마세요, 선생님. 사실을 말씀해 주셔서 감사합니다."

손수건을 꺼내 눈자위를 훔치던 L이 몽상가소년을 물끄러미 바라보더니 조심스럽게 말을 이었다.

"그런데 얘야, 언제부터 그랬니?"

"뭘요?"

"저번 빵집에서의 일 말이다."

몽상가소년의 표정이 다소 어둡게 가라앉았다.

"다섯 살 때 야생화 밭을 엉망으로 만든 적이 있고, 이모가 귀여워하던 고양이 새끼도 네가 죽였다면서?"

몽상가소년은 말없이 시선을 내리깔았다.

"내가 간호사 출신이잖니. 네가 그렇게 된 건 아무래도 태어나자마자 폐쇄 공간에 오래 갇혀 있었기 때문인 거 같다. 아무것도 모르는 갓난아기라도 본능이란 게 있어서 태어났을 때의 환경이 평생을 지배하는 경우가 있단다."

"그럴 수도 있겠군요."

몽상가소년이 맞장구를 쳤다. 하지만 몽상가소년은 지금 그 무엇도 중요하지 않았다. 자신이 페이의 아들일지 모른다는, 아니 그녀의 아들일 거라는 예감, 그것만이 소중했다.

"그래서 말인데, 얘야. 신경 정신과 치료를 받아 보면 어떻겠니? 편두통과 환청, 망상 증세 같은 거 있지?"

"잘 모르겠어요."

"내 생각엔 자폐 스펙트럼 장애인 것 같아. 병원비는 내가 대줄 수 있어. 그러니까……."

"감사합니다."

"빨리 치료하지 않으면 돌이킬 수 없는 일이 벌어질 수도 있어."

"제 병은 제가 알아서 할게요."

"하루라도 빨리 치료받아야 해."

"염려해 주셔서 감사합니다."

몽상가소년은 탁자를 두 손으로 짚으면서 일어섰다.

"선생님, 이제부턴 마음의 짐을 덜고 편히 사세요. 사실대로 말씀해 주셔서 감사합니다."

사실 태연을 가장하고 있지만 두 다리가 떨리고 심장이 세차게 뛰고 있었다. 당장이라도 소리치고 싶었다. 엄마를 찾은 거 같아요, 선생님. 소풍 바구니를 든 귀부인은 그러니까 바로 페이였어요. 그분이 얼마나 좋은 사람인지 선생님은 모를 거예요.

몽상가소년과 헤어지는 마지막 순간까지 L은 심각하게 병원에 함께 가 볼 것을 종용했다. 하지만 그는 전혀 그럴 생각이 없었을뿐더러 무엇보다 마음이 들떠서 다른 어떤 것도 생각할 겨를이 없었다.

"다신 선생님 앞에 나타나지 않을게요. 이젠 행복하게 사세요, 선생님."

이 말을 끝으로 몽상가소년은 L과 헤어졌다. 어서 빨리 페이를 만나고 싶은 생각에 몽상가소년의 마음이 풍선처럼 부풀었다. 너무 크게 부풀어 올라 펑 소리 내며 터져 버릴 것 같았다.

집으로 돌아가는 길은 아까와는 달리 충만했다. 행복했다. 여러 생각이 교차했다. 인적이 드문 그 수상한 길에서 페이를 만나게 된 건 그러니까 천륜이 서로를 그쪽으로 끌어당겼던 거야. 그저 스쳐 지날 수도 있었는데 하필이면 페이가 교통사고를 당하는 바람에 다시 만나게 된 것도 하늘이 그렇게 이끌었기 때문이야. 숲에서 야영 하던 날, 비가 안 왔다면 페이 집에 가게 되었을까. 집에 놀러 갔다 하더라도 만일 비가 그쳤다면 내가 어떻게 그 집에서 잘 수 있었을 것이며, 무슨 수로 페이의 스크랩북을 볼 수 있었겠는가. 아! 게다가 빌려 온 책을 읽는 내내 나 또한 예술가를 꿈꾸지 않았던가. 내겐 페이의 피가 흐르고 있음에 틀림없다.

몽상가소년은 자신이 페이의 아들일 수 있다는 기대를 품었고, 그 기대는 점점 커져서 집에 당도할 즈음엔 진실이 되어 버렸다.

몽상가소년의 마음은 페이를 향해 맹렬히 달려갔다. 이 밤만 지나 면 페이를 만날 수 있다. 아니, 엄마를 만난다! 페이가 내 엄마라니. 내게도 행운이 올 수 있는 거구나. 페이도 틀림없이 기뻐할 것이다. 나를 좋아하니까.

에필로그 _ 숲

> 우린 아무것도 모른 채 태어났다가
> 아무것도 모른 채 죽는다.
> _행크 윌리엄스

탐정 B

일요일이었다. 탐정 B는 오랜만에 사우나에 갔다. 어깨 통증은 거의 다 나았지만 무릎과 허리는 여전히 시원찮은 상태라 궁리 끝에 나선 길이었다. 그곳에 가서도 어쩔 수 없이 탐정 B의 달팽이관은 물소리에 민감하게 반응했다. 누워 있어도 앉아 있어도 탕 속에 들어가도 어딘가에서 짧게 혹은 길게 물방울 떨어지는 소리가 들렸다. 어느 곳에 있건 물소리는 탐정 B의 와우각 섬모를 흔들어 청신경을 자극했고, 그 자극은 어김없이 탐정 B의 대뇌 피질에 전달되었던 것이다.

내가 단단히 홀린 게 틀림없어!

자기 앞에 던져진 난해한 문제를 해결하지 않는 한 결코 사라지지 않을 심각한 질병이었다. 그러므로 무슨 수를 쓰든 결과를 내놔야 했다. 살아남기 위해서라도. 그랬다. 이제 이 문제는 탐정 B의 생존과 밀접하게 얽혀 버렸다.

사우나를 나와 한껏 붉어진 얼굴로 집에 돌아온 탐정 B는 현관에 들어서자마자 습관처럼 주방부터 살폈다. 그런데 물소리가 저번과 또 달라진 것 같았다. 신발을 벗는 둥 마는 둥 자빠지듯 뛰어서 개수대로 갔다.

또옥똑 또옥또옥또옥 똑또옥또옥

—* ——— *——

NOW

똑똑 또옥또옥

** ——

IM

똑똑 또옥똑

** —*

IN

또옥 똑똑똑똑 똑

— **** *

THE

또옥똑똑 똑똑 똑똑또옥똑 똑똑또옥똑 똑 똑또옥똑 똑 또옥똑
또옥

—** ** **—* **—* * *—* * —* —

DIFFERENT

똑또옥또옥똑 똑또옥똑똑 똑또옥 또옥똑 똑 또옥

— *—** *— —* * —

PLANET

Now i'm in the different planet.

나는 다른 행성에 있어요.

"나는 다른 행성에 있어요. 내게 구조 신호를 보내는 자가 다른 별
에 살고 있다는 얘기야? 갈수록 태산이군. 내가 혹시 기나긴 꿈을
꾸는 중일까?"

탐정 B는 짐짓 자신의 허벅지를 꼬집어 보기까지 했다.

외계인인지 뭔지 모를 그 어떤 것은 작정한 듯 연거푸 물방울 신

호를 내보냈다.

똑똑 또옥또옥

** ――

I M

똑또옥

*―

A

똑똑똑 똑또옥또옥똑 똑또옥 또옥똑또옥똑 똑

*** *――* *― ―*―* *

S P A C E

또옥똑똑 또옥또옥또옥 또옥또옥똑

―** ――― ――*

D O G

I'm a Space Dog.

나는 우주개.

똑똑똑똑 똑 똑또옥똑똑 똑또옥또옥똑

**** * *—** *——*

H E L P

똑똑똑똑 똑똑 또옥또옥

**** ** ——

H I M

Help him.

그를 도와주세요.

보내는 자가 '우주개'라는 것도 기가 막힌 일인데, 게다가 '자기'를 도와 달라는 게 아니라 '그'를 도와주라고 한다. 강아지 주제에 인간을 도와주라고 내게 메시지를 보내고 있다. 대체 '그'는 누구이며, '우주개'라고 하는 너는 또 누구인가?

몽상가소년

날이 밝았다. 몇 번이나 벽시계를 올려다봤는지 모른다. 드디어 떠나도 될 시간이다 싶었을 때 몽상가소년은 책들이 들어 있는 배낭을 짊어지고 마당으로 나갔다. 늘 하던 대로 열쇠 두 개를 마당 한쪽에 있는 화분 안에 집어넣었다. 열쇠를 넣고 허리를 펴니 고양이 두 마리가 지척에 와 있었다. 그사이 새끼를 낳아 길렀는지 뒤로는 아기 고양이 세 마리도 함께 있었다.

"아기 잘 길러. 알았지?"

고양이들을 쓰다듬어 주려고 팔을 뻗었지만 어림도 없는 일이었다. 길고양이들의 특성이었다. 가까이하기 힘든 존재들이었다. 먹이를 놔 주면 어느새 그릇을 깨끗이 비우긴 해도 웬만해서는 일정 거리 이상은 가까이 오는 걸 허락하지 않는다.

잠시 생각에 잠기던 몽상가소년이 사료 부대를 마당에 통째로 벌려 놓았다. 그간의 경험에 의하면, 고양이들은 미련하게 먹지 않았다. 양껏 먹고 나면 남길 줄도 아는 동물이라 별로 걱정되지 않았다. 물도 대야에 가득 채워 그 옆에 놓아 주었다.

"안녕. 어쩌면 이 집에 돌아오지 않을지도 몰라. 좋은 일이 있거든."

몽상가소년은 대문을 걸어 잠그고 평소의 버릇대로 대문을 잡아당겨 단단히 잠겼는지를 확인했다. 몽상가소년이 들뜬 마음으로 바삐 걸을 때 고양이들도 어느 틈에 대문을 빠져나와 소년의 뒤를 슬금슬금 쫓았다.

탐정 B

여보세요. 도와주세요. 내 말 들려요? 집에 가고 싶어요. 나는 다른 행성에 있어요. 나는 우주개. 그를 도와주세요.

"제기랄!"

이리저리 조합해 봐도 추리가 불가능하자 탐정 B는 자신도 모르게 욕을 내뱉었다. 다른 행성이라니! 게다가 우주개라니! 나, 탐정 B는 우주 문제를 풀 만큼은 실력이 없단 말이다. 우주개야, 내겐 너무 어려운 숙제로구나. 그러나 어쨌든 최선을 다해 너를 도와줄 자세는 돼 있으니 노력해 보마.

"'그'가 어디 있는지 그거나 얼른 말해 봐!"

탐정 B는 갑갑한 나머지 소리를 빽 질렀다. 바로 그때였다. 수도꼭지가 다시 물을 흘려보냈다. 마치 탐정 B의 말을 알아들은 것 같았다. 탐정 B의 얼굴이 흥분으로 붉게 변했다. 송골송골 이마에 땀방울이 맺혔다. 몸이 달아오를 대로 달아오른 탐정 B는 그 어느 때보다 희망에 차서 물소리를 받아 적기 시작했다.

－－ *－** * *－ *** *

PLEASE

－ *－ －*－ *

TAKE

—*—* *— *— *—* *

C A R E

——— **—*

O F

— **** *

T H E

—*** ——— —*——

B O Y

Please take care of the boy.

소년을 부탁합니다.

**** *

H E

** ***

I S

** —*

IN

— **** *

THE

—* ——— *—* * * —

FOREST

He is in the forest.
그는 숲에 있어요.

— **** * *—* * ——**——

THERE,

—*—— ——— **—

YOU

**** *— ***— *

HAVE

—*—— ——— **— *—*

YOUR

*** * —*—* *—* * —

SECRET

—— *—** *— —*—* *

PLACE

There, you have your secret place.

그곳에 당신의 비밀공간이 있어요.

"나의 비밀공간이 숲속에 있다고?"

탐정 B가 미처 생각에 잠길 새도 없이 수돗물은 다시금 물방울을 떨어뜨리기 시작했다.

—** ——— —* —

DONT

—*—— ——— **—

YOU

— * —— * —— —*** * *—*

REMEMBER

Don't you remember!

기억해 보세요!

그걸로 수돗물과 탐정 B의 씨름은 끝이 났다. 이제 메시지가 오지 않을 것임을 탐정 B는 확실히 알 수 있었다. 왜냐하면 더 이상 물방울이 떨어지지 않았기 때문이다. 노련한 수도업자도 고치지 못한 누수였다. 그런데 '기억해 보세요'라는 메시지를 끝으로 밤낮을 가리지 않고 똑똑 떨어지던 물방울이 뚝 끊겼다.

여보세요. 도와주세요. 내 말 들려요? 집에 가고 싶어요. 나는 다른 행성에 있어요. 나는 우주개. 그를 도와주세요. 소년을 돌봐주세요. 그는 숲에 있어요. 그곳에 당신의 비밀공간이 있어요. 기억해 보세요!

우주개는 지금 다른 별에 있지만 이곳으로 돌아오고 싶어한다. 곤경에 처한 자는 우주개가 아니라 소년이다. 우주개는 탐정 B에게 그 소년을 도와줄 것을 부탁하고 있다. 그 소년이 숲에 있다고 하니 그를 도와주려면 반드시 숲의 위치를 알아야 한다. 그런데 그 숲에 비밀공간이 있다는 마지막 힌트를 우주개가 던져 줬다. 그것도 '당신의' 비밀공간이. 탐정 B의 비밀공간이!

"나의 비밀공간……."

탐정 B는 아련한 추억 속으로 빨려 들어갔다. 코넌 도일의 『셜록 홈스』와 모리스 르블랑의 『아르센 뤼팽』 시리즈를 탐닉하던 시절, 탐정 B는 친구들과 함께 비밀 결사대를 만들었다. 중학교에 진학하기 전, 열두 살에서 열세 살 사이의 일이었다. 대략 37년 전쯤으로 거슬러 올라가야 한다. 비밀 결사대는 탐정 B를 포함해 모두 다섯이었고, 장래 희망이 경찰이나 스파이 혹은 탐정인 친구들이었다. 하지만 사건 사고를 고민해 볼 만한 일은 아무리 원해도 발생하지 않았다. 따라서 비밀 결사대는 고작해야 추리 소설을 읽거나 장난삼아 탐정 놀이를 했을 뿐이다. 현실감이 없으니 신도 나지 않고 하루하루가 무료했다. 그러던 중 담임으로부터 '탐험가 리빙스턴과 스탠리'에 관한 실화를 듣게 되었다.

리빙스턴은 아프리카 대륙 횡단에 최초로 성공한 탐험가였다. 그러나 1866년 중앙아프리카의 호수와 강의 지도를 작성하기 위해 떠난 3차 탐험 길에서 실종되고 말았다. 특종을 찾던 미국의 뉴욕 헤럴드 신문사는 헨리 모턴 스탠리 기자를 아프리카에 파견했다. 그의 임무는 리빙스턴을 찾아내는 일이었다. 스탠리는 1년을 헤맨 끝에 비쩍 마르고 이가 다 빠져 버린 초라한 노인을 탄자니아에서 발견하게 되는데 그가 바로 리빙스턴이었다. 리빙스턴은 실종된 것이 아니라 나일 강의 원류를 찾고 있었다. 함께 돌아가자는 스탠리의 청을 거부하고 아프리카에 남은 리빙스턴은 계속해서 나일 강의 원류를 찾는 데 전념했다. 하지만 뜻을 이루지 못하고 그로부터 2년 후 잠비아의 정글에서 이질에 걸려 숨을 거둔다. 한편 스탠리는 『나는 어떻게 리빙스턴을 찾았는가』라는 제목의 책을 내서 베스트셀러 작가가 되었다. 그리고 몇 년 후 그 자신도 탐험가가 되어 아프리카로 들어갔다. 그리고 마침내 리빙스턴이 이루지 못한 나일 강의 수원을 찾아내는 데 성공했다.

비밀 결사대는 이 이야기에 즉각 매료되었다. 그리하여 당장 탐험에 몰두하기로 결정했다. 이들은 학교가 끝나면 책가방을 들고 길 탐험에 나섰다. 낯선 번호의 버스에 무작정 올라탄 후 아무 데서나 내려 골목골목을 휘젓고 다니던 일은 그 나이엔 탐험이라 할 만도 했다. 즐거운 시절이었다. 차비가 떨어지면 스릴도 아울러 느꼈는데, 그건 덤으로 얻는 짜릿함이었다. 그림을 제법 그리는 친구가 하나 있어, 한 번 갔던 길은 반드시 탐험 지도를 만들었다.

길을 탐험하던 어느 날, 인적이라곤 전혀 없는, 그리고 독특한 분위기의 길 하나를 발견했다. 당장이라도 외계의 비행접시가 착륙해 자기들을 우주선 안으로 공간 이동을 시킬 것만 같은 길이었다. 모두 그 길에 마음을 빼앗겨 버렸다. 게다가 길 양옆으로 우거진 숲은 리빙스턴과 스탠리가 탐험했다는 아프리카의 열대 우림보단 못했겠지만 나름대로 무성했고 웃자란 풀들이 가슴팍까지, 어떤 것은 그들의 키를 넘게 자라고 있었다. 꼬마 탐험가들의 모험심은 최고조에

달했다. 이들은 장기간에 걸쳐 숲 속에 작으나마 길을 내는 데 성공했고 급기야는 그 안쪽에 자기들만의 비밀 아지트를 만들었다. 아지트라고 해 봐야 억센 풀을 베고 땅을 평평하게 만들어 돗자리와 신문지 따위를 깔아 놓은 정도였지만, 나중에 그늘막까지 쳐 놓으니 그럴싸했다. 그들은 누가 먼저랄 것도 없이 형의 라디오를 몰래 들고 온다거나 구슬이나 딱지, 로봇 같은 것들을 들고 왔다. 누가 먼저랄 것도 없이 가져오기 시작한 물건들이 제법 모이기 시작했다. 그 늘막 아래 배를 깔고 누워 소년 잡지나 만화책을 읽고 있으면 세상 부러울 게 없었다. 그 시절을 회상하는 탐정 B의 입가에 스르르 미소가 떠올랐다.

중학교 입학식을 며칠 앞둔 어느 일요일, 비밀 결사대는 마지막으로 그 숲에 갔다.

"이제 학교도 다르니 자주 모일 수 없을 거야. 하지만 우리, 여기, 우리의 아지트를 잊지는 말자."

결사대는 차곡차곡 모아 뒀던 물건들과 수십 장의 탐험 지도를 땅속에 묻었다. 분명 커다란 통 같은 데 넣어 묻었던 것 같은데 그 물건의 정체가 무엇인지까지는 기억에 남아 있지 않다. 이후로 탐정 B는 그곳을 찾은 적이 없었다.

"그러니까 그 비밀공간, 나의 아지트, 우리들의 아지트!"

탐정 B는 무릎을 세게 내리쳤다. 아지트가 있던 그 숲, 만만치 않은 세월이 흘렀으니 많이 변했겠지만 찾으려 들면 못 찾을 것도 없었다. 우주개가 '숲'이라고 칭하는 걸 보면 그곳은 아직도 숲으로 남아 있는 모양이다. 그렇다면 그곳을 찾는 일은 보다 수월할 수도 있다. 탐정 B는 숲을 찾아 집을 나섰다. 아니, '소년'을 찾아 나섰다.

페이

몽상가소년을 본 페이는 깜짝 놀랐다. 그의 두 눈이 눈물로 그렁그렁했기 때문이다.

"무슨 일 있구나? 왜 그래?"

몽상가소년은 가슴이 벅차올라 숨이 막힐 지경이었다. 어떻게 어디서부터 이 긴 이야기를 풀어 나가야 할지 갈피를 잡을 수 없었다. 당장이라도 쏟아 내고 싶은 말들을 속으로 삭이며 페이만 애타게 바라보는데, 두 눈 가득 눈물이 차올랐다. 몽상가소년이 예사롭지 않은 일에 직면해 있음을 간파한 페이가 그의 손을 잡고 소파로 이끌었다.

"마음을 좀 가라앉혀 봐."

"네."

"마실 것 좀 가져올까?"

몽상가소년이 고개를 저었다. 그러자 대롱대롱 매달려 있던 눈물방울이 툭 떨어졌다.

"대체 왜 그러지?"

"작가님."

막상 페이를 불렀지만 섣불리 말을 꺼내지 못하는 몽상가소년.

제가 바로 당신이 쓰레기통에 버린 그 아기예요. 자신이 페이의 아이임을 거의 확신하고 있는 몽상가소년은 터질 듯 두근거리는 가슴에 오른손을 갖다 대고 지그시 눌렀다.

"가슴이 아파?"

몽상가소년이 도리질을 하자, 또다시 눈물이 투둑 떨어져 내렸다.

안 좋은 일이 생긴 게 틀림없어. 가여워서 이를 어쩌면 좋아. 페이는 애가 타들어 갔다.

"저, 작가님. 아무래도, 아무래도, 제가요."

"응, 그래. 말해."

"제가 작가님 아들인 거 같아요."

페이는 깜짝 놀라 눈을 크게 떴다.

"그게 무슨 소리지?"

"제가요, 제가 바로 쓰레기통에서 발견된 아이래요."

"뭐라고? 누구라고?"

"보육원 선생님을 드디어 만났어요. 그분이 말해 줬어요. 제가 그 아이라고요."

"무슨 말인지……."

"사실은 제가, 광장의 쓰레기통에서 발견된 바로 그 아이래요. 그러니까 제가요, 작가님의……."

"자세히 말해 봐. 대체 무슨 얘기야."

"죄송해요, 작가님. 저번에 작가님 작업실에서 잤을 때, 그때 잠이 안 와서 작가님 허락도 받지 않고 책장을 살펴보다가 스크랩북이 있기에 들춰 봤어요."

"스크랩북?"

"스크랩해 놓으신 기사 봤어요. 광장 쓰레기통에서 발견된 아기에 대한 거요."

"아! 그거."

페이는 그제야 희미하게나마 몽상가소년의 말을 알아들었다.

"그러니까 17년 전 광장 쓰레기통에서 발견됐던 아기 기사 얘긴가?"

"네."

"그런데? 그게 어쨌다는 거지?"

"그게 바로 저예요."

"아! 이게 무슨 일이지? 하지만 그 아기는……."

페이가 몽상가소년 곁에 바싹 붙어 앉아 소년의 어깨를 가만히 감쌌다. 가여워서 어쩌나. 얼마나 엄마를 찾고 싶으면 이런 어처구니없는 상상까지 하는 걸까. 주체하기 힘든 연민이 밀려오자 페이는 몽상가소년을 끌어안고 등을 토닥였다.

"내가 기사를 모아 놓은 건 맞는데, 뭔가 오해가 있는 것 같아."

몽상가소년이 몸을 비틀어 페이의 품에서 빠져나왔다.

"무슨 말씀이세요? 정확히 얘기해 주세요."

"말하자면 길어."

"저, 작가님 원망 안 해요. 저를 버렸다 해도 괜찮아요. 쓰레기통이든 남의 집 대문 앞이든 다 괜찮아요. 저는 오히려 지금 기쁜걸요."

페이는 소년이 너무 가련해서 자신도 모르게 눈시울이 붉어졌다.

"그래. 네가 바로 내가 스크랩해 놓은 그 기사의 아이란 말이지? 틀림없니?"

"네. 어제야 알게 된 사실이에요."

"그랬구나."

잠시 생각에 잠겨 있던 페이가 몽상가소년의 두 손을 부드럽게 잡았다.

"만일 우리가 처음 만났을 때 그 사실을 너나 내가 알고 있었더라면, 그랬다면 지금과는 상황이 달라졌을 수도 있었겠지만……."

"네? 왜요? 그게 무슨 뜻이에요?"

"내가 그 기사를 모아 둔 이유는 그 아기가 내 동생이 유기한 아기라고 착각했기 때문이야. 임신한 동생이 그 무렵 집을 나갔거든. 그 때문에 내가 섣불리 지레짐작했던 거야."

"동생의 아기라고요? 그건 또 무슨? 작가님 아기가 아니고요?"

"내 아기일 턱이 없잖아? 난 아기를 낳은 적이 없는걸. 그리고 최근에야 비로소 내가 그동안 잘못 알고 있었단 걸 알게 되었지. 내가 여행 갔던 이유가 헤어졌던 동생을 만나러 간 거였는데, 그때 비로소 나도 진실을 알게 된 거야. 그러니까 쓰레기통의 아기는 동생의 아기가 아니었던 거지."

"동생의 아기도 아니라고요?"

"그래. 나와는 아무 상관 없는 아이를 가지고 내가 오해한 거야. 무려 17년 동안이나. 무슨 말인지 이해하겠니?"

그렇다면 난, 난 아무도 아닌가요? 나는 대체 누구죠? 내가 누구인지 제발 말해 주세요.

몽상가소년은 땅속에서 무언가가 자신의 육체를 끌어당기는 듯한 착각에 빠져들었다. 그와 함께 몸 깊숙한 곳에서 커다랗고 딱딱한 덩어리 같은 게 치밀어 올랐다.

나는 어째서, 대체 왜!

몽상가소년은 이제는 알고 있다. 이 현상이 어떤 무서운 결과를 초래하는지를. 돌같이 딱딱한 덩어리, 그 덩어리는 세상에 대한 적개심이고 분노였다. 몽상가소년은 그걸 잠재우기 위해 초인적이랄 수 있는 힘을 자신에게 부여했다. 온 힘을 다해 자신의 정신 질환과 싸웠다. 떨리는 아랫입술을 윗니로 깨물고 있느라 입술에 핏물이 번져 나갔다. 몽상가소년은 입술을 깨물고 또 깨물었다. 순식간에 몽상가소년의 얼굴이 백지장처럼 창백하게 변했고, 입술에선 피가 줄줄 흘러내렸다.

소스라친 페이가 티슈를 갖고 돌아왔을 때, 몽상가소년은 그 자리에 없었다. 눈 깜짝할 사이에 바람처럼 흔적도 없이! 배낭도 그대로 놔둔 채 온데간데없이 사라져 버렸다.

그 아이가 왜 그랬을까. 어디가 아픈 걸까. 처음부터 남다르게 느껴지긴 했다. 그런데 몽상가소년이 이제껏 동생의 아기라고 착각하며 살았던 그 쓰레기통의 아기였다니! 묘한 인연이 아닐 수 없었다. 몽상가소년은 그러니까 17년 전 동생의 아기와 같은 병원의 신생아실에 있었던 거였다. 아기 둘이 같은 날 사라진 거며, 인적 없는 수상한 그 길에서 우연히 만난 거며, 모든 게 예정된 운명처럼 여겨졌다.

페이는 몽상가소년을 붙잡기 위해 후다닥 뛰어나갔다.

몽상가소년

신체의 이상을 감지한 몽상가소년이 혼신의 힘을 다해 페이의 집을 뛰쳐나올 때, 바로 그 시점부터 사이렌이 울리기 시작했다. 그 어느 때보다 시끄럽고 소란한 경보음이었다. 몽상가소년은 양손으로 귀를 틀어막고 뛰었다. 최대한 페이에게서 멀어지지 않으면 안 되었다. 페이에게 못난 모습을 보이고 싶지 않았다. 달리고 달리고, 또 달렸다. 담배 가게를 지나고, 녹색 차양을 이고 있는 마트를 지나고, 수국 화분을 입구에 세워 둔 꽃 가게를 지나고, 낙서로 얼룩진 서민 아파트를 지나고, 오토바이가 세워진 우체국을 지나고, 유료 주차장을 지나고, 제과점을 지나고, 신발 가게를 지나고, 물이 잔뜩 고인 작은 웅덩이를 지나고, 파출소를 지나고, 카센터를 지나고, 근사한 캔디 가게를 지나고, 치과 의원을 지나고, 미용실을 지났다. 아름드리 느티나무 아래 고요히 앉아 있는 정자를 지나고, 누런 봉지를 뒤집어쓰고 있는 배 밭을 지났다.

숨이 턱 밑까지 차올라 더 이상 뛸 수 없을 지경에 이르렀을 때, 그제야 몽상가소년은 바닥에 주저앉았다. 사이렌은 더 이상 울리지 않았다. 대신 아주 가까운 곳에서 종소리가 들려왔다. 밝고 맑고 명징한 소리였다. 몽상가소년이 소리 나는 곳으로 시선을 돌리자 작은 십자가를 머리에 인 소박한 성당이 보였다. 몽상가소년의 발길이 자신도 모르게 그곳으로 향했다. 예배당 문은 잠겨 있지 않았다. 몽상가소년은 안으로 들어갔다. 예배당 내부는 텅 비어 있었다. 몽상가소년은 뒷자리에 가만히 앉았다. 그의 두 눈에 맑은 물이 차오르기 시작했다. 수정처럼 영롱하고 이슬처럼 투명한 물이었다. 몽상가소년은 눈을 감고 두 손을 맞잡았다. 누군지 알 수 없지만 따스하고 커다란 손이 머리 위로 느껴졌다.

몽상가소년은 자신의 죄가 말갛게 씻기는 것 같은, 기이한 상념에 젖어 들었다. 그는 태어나 처음으로 깊은 안식을 경험했다.

몽상가소년은 긴 시간 성당에 앉아 있었다. 하지만 자신이 얼마나 오래 거기 머물렀는지는 알지 못했다.

성당을 나오니 밖은 어둠에 잠겨 있었다. 몽상가소년은 천천히 걸었다. 주택 단지를 지나고, 무슨무슨 가든을 지나고, 찐빵을 늘어놓고 파는 노점을 지나고, 녹십자가 있는 약국을 지나고, 다리를 건너고, 3색 원통이 빙글빙글 돌아가는 이발소를 지나고, 흐릿한 불빛이 새 나오는 선술집을 지나고, 짚으로 지붕을 씌운 을씨년스러운 원두막을 지나고, 목조 가옥 다섯 채를 지나고, 호사스러운 외향의 카페를 지나고, 숨죽이고 슬퍼하는 공원묘지를 지났다.

발바닥이 불에 덴 듯 뜨겁고 발가락에 물집이 잡혀 더 이상 한 발짝도 뗄 수 없을 지경에 이르렀을 때, 그제야 몽상가소년은 자신이 '그 길' 위에 서 있음을 알아차렸다.

몽상가소년은 컴컴한 '그 숲'을 향해 나아갔다. 한 치 눈앞도 가늠할 수 없는 시커먼 숲은 더 이상 과거의 다정했던 그 숲이 아니었다. 소쩍 소쩍 소쩍 소쩍. 소쩍새가 울고 있었다. 구슬픈 새소리에 섞여 아빠의 목소리가 들려왔다.

"소쩍새는 야행성이란다. 낮에는 나뭇가지에서 잠을 자고 저녁이 되어야 활동을 시작하지."

몽상가소년이 아빠에게 물었다.

"소쩍새는 어떻게 생겼어요, 아빠?"

"올빼밋과에 속하는 조류니까 올빼미처럼 생겼겠지? 올빼밋과 중에서도 크기가 제일 작아. 천연기념물로 지정돼 있지."

몽상가소년은 숲 속으로 자꾸만 들어갔다. 숲은 하도 넓어서 아무리 걸어도 끝을 만날 수 없을 것만 같았다. 몽상가소년이 온 것을 알아차렸는지 숲은 부드러운 바람을 보내고 있었다. 깊이 들어갈수록 새소리는 점점 더 크고 요란하게 들리고, 바람도 거세졌다. 몽상가소년에게 시간은 더 이상 중요하지 않았다. 시간은 숲 바깥에서, 몽상가소년이 지나온 모든 길에서, 그가 빠져나온 도시에서, 몽상가소년과는 상관없이 흐르고 있을 뿐이었다.

멈췄던 눈물이 다시 몽상가소년의 두 뺨을 축축하게 적실 즈음 소풍 바구니를 든 귀부인이 나타나 그의 머리를 쓰다듬었다. 귀부인의 손이 몸에 직접 닿은 것은 처음 있는 일이었다. 몽상가소년은 부드러운 손길에 서슴없이 몸을 맡겼다. 엄마라고 부를 수 있는 사람이 존재한다면 바로 이런 느낌일 것 같은, 다정다감함과 사랑의 기운이 고스란히 전달되어 왔다.

"엄마……."

'엄마'라고 소리내어 말하자 다시 눈물이 나왔다.

몸이 더할 수 없이 나른해 왔다. 몽상가소년의 육신이 속삭였다. 이제 그만 쉬어. 그동안 많이 피로했잖아. 무엇보다 너무 외롭지 않았니? 외롭다는 건 그 무엇보다 견디기 힘들지. 그러니까 더 이상 외롭지 않아도 된다는 건 좋은 일임에 틀림없어.

몽상가소년은 자기 내면의 소리에 귀 기울이며 이마에 손을 얹었다. 위를 올려다보니 시꺼먼 하늘이 몽상가소년의 머리 위에서 빙글빙글 돌고 있었다.

몽상가소년은 숲 가운데에 반듯하게 몸을 뉘었다. 졸렸다. 잠을 자고 나면 이런 말도 안 되는 상황들이 싹 다 사라지고 없을 것 같았다.

빛과 어둠이 몇 차례 숲을 다녀갔다. 자주달개비는 아침이면 남색 꽃을 활짝 피웠다가 해 질 무렵이면 꽃잎을 닫아거는 일을 자신의 소명인 양 하루도 거르지 않았다. 몽상가소년의 아빠가 사랑하던 새들이 무리 지어 날아왔다가 또 날아가기도 했다. 뽀얀 실뱀이 몽상가소년의 곁을 무심히 기어갔다. 간혹 가랑비가 이마를 적실 때면 몽상가소년은 힘없이 입을 벌려 빗물을 받아 마셨다. 하지만 그 일을 오래 하진 못했다. 다람쥐가 입을 쫑긋대며 곁에 앉았다가 폴짝 뛰어가기도 하고, 베짱이가 몽상가소년의 머리 위에 사뿐히 내려앉아 연주를 하기도 했다. 어느 날은 맑았고 또 어떤 날은 몹시 흐렸다. 풀씨가 날아와 눈꺼풀을 간질일 때도 있었지만 팔을 들어 올릴 힘이 없어 그대로 뒀다. 솔방울이나 송진 조각이 몽상가소년의 배나 다리에 툭툭 떨어져 내리기도 했다. 제트기 한 대가 하얀 선을 그리며 소리 없이 나는 때도 있었다. 문득 눈을 떠 보면 어느 땐 깜깜한 밤이었다. 혹은 눈이 부시도록 환한 햇살이 내리쬐는 날도 있었다. 자신과는 무관하게 모든 것들이 여전히 세상에 존재한다는 게 느껴질 때 말할 수 없는 우울이 몽상가소년의 심장을 조여 왔다. 몽상가소년은 자신의 몸 안에 있는 것들, 일테면 간이나 허파, 쓸개, 위나 창자 같은 것들이 모두 사라지고 없는 것처럼 여겨졌다. 몽상가소년은 천천히 천천히 소멸 상태에 이르고 있었다.

고통스럽던 여러 날이 지나자 그때부터는 정신이 한없이 투명해지면서 자유가 찾아왔다. 몽상가소년은 기이한 도취감에 젖어 들었다. 육체의 고통이 씻은 듯 없어졌다.

바람에 떠밀려 날아든 낙엽이 한 잎 두 잎 몽상가소년의 몸을 덮기 시작했다. 마침내 나뭇잎들이 몽상가소년의 몸을 온전히 감싸 안았을 때, 그것은 세상에서 가장 안전한 이불이 되었다. 하얀 홀씨들이 분분히 떨어져 내려 몽상가소년의 주위를 에워쌌다. 홀씨와 함께 날아온 귀부인이 몽상가소년을 사뿐히 들어 홀씨 위에 눕혔다. 몽상가소년을 태운 홀씨가 하늘 위로 솟아올랐다. 높은 곳에서 내려다보는 숲은 온통 새까매서 그곳이 숲인지 거대한 늪지인지 알 수 없었다. 여전히 소쩍새는 소쩍 소쩍 처량하게 울고 있었고, 홀씨는 바람의 방향을 따라 두둥실 날아가고 있었다. 홀씨는 몽상가소년이 상상하는 어떤 지점을 향해 나아가고 있었는데, 몽상가소년은 그곳이 자기 세계로 돌아가는 길의 통로임을 확신했다. 시작된 곳에서 모든 게 끝날 것임을 몽상가소년은 감지했다. 몽상가소년에게 일찍이 이런 평안은 없었다. 그것은 행복이라고 말해도 될 만한 것이었다.

"안녕?"

소리 나는 쪽으로 고개를 돌려 보니 어느 틈에 왔는지 우주개 라이카도 몽상가소년처럼 홀씨를 타고 있었다. 몽상가소년도 우주개를 향해 말을 건넸다.

"안녕!"

"드디어 너를 만났구나."

"그래, 우린 만난 거야."

우주개가 몽상가소년의 얼굴에 검은 코를 비볐다. 그 축축한 느낌이 몽상가소년은 정답게 여겨졌다. 형제가 있다면 이런 느낌일 거라고 몽상가소년은 생각했다. 그때 우주개가 작은 별 조각을 몽상가소년의 손에 쥐여 주었다.

"우주에서 가지고 왔구나."

"항상 너를 생각했어."

"나도."

"넌 좋은 사람이었어. 그걸 깨닫기만 하면 되는 거였어."

"정말 그럴까?"

"네가 좋은 사람이었다는 걸 너는, 믿어야 해."

"그렇게 말해 줘서 고마워."

몽상가소년은 이제 살아가는 일을 끝내기로 했다. 몽상가소년의 짧은 생은 결코 찬란하지 않았지만 영원에 이르는 길까지 그럴 거라고는 단정 지을 수 없을 것이다. 몽상가소년은 아무것도 두렵지 않았고, 그러자 기다렸다는 듯 안식이 찾아왔다.

탐정 B

탐정 B는 아지트 찾는 일을 너무 안이하게 생각했다. 그가 어린 시절 한때를 보냈던 아지트를 마침내 발견한 것은 숲을 뒤지기 시작한 지 여러 날 후의 일이었다. 아지트라 짐작되는 장소에 당도했을 때 탐정 B는 그곳에서 나뭇잎에 덮여 있는 한 소년을 발견했다. 소년은 미소 띤 모습으로 반듯하게 누워 있었는데, 별 조각처럼 생긴 돌멩이를 손에 쥐고 있었다.

네가 누구인지 말해

초판 1쇄 인쇄일 • 2015년 10월 26일
초판 1쇄 발행일 • 2015년 10월 30일

지은이 • 신중선
펴낸이 • 임성규
펴낸곳 • 문이당

등록 • 1988. 11. 5. 제 1-832호
주소 • 서울시 성북구 동소문로 65-2 삼송빌딩 5층
전화 • 928-8741~3(영) 927-4990~2(편)
팩스 • 925-5406
ⓒ 신중선, 2015

전자우편 munidang88@naver.com

ISBN 978-89-7456-487-2 03810